缘荷方得藕　　有杏不须梅

穆欣欣 著

文戏武唱

生活書店 出版有限公司
生活·讀書·新知 三联书店

Copyright © 2022 by Life Bookstore Publishing Co. Ltd.
All Rights Reserved.
本作品版权由生活书店出版有限公司所有。
未经许可，不得翻印。

图书在版编目（CIP）数据

文戏武唱 / 穆欣欣著 . — 北京：生活书店出版有限公司, 2022.2
ISBN 978-7-80768-363-6

Ⅰ . ①文… Ⅱ . ①穆… Ⅲ . ①散文集 – 中国 – 当代 Ⅳ . ①I267

中国版本图书馆CIP数据核字(2021)第276417号

特邀编辑	程丽仙　周昱均
责任编辑	廉　勇
装帧设计	高　瓦
责任印制	孙　明
出版发行	生活书店出版有限公司
	（北京市东城区美术馆东街22号）
邮　　编	100010
印　　刷	北京建宏印刷有限公司
版　　次	2022年2月北京第1版
	2022年2月北京第1次印刷
开　　本	880毫米×1230毫米　1/32　印张11.75
字　　数	205千字
定　　价	69.00元

（印装查询：010-64052612；邮购查询：010-84010542）

序

有趣有盼有戏迷

葛亮

今年元旦,欣欣姐在北京,凌晨发来了新年祝福:弟,一副对子,求个字。上联是"叹茶叹酒叹可乐",下联是"有趣有盼有戏__"。第二天清早,我醒来,迷迷糊糊,对了个"迷"字。

或许在我心里头,欣欣资深戏迷的印象,算是根深蒂固了。这对联发在一个叫"京宁港澳"的群,群里有三个人,是欣欣伉俪和我。三人为众。这个群名,言简意赅,却对"群众"的人生有精辟的概括,这也真是造化。我由宁至港的事,就不多说了。风哥母系金陵,少年在皇城根长大,因为澳门回归和欣欣结缘。一南一北,一个当了北京媳妇,一个做了澳门女婿。而欣欣,又是在南京大学读的博士,辈分上算是我学姐。所以三个人,确实就是在四个城市打转转。

欣欣读博，跟吴新雷、俞为民教授研究古典戏曲，这真是乐得其所。这段经历，她称"戏缘"，记在一篇叫《南京那些人》的文章里。如今在新书里，又续写了一篇，叫作《吃出六朝烟水气》，我读着实在是亲切。其中一段，是说南大门口的馄饨摊，看到那句"阿要辣油啊"，大约只有地道的老南京才能会心吧。这篇文章里，写到曹公寓居北京写《红楼梦》时曾说："若有人欲快睹我书，不难，惟日以南酒烧鸭享我，我即为之作书。"真乃"花雕南炉鸭，朵颐如乡情"。

管中一窥，已可得见，欣欣一迷戏，一迷"红楼"。这本新书中都有十分精彩的着笔，辑名"看过几出戏"是谦辞。欣欣出身戏剧世家，看戏听戏耳濡目染，皆是幼学。

儿时在东北生活的短暂岁月中，我记得散戏后父女俩走在雪地里，深一脚浅一脚，聊的是《金玉奴》和《打渔杀家》。我记得夏夜里，爸爸领着我去夜市，买上一小包花生米，我边吃边听他讲连台本戏《狸猫换太子》。讲到包拯有意试试面前这个瞎眼老太太是否真是从前的李妃时，躬身一拜，爸爸改用韵白念了一句李妃的台词："平身！"夜市上鼎沸的人声刹那间静音了，我眼前仿佛有一方舞台，重现这个戏剧场景。这是专属于我的艺术教育。

这篇纪念穆老先生的文字，字里行间，读来动容。父爱如山，有时润物无声，有时铿锵如金石。而于穆氏父女，大约便是远方锣鼓之音，由远及近。

欣欣论戏，重"戏剧记忆"，尚"学养充实，笔底有功"，说槛外人与唐鲁孙笔底有"难得的现场感"。她又何尝不是？因个人记忆而成线索，纷至沓来。记白先勇先生，由大学时观改自白氏小说的舞台剧《游园惊梦》起笔，"没有他，我不知道自己是否有机缘接触《牡丹亭》"。此后昆曲之缘，便与人事温暖水乳交融，从求学至事业、生活，如影随行。十五年前与翁国生的结缘，成就了日后《镜海魂》的合作佳话；千禧年欣赏上海昆剧团全本的《牡丹亭》，为准妈妈代行胎教，造就了与另一生命的接续。艺术之途，承前而启后，薪火相传，和每一个人生记忆的节点同奏共蹑，何其幸哉。

在《归来的陆放翁》中，有一段话："相同的剧目，初看与重看间，相隔近二十年，端的是人远天涯近。二十年前，只看到一段没有结局的爱情；二十年后，更多感受到的是爱情之外沉甸甸的人生。"较之《当豆捞遇上豆汁儿》《寸心千里》，这本新书显然多了一些"停顿与回望"。欣欣引刘禹锡句"自古逢秋悲寂寥，我言秋日胜春朝"。这其中的豁朗与坦然，虽无"致后浪"的锵锵之意，却多了一分秋和日暖的人生况味。"热退凉来的秋天,可以不必萧瑟;暑天的余热,正好用来温暖这个世界,希望世界可以变得更好。"人生中段,经历了许多人事,看了许多的风景。春花烂漫有之,柳暗花明有之,山重水复亦然。天地亦宽,进退自若。这时节的成熟与丰盛,是日积月累的生命厚度。"人到中年在心态上的变化是什么呢?就是对世界多了一份宽容与悲悯,这自然也反映在对戏的理解上。"如此,能体会出《武家坡》中薛平贵的近乡情怯,也便可了然王宝钏的痛哭年华。而对于红楼人物,欣欣对"玉带林中挂,金簪雪里埋"的钗黛之争,不偏不倚;对尤柳应和"逃离"世俗的书剑飘零,甚至对从不受读者待见的赵姨娘母子,亦有由衷的宽厚与体恤。在她笔下,嬷嬷、丫鬟并无善恶之别,同为贵胄之室的边缘人,哪个不是在风刀霜剑的锋刃上讨生活。难得的便是这份将心比心,人之常情。

谈及此,我想再回到《在不好的世界里做一个温暖的人》这一篇。记得在闲聊中,欣欣姐曾说,"认清这世界的不好,但不会悲观"。仿佛一语成谶,去年一年里,发生了许多事,更迭了国际的生态,也改变了我们的生活。人若蝼蚁,何以立世。兼济独善,都已难一言以蔽之。

本书通读罢,我想,这篇文题才是答案。一如她所写,这世上如今有太多"拎得清"的人。而作为戏迷的她,看久了"唱念做舞表",才深谙了"写意"的价值和意义。这是与世界的和解相处之道。入戏则痴,笑谈"迷糊协会"应运而生。皆可在戏文里寻到同仁,杜丽娘春意缱绻,迷糊一梦,造就千古绝唱。佘赛花与杨继业迷糊相遇,"自此恍恍惚惚;恍恍惚惚上马,恍恍惚惚离去"。清醒了,舞台少了许多的虚实相生的审美,人生也便少了许多况味与天地。"孔子发现了糊涂,取名中庸;老子发现了糊涂,取名无为;庄子发现了糊涂,取名逍遥;墨子发现了糊涂,取名非攻;如来发现了糊涂,取名忘我。世间万事唯糊涂最难。"再看西方,狄俄尼索斯为我们带来了酒神精神,在迷离与恍惚中,桎梏尽去,复归自然。世人皆醉我独醒,终是沉重了些。迷迷糊糊,四两拨千斤,便是与这世界温暖的和解之道。

欣欣写杨小楼"武戏文唱",将动静臻于化境。看这本书,此戏经年,行间自有春秋,却无伤春悲秋,端的是一股"想得开"的飒爽与利落劲儿。大约也是文如其人,正当合"文戏武唱"。

忽而又想起了发生在南京的一桩趣事,便以此作结。某个清寒的早上,我去往南捕厅的甘熙故居,要做个关于津逮楼的调研。欣欣姐与我同去。上了出租车,说了地方,司机师傅大约觉得太早,就问,这么早去那儿干吗?

本来我还困得迷迷糊糊，这一问立时醒了过来，便整理思路，想着如何跟他解释这个调研和藏书楼的重要性。这时听到另一个迷糊的声音，掷地有声地答道："看房子！"这九十九间半，可不就是一堆老房子。欣欣这一声答得举重若轻，服哉斯言！

辛丑三月于苏舍

目录

第一辑 看过几出戏

3　看过几出戏

7　今月曾经照古人

13　民国范儿

19　白先勇带给我的昆曲缘

28　汤显祖在澳门看见了什么？

35　你一定要看传统戏

42　昆曲世界里的醉生梦死

46　吴侬软语江南情

50　一个女人的十八年

63　谢幕

69　武戏文唱

73　余韵悠悠，归来情深

78 一种探索，一种可能

83 归来的陆放翁

89 白鹿原上的"吃瓜群众"

94 黛玉爱看戏吗？

100 为宝钗喊冤

108 因为爱情，始见美好

114 情侠与出世

120 苦主赵姨娘

128 《红楼梦》中的嬷嬷们

134 黛玉和晴雯

138 袭人是告密者吗？

第二辑 海棠风里相迎

147　海棠风里相迎

153　澳门，是一本历史大书

161　文化抗疫

165　十年丰盛，二十年精彩

177　说一个澳门故事给你听

187　他用画笔温暖了岁月

190　岁月有功，百锻成器

194　澳门——关于记忆、关于美

199　荒诞中的现实

205　爱的味道，在灵魂中永驻

213　生命的展读

218　前世的情人

222　回到那些温暖过我们的时光里

227　一首歌，二十年

第三辑 笔淡情浓

235　人间送小温

242　为什么"去年属马"?

247　吃出六朝烟水气

253　阅读是一场人生的修行

258　文化是一种影响力

262　我的老师汪曾祺

268　那些偏爱蓝色的艺术家们

272　各自的青春回忆,两厢安好

278　两地的乡愁

282　折腾记

第四辑 我言秋日胜春朝

287　花开了,你却不在

291　一个可爱的老头儿

295　我与迷糊协会

300　"妈妈等我回家吃饭"

305　以身观物,以眼观心

309　别太把自己当回事儿

314　处女座薛湘灵

320　写给自己名字的情书

324　那么慢,那么美

327　癖乃深情也

332　写给北京的最后一封情书

337　我言秋日胜春朝

342　每个人心里都住着仓央嘉措

348　在不好的世界里做一个温暖的人

第一辑

看过几出戏

看过几出戏

二〇一五年澳门艺术节上演的昆曲《一六九九·桃花扇》，是一台值得戏迷们期待的佳作。一六九九是《桃花扇》脱稿的年份，时为康乾盛世，也正值昆曲繁荣兴盛之年代。孔子后人孔尚任于此盛世摹写了南明兴亡之事，以末世的繁华和历史的沧桑编织出一段完整的历史、一段不完整的爱情，勾勒出一组丰富生动的人物群像，上至王公贵胄，下至兵卒、妓女、江湖艺人。

《桃花扇》是历史剧，"借离合之情，写兴亡之感"。作家茅盾曾赞誉《桃花扇》是我国古典历史剧中在历史真实和艺术真实的统一方面取得大成就的作品。历史剧的定义，在《简明戏剧词典》中是这样的：指以真实的历史事件和人物为题材，经过剧作者的艺术加工而成的戏剧作品。历史剧在本质上属于艺术范畴，其具有的戏剧属性令它并不简单地等同于历史教科书。而历史，只为历史剧作者提供了历史事件的粗线条轮廓和创作的基本元素，具体的情节和细节需要作家通过丰富的想象来补充和完善。剧作家不是要通过历史剧来还原真实的历史，而是通过历史剧来表达对历史的态度。

历史剧在不违背基本史实的前提下，需要进行适当的艺术虚构，通过生动感人的艺术形象来赋予历史立体感。正如狄德罗所说："历史家只是简单地、单纯地写下了所发生的事实，因此不一定尽他们的所能把人物突出，也没有尽可能去感动人，去提起人的兴趣。如果是诗人的话，他就会写一切他认为最动人的东西，他会遐想出一些事件。他可以杜撰些言辞，他会对历史添枝加叶。"戏剧属于诗的范畴，因此有"剧诗"之说。孔尚任是剧作家而不是历史学家，他写《桃花扇》，爱情是借笔，"写兴亡之感"才是目的，对三百年明朝基业消亡发出叩问是他的态度。

没有虚构就没有历史剧。回到戏剧本体的历史剧，艺术虚构是必然的。如果天真地将艺术虚构和不尊重历史画上等号，那么历史剧和历史小说都要被"吐槽"。

历史学家吴晗起先主张历史剧不能有虚构的观点，但对于自己创作的历史剧，他也承认历史性有余、戏剧性不足。郭沫若曾经说："历史研究是'实事求是'，历史剧创作是'失事求似'。"这更进一步说明了历史剧只求达到与历史的高度神似而不必还原历史。用郭沫若的话来印证其历史剧《屈原》，最生动贴切不过。他根据作品的主题思想，虚构了婵娟这个艺术形象。每每提起屈原这个人物，我脑海中浮现的必然是郭沫若创作的"这一个"屈原，继而必然跳出婵娟这个美好的人物形象。难道说虚构了婵娟这个人物，郭沫若就没有依据史实来进行创作而随意扭曲了屈原的形象？恰恰相反，虚构婵娟这个人物，有助于突出屈原的形象。而通过历史剧为历史人物树立充满正能量的形象，唤起人们内心的崇高感，是戏剧启迪、净化人心的功能。

《三国志》是史，《三国演义》是小说，尽人皆知。根据三国故事改编的戏剧作品数不胜数，上海京剧院创排的《曹操与杨修》，被誉为"新时期中国戏曲里程碑式的作品"。编剧陈亚先在有限的历史空间里写出了"两个刺猬的拥抱"的悲剧，他虚构了曹操为完成大业不惜除掉妻子、将女儿鹿鸣女嫁给杨修等情节，以更好地刻画曹操这一形象以及使故事情节更加完整。

关汉卿是处于中国戏曲第一个黄金时代的著名剧作家，他的作品至今读来仍熠熠发光，但我喜爱田汉的历史剧《关汉卿》更胜于关汉卿本人的剧作。田汉是在史书上缺乏关汉卿有关记载的情况下创作此剧的,情节没有史实可依,包含大量的艺术虚构,人物有真有假,但这无碍于作品真实地反映元代的统治,写出了正气凛然的态度。

未曾长夜痛哭者,不足以语人生。

我没看过几出戏,在此妄论历史剧,恰似友人借一人一事引用蒲松龄说过的四个字——"止增笑耳"!

今月曾经照古人

现代人最明显的特征就是"拎得清"。从入大学选读科系到恋爱、结婚、生子，务求以最小投资获取最大收益的方式安排人生，甚至连看一出戏，也要思索出一个"为什么"来。现代人的人生剧，从编剧开始就要步步为营，既要精密的构思布局，更要故事背后蕴含深邃的人生哲理，以求对得起观众进剧场看戏花费的成本。

如此一来，中国戏曲很大一批剧目是经不起"拎得清"的现代人推敲了。就拿京剧来说，表演艺术的高度成熟催生了这一剧种的盛世繁荣。京剧观众就是长期沉醉于演员的精湛技艺——唱、念、做、打，而不过分计较情节是否合理。"合理化"，是近年来在舞台创作中频繁出现的词，尤其是老戏"新"演，同样的人物被今天的编剧和导演重新处理，是谓将人物"合理化"——更贴近当代观众的审美需求。把一切"合理化"后，倒是"拎得清"了。多年前看故友在一出新编京剧《杜十娘》里扮演李甲，经过"合理化"后，编剧为李甲卖掉杜十娘的行为找到了充分的依据，从而削弱李甲薄情、见利忘义的一面，老故事"新"表述。

另一出京剧《四郎探母》，曾经是我在二十世纪八十年代中期看得最多的一出戏。从我读中学到读大学，连续几年，父母让我每年暑假去北京十天，最主要的节目是看戏。那时王府井金鱼胡同的吉祥戏院还在，有时我一天连着看日场和夜场的戏。那是一段不知人生有愁、只知人间有戏的日子。每年我看的剧目里都有《四郎探母》，由当时正值盛年的京城名角轮番唱。这一方面是由于当时剧目匮乏，但另一方面也证明了《四郎探母》确实是让戏迷百看不厌的戏。

《四郎探母》是杨家将的故事，以宋辽交战为时代背景，四郎是杨家四郎延辉。本来人丁兴旺的杨家，在一场场生死战役中，众儿郎没几个得以善终。拿杨四郎来说，他在一场战役中做了番邦的俘虏，隐姓埋名，被萧太后看上，以女儿铁镜公主相许，变为番邦驸马。和铁镜公主十五载的婚姻，平静如水。十五年后，战事再起，杨四郎之母佘太君押解粮草来到北塞，母子隔关相望，咫尺之隔。《四郎探母》讲的就是杨四郎依靠妻子铁镜公主里应外合，盗取令箭，过关见母的故事。《四郎探母》是从清代开始就有的戏，新中国成立后，曾经一度成为禁戏，因为杨四郎的身份立场问题——饿死事小，失节事大。杨四郎先做俘虏后做驸马，实在是冲撞了国人的道德底线。

其实，杨四郎本就不是什么讨人喜欢的人物。一出《四郎探母》，观众看的是演员，由谁来演杨四郎远比杨四郎这个剧中人重要得多；观众听的是唱，一段西皮慢板"杨延辉坐宫院自思自叹"，远比戏剧情节重要得多。一二百年来，京剧的老观众宽容了一个不太可爱、不够完美却真实的杨四郎在舞台上哭哭啼啼。

有了宽容的前提，一切就好说了。观众不计较为什么杨四郎和铁镜公主成亲十五年，孩子才那么小（抱在怀里的阿哥），也不计较铁镜公主贵为皇家女儿却不讲究生活细节是否符合人物身份（和丈夫对坐谈心，还要给怀中啼哭的孩子把尿。杨四郎不满地说："本官与你讲话，怎么在阿哥身上打搅？"铁镜公主道："你说你的，难道还拦得住我儿子他撒尿吗？"）。

《四郎探母》的情节是这样展开的：皇宫内苑里的一对夫妻杨四郎和铁镜公主对坐谈话，揭开了十五年朝夕相处的丈夫的身份之谜。如果只把铁镜公主看成是"外向"的女子，未免流于简单。对于丈夫隐瞒真实身份，铁镜公主不但不怪他，还要重新见礼，说过去言语间有得罪的地方，望杨家四郎海涵。她一定要知道丈夫愁眉深锁、泪眼婆娑的原因，因此，她不在乎丈夫逼她对天盟誓后才吐露过营探母的想法。

曾看过英国皇家莎士比亚剧团演出的《威尼斯商人》，女主人公鲍西娅充满智慧地为丈夫化解危难，全剧最动人的一句台词经鲍西娅之口说出，大意是她不会让丈夫忧心忡忡地睡在自己身边。其实，铁镜公主的用意也正是如此，这使得她和莎士比亚笔下的鲍西娅一样，闪着人性善良的光芒。正是因为铁镜公主的善良，才有了后来杨四郎和亲人见面的一系列情节。

但是对一切太过"拎得清"的现代人，总试图将杨四郎的一切行为"合理化"，使这个人物接近完美。铁镜公主帮助杨四郎"盗"来过关的令箭，让杨四郎黑夜过营探母，但条件是天亮之前赶回来。杨四郎同样以发下毒誓换取铁镜公主对他的信任。

杨四郎来到宋营，先是见到弟弟，又见到母亲佘太君，最后见到自己的原配妻子。在重复的情节中，四郎向亲人的叙述也是重复的，十五年的思念就在这重复中，观众体验的是人物情感不断呈螺旋状上升的撕裂与疼痛。面对母亲"天地为大，忠孝当先"的质问，杨四郎无可辩白，但他知道如果自己不回去，铁镜公主和襁褓中的婴孩就要受那一刀之苦。因此杨四郎情愿背负不忠不孝之名，也要践行对铁镜公主的承诺。

现在剧团演《四郎探母》，多会删掉杨四郎见原配夫人的一场戏，以证明杨四郎对铁镜公主是忠诚的，以洗刷杨四郎身上的不完美。实际上大可不必。少了四夫人，和铁镜公主一夫一妻制的杨四郎不会因此而完美；有了四夫人的戏，杨四郎两难的情绪会更强烈，他的不完美会使人物更真实。

一夜之间痛陈这十五年的别离之苦，自是痛彻心肺，尤以四郎跪拜老娘最甚：

千拜万拜，也是折不过儿的罪来……胡狄衣冠懒穿戴，每年间花开儿的心不开。闻听得老娘来北塞，乔装改扮过营来。见母一面愁眉解，愿老娘福寿康宁，永和谐无灾！

母子见面，叙叙家常。母亲问：

夫妻恩爱不恩爱，公主贤才不贤才？

都说婆媳是天敌，很少男人会在母亲面前夸奖自己的媳妇。但我们听杨四郎怎么说：

铁镜公主实可爱，她与我生下小婴孩。临行她把好言带，怎奈这两国相争她不能来。

每看戏至此，我都会由衷地觉得杨四郎真的可爱，就凭他用"可爱"二字来形容自己的老婆。

但最近看《四郎探母》，却发现有演员在唱这一段时改了唱词。大概改词的人觉得，一个大男人，不该当着娘的面夸奖自己老婆"可爱"吧！唱词改成什么，我倒一时想不起来了。看来，存在即合理，即使曾经存在，也有它的道理。

民国范儿

偶尔，经过王府井金鱼胡同那家花园，我恍惚仍能听见从这深宅大院里传出的锣鼓交错、急管繁弦的热闹。许多达官显贵、文人雅士、梨园名角儿都曾在这里汇聚，谭鑫培在这里唱完他平生最后一出戏。

国人爱戏，其来有自。但到了二十世纪六七十年代，中国传统戏曲命脉生生被切断十年之久，如今虽说接骨续筋恢复元气约四十年，断层痕迹依然明显。爱戏的国人已不多。拿文人来说，爱戏又同时能够写戏曲文章的，则更罕见。

如今的京剧界，大师难再。因此，关于京剧辉煌时期的那些人和那些事，一手资料便显得弥足珍贵。近四百页精装本的《民国文人的京剧记忆》，不仅戏曲史料丰富，而且逸闻旧事非道听途说，皆因这本书的作者们亲历了京剧的辉煌时期，因为见过，所以懂得。

五位作者中，槛外人和唐鲁孙的文章最多。先说笔名"槛外人"的吴性栽，一九二三年他在上海经营颜料生意，有"颜料大王"之称；他兼营电影公司及纺织业，《三个摩登女性》《城市之夜》《渔光曲》《神女》《假凤虚凰》《夜店》《小城之春》都是由其电影公司拍摄，梅兰芳主演的中国第一部彩色戏曲片《生死恨》也是这位"颜料大王"支持拍摄的。吴性栽于一九四八年迁居香港，后主持成立龙马影业公司，在香港终老。

前几年内地出了一系列唐鲁孙谈吃的集子，颇受追捧。唐鲁孙是满族镶红旗后裔，清朝珍妃侄孙。一九四六年随岳父去了台湾，做过几任烟叶厂厂长，任内推出过名噪一时的"双喜"牌香烟。

上述两位作者，或家财丰厚，或家世显赫，却绝非只知捧角儿、玩票的主儿，更非穷得只剩下钱的暴发户。槛外人还著有《京剧见闻录》。他们学养渊深，笔底有功。加上熟悉京剧的过去和现在、熟悉每位名角的表演特色，和京剧名角多有交往，因之熟悉名角台下的脾气性情。具备了这几样条件所写的"京剧记忆"文章，好看、亲切、生动；若以剧评的标准衡量，则有很难得的现场感。再看当下的剧评文章，除搬字过纸式地抛书袋、转理论，砸得读者晕头转向之外，真正评论表演的文字寥寥可数。有老先生说，不看上一百出传统戏，没有资格写戏曲评论文章。但是，现在经常能在舞台上演的传统戏，别说一百出，折半算，也不知够不够！怎么办？还是从这些文章里寻找那些永不回来的风景吧！

中国传统文化讲究浸润与熏陶，无速成的快捷方式。如前辈所言，先看至少百出传统戏，然后再来论戏。我辈能不战战兢兢？

《民国文人的京剧记忆》开篇是槛外人论谭鑫培。谭鑫培在西太后当国时供奉内廷，得到的赏银是伶人中最多的。槛外人所生年代晚于谭鑫培："我不及见他，但和他儿子小培有交谊，居京时我是大外廊营一号（谭家世居此处）的常客；谈戏时我和小培抬杠，可无损于我们的友谊。……他的儿子富英成名早……谭富英事父极孝，奉命唯谨，他（富英）的儿子谭元寿，已是名武生，走谭家的老路子，拜李少春为师，准备从武生转到唱老生。祖孙经历四代（连老叫天该有五代了）声名不坠，这在京剧史中是极少见的。富英不及亲承祖父的艺术，他是从余叔岩再传的，谭家学艺有传统，必以《长坂坡》开蒙，是扎老生靠背戏的底子。"

不多的文字，勾勒出一个京剧世家的家谱、渊源及传承关系。谭家是京剧界的传奇,至今已七代。不过,前两天听一位朋友说,谭家第七代传人谭正岩已明确表示,不打算让他的下一代吃梨园行饭了!做名人,所承受的压力,非我等常人所能感受。

槛外人论武生宗师杨小楼在《连环套》中演的黄天霸,竟能罗列出九处与人不同的细节,如:"施公敬酒饯别时,黄天霸唱的大段〔流水〕,上马时的两句〔摇板〕,'崩、登、锵',合着锣鼓点子,人朝内,仰面转身,一腿从后面弯过翘起来的身段,手、眼、身、法、步,那样浑成,那样好看。"又如:"在趟马赶路,上京进谒彭公,中军传见,要他报名而进时,黄天霸整顿衣冠,准备打躬的当儿,朱光祖上前向他肩上一拍,一点腰,黄天霸猛然醒起,腰上还带着宝剑,满脸惶恐,急忙解剑递与朱光祖,再重新拉直马蹄袖,口称'报……漕标总兵,虚衔副将,黄——天霸,告——进——',一躬到地,然后缓步挖门趋进,一个圆场里包含多种感情和复杂变化。"槛外人感叹:"我从十四岁第一次看他的《连环套》,到现在四十多年,印象仍历历在目,所以说来能如数家珍……学校放暑假的时候,我排日看他的戏,有几十次之多,我对戏的理解力也增进了。"

我不惜将这些论表演的文字抄了又抄。剧评的妙诀正在于此——写出一般观众看不到的地方。这需要何等功力?

现在，即使有这样的时间泡在剧场，怕是也看不到这样细致且耐人寻味的表演了！

《民国文人的京剧记忆》好看在于：论戏，不正襟危坐；论人，由表及里，道外人所不能道之事。

内中论梅兰芳的，改变了我之前的一些认知。

梅兰芳曾告诉包笑天："有些报纸上说我近视眼，我并不近视，曾经生过一次眼病，病好了，我的大眼睛细小了，人家反说我有眼神。我喜欢养鸽子，瞧它飞去天空，回翔于青天白云之间，人家又说我在练眼神，岂不可笑？"

关于梅兰芳养鸽子练眼神的故事我从小就听，因为我的眼睛不好看，长辈们曾不时提醒我多多抬眼看天——学梅兰芳。直到现在，读了这一段，才知道，梅兰芳养鸽子只是因为喜欢。

当然，梅兰芳与孟小冬的恋情也许才是后人最感兴趣且道之不尽的话题。梅孟结合是"梅党"的撮合，皆因"梅党"认为大婆福芝芳不好相与，至于细节，却不甚明朗。书中，唐鲁孙的《故都梨园三大名妈》一文揭示了因由。文章虽有标题党的感觉，却是一篇很好的梨园号外。

"其实星妈这一行，早在二十世纪以前故都梨园行就有了这种行当，不过不叫星妈，而叫名妈而已。"当年北平第一号名妈是福大奶奶，即梅兰芳之妻福芝芳的母亲。福大奶奶之前替女儿相中世家公子，不想公子家长怕此子沉迷声色耽误前程，设法将其调离北平。福大奶奶大失所望，只好答应将女儿嫁给梅兰芳，条件是梅家财权要归女儿掌管。结合后才发现梅的财产全是银行股票，通通归"梅党"核心成员、中国银行总裁冯耿光保管。福大奶奶天天逼梅兰芳实践诺言，陆续收回股票，从此福、冯结怨，导致梅兰芳偷娶孟小冬的结果。

梅兰芳赴美公演，福芝芳有孕在身，梅本打算带孟小冬去美国，谁知被福大奶奶窥知个中秘密，让女儿福芝芳挺着肚子送梅兰芳登船，看着邮船启碇，才乘渡轮上岸。

我想，孟小冬空欢喜之后一定郁闷非常，任何事件都能成为挑动她脆弱神经的导火线。梅兰芳大伯母去世，孟被拒之门外不许吊唁，这无疑是对这段感情的致命一击。孟在天津《大公报》头版一连三天登载"紧要启事"，毅然与梅兰芳脱离家庭关系。

槛外人说："一般说来，梅在私生活方面，比较上不那么谨严，但是他对一切所做的事，总能负起应负的责任，而且能处理得很小心。"如此公然评说梅大师的，大概是第一人吧？

白先勇带给我的昆曲缘

缘起　二〇一六年二月下旬,白先勇先生来澳门,算是小城的一件文化大事。白先生在澳门大学以《我的十年昆曲之旅》为题做演讲,讲场座无虚席,足显作家个人魅力。

白先勇先生习惯未语先笑,一个慈祥长者,举止间透着优雅的书卷气。不读他的作品,想象不出他的人生背负着沉重的家国观,贯穿笔下的是以历史为轴的伤痛和对人性的悲悯情怀。

从作家到扛起昆曲义工大旗,再到青春版昆曲《牡丹亭》的制作人,白先生身体力行地告诉世人,不同的时代赋予作家不一样的使命感。家庭背景、生活经历、知识结构以及对美的鉴赏力促使白先勇为空谷幽兰的昆曲振臂高呼,让世人重新认识作为中国传统文化典范的昆曲之美。

如果有机会,我想告诉白先勇先生:我知道"白先勇"三个字不是从读其文字作品开始,而是始自一部由他的文学作品改编的同名舞台剧《游园惊梦》,至今我仍记得自己被这种"美到极致,都有些凄凉"的情愫所震慑的感觉。那一年,我十七岁,在广州读大学。尽管,当年的我不可能体察到《游园惊梦》里的钱夫人对故园南京的遥望意味着什么,《游园惊梦》和钱夫人却为我打开了一扇通往美的领悟力的门。第二天,我竟巴巴儿地跑去剧场又看了一场这部舞台剧。从那时起,世间一切美的东西在我看来都带着忧郁。

沿着白先勇作品《游园惊梦》这条线,自然而然,我开始翻读汤显祖的《牡丹亭》。现在我常翻的这一本就是当年在广州北京路的书店购得的。我看到,杜丽娘对美的感悟和对生命的留恋,何尝不是一种"美到极致,都有些凄凉"?园子里"姹紫嫣红"美得炫目,她却马上看到"断井颓垣"的破败之相。汤显祖和白先勇,在不同时空用不同的形式诉说着这份极致的美。

"白日消磨肠断句,世间只有情难诉。玉茗堂前朝复暮,红烛迎人,俊得江山助。"

三十年后,二〇一六年三月,汤显祖忌辰四百周年之际,我在第五届澳门文学节的讲座上讲述汤显祖和《牡丹亭》，有幸得澳门诗人姚风教授为我精彩主持，他说："听欣欣讲述，感觉汤显祖穿越时空，正在向我们走来。"其实，我很想说，从汤显祖到今天，这时空中间还站着白先勇先生。没有他，我不知道自己是否有机缘接触《牡丹亭》；不曾看过舞台剧《游园惊梦》，我对这份美的感悟便不是最直观的。从最初翻读《牡丹亭》到听昆曲，再到认识汤显祖，整整三十年时间，我所能领略的，也仅仅是皮毛而已。这里还有无尽的美，等待着我去探寻。

《牡丹亭》读了很多年，我却不太记得清自己第一次真正听昆曲《牡丹亭》是何时，好像是在上海，只看了其中一折《游园》。在南京大学读研究生时期，昆曲是其中一个学期的必修课，这下我可过瘾了！教我们的老师是被誉为"昆曲祭酒"的张继青老师。我因为是走读生，不常在校，很多时候都是老师一对一地授课，包括唱昆曲。当时老师教我两段——《游园》里的"皂罗袍"、《长生殿·弹词》里的"货郎儿七转"，前者是杜丽娘的青春之歌，后者是李龟年感慨沧桑变幻的老生唱段。到我拿到博士毕业证书那天，我先生在校园餐厅请我的导师、同门师兄等一众人吃饭，一位师兄和我先生说："我们当年就知道你太太，她回校有时一个人在文学院顶楼资料室唱昆曲，我们就在楼下听。"我听了这话，直想找个地缝钻进去！

一九九九年，浙江昆剧团来澳门，在永乐戏院演出，把昆曲第一次带到澳门。那次我应主办方之邀，义工任司仪，为澳门观众介绍剧目的同时普及昆曲知识。现在想来，这是高难度的工作，而我那时只想和昆曲零距离接触。正是这个机缘，我结识了浙江昆剧团的武生演员翁国生，当年三十岁出头的翁国生已是中国戏剧表演艺术最高奖项"梅花奖"的获得者。更难得的是，这是一个能写会画爱读书的演员。不排练的时候，我们就聊天，我和翁国生的这份友谊一直持续着。十五年后，翁国生担任我的第一部京剧作品《镜海魂》的导演，他也是白先勇制作的青春版昆曲《牡丹亭》的导演之一，第二晚的"幽冥版"[①]就是他的大手笔。现在想来，人生真的很奇妙！

一九九九年与二〇〇〇年之交，我以自认为最有纪念意义的方式迎来千禧年——那一夜，我和妈妈在香港观看了上海昆剧团的全本《牡丹亭》。十年前青春版《牡丹亭》面世之时，我的生活重心已移到北京，并且已经是准妈妈了。我记得《牡丹亭》在北京大学百年讲堂的演出，我是在翁国生的搀扶下入场观看的。一连三个晚上，我肚子里的孩子安安静静。后来，这个不是一般淘气的孩子，只要

[①] 指昆曲青春版《牡丹亭》第二本的故事，主要表现杜丽娘死后的情节，故称"幽冥版"。

一走进剧场，立马变得安静了。不论什么剧目、不管是否理解，他从不在剧场干扰我，也从未提出过要退场。我深信这是《牡丹亭》的一点点胎教作用。

《牡丹亭》故事和今天无缝对接 二〇一六年是汤显祖四百周年忌辰，他和他的代表作"临川四梦"再次成为热点话题，亮点是最为人熟悉的《牡丹亭》。汤显祖自己也说，"得意处唯在《牡丹》"，"情不知所起，一往而深。生者可以死，死者可以生。生而不可与死，死而不可复生者，皆非情之至也"。生而死，死而生，决定了《牡丹亭》一波三折的戏剧性。《牡丹亭》是戏剧作品中的经典，是昆曲的代表作品，一折《游园》更是戏曲表演者的启蒙剧目，足见这部作品无论从文学性还是戏剧性来看都极具价值。

那年，相同的问题我被问了数次："为何《牡丹亭》能成为经典，并且在四百年后的今天一样有粉丝？"我想，没有人会拒绝爱情，古今中外最受欢迎的作品一定是爱情故事。《牡丹亭》这个爱情故事很美丽——是对青春和美的留恋。杜丽娘明明已经死去，但情的力量使其复生，这是现实人生中无法实现的事，而四百年前汤显祖大胆地设想，而且写出来令其传世。今天，文艺作品除了讲故事之外，还需要观众认同故事传递出的价值观，才算成功。《牡丹亭》故事的价值观在于，情可以超越生死、超越时空、超越一切。因此，可以说这是中国文学最深情、最浪漫的作品。

杜丽娘无疑是汤显祖笔下美的化身，我们毫不怀疑汤显祖将人生的理想和对青春之美的赞扬统统加诸杜丽娘身上，也是通过杜丽娘，我们得以窥见无法想象的四百年前女孩子的生活：杜丽娘这个官二代，南安太守之女，家住豪宅，有后花园。古代的大家闺秀，是被禁足的，杜丽娘也是如此。家里前庭后院，她不能去，只能在闺房中做女红，裙子上不能绣成双成对的鸳鸯图，白天困了也不能睡觉。杜丽娘出场的时候正值春天，一切都在苏醒，万物生长，包括她的春心。既然女儿无所事事，杜丽娘父母便请教书先生来教她读书。不要以为这是知识分子家庭的做派，他们的私心不过是让女儿知书识礼，他日婚姻"门当户对，父母生辉"。而请来的老学究陈最良第一课教的就是《诗经》："关关雎鸠，在河之洲。窈窕淑女，君子好逑。"汤显祖有意将杜丽娘塑造成才女而非一般的大家闺秀，她是悟性很高的女孩子，除了对美的感悟，她还有文采。"关关雎鸠，在河之洲。窈窕淑女，君子好逑"，在陈最良看来，是讲述"后妃之德"；而对于杜丽娘来说，这首诗撩动了她的春心。汤显祖一点一滴地铺垫，是为了把后来"游园"的重头戏推到高潮。

《牡丹亭》的传世，可以说和一代又一代人对美的深切领悟有关，这其中每个人的感悟程度不一样，并因时、因地、因心情而异。这就是它可以感动四百年，获得无数点赞的原因。在今天，我们过着一种仪式感全无的生活。仪式感不仅仅是一道表面的程序，还是我们内心态度的反映。当我们再看最经典的《游园》时，便不难理解为何杜丽娘游园前的梳妆打扮如此具仪式感：

杜丽娘：袅晴丝吹来闲庭院，摇漾春如线。停半晌、整花钿，没揣菱花，偷人半面，迤逗的彩云偏。步香闺怎便把全身现。

春香：你道翠生生出落的裙衫儿茜，艳晶晶花簪八宝填。

杜丽娘：可知我一生儿爱好是天然？

二人同唱：恰三春好处无人见，不提防沉鱼落雁鸟惊喧，则怕的羞花闭月花愁颤。

只读文字，我们都能感受到杜丽娘是真的美。可惜这份美消磨在深宅大院之内，无缘春光，更无人得见。等到她到了自己家的花园（游园），那才是美美相遇的开始。

杜丽娘到了花园，发出"不到园林，怎知春色如许"的感叹。这是一个对美有深切领悟能力的女孩子，她看到"姹紫嫣红开遍"，想到"都付与断井颓垣"，是青春和生命的较量。"良辰美景""赏心乐事""朝飞暮卷""云霞翠轩""雨丝风片""烟波画船",在在是"美到极致,都有些凄凉"的情愫。

不了解《牡丹亭》的人,根本难以想象汤显祖对于两情相悦的描写尺度在哪儿。这是四百年前的文字,今天读来,也会令人大吃一惊。

柳梦梅:呀,姐姐!小生那一处不寻访小姐来,却在这里。恰好花园内,折取垂柳半枝。姐姐,你既淹通书史,可作诗以赏此柳枝乎?

杜丽娘:这生素昧平生,何因到此?

柳梦梅:姐姐,咱一片闲情,爱煞你哩!(唱)则为你如花美眷,似水流年,是答儿闲寻遍,在幽闺自怜。姐姐,和你那答儿讲话去。

杜丽娘:那里去?

柳梦梅:那!转过这芍药栏前,紧靠着湖山石边。和你把领扣儿松,衣带宽,袖梢儿揾着牙儿苫也,则待你忍耐温存一晌眠。

二人同唱:是那处曾相见?相看俨然,早难道好处相逢无一言?

杜丽娘自从梦见柳梦梅就染上相思病,自知不久于人世,又对自己的青春和容颜格外留恋,便自画真容,为了证明"我来过这个世界"。现在热衷于将自拍发在微信朋友圈的人，和四百年前杜丽娘的出发点是一致的，都是为了证明自己的存在。"三分春色描来易，一段伤心画出难。"至此，我们进一步看到杜丽娘的美丽，"艳冶轻盈，一瘦至此"，她不甘心啊，拼尽最后的力气也要让世人记得她的美貌。这是继前面"游园"之后的又一次带有仪式感的举动，为后面柳梦梅拾到杜丽娘自画像埋下伏笔，足见汤显祖构思的精巧。

汤显祖为情作使，写情出神入化，而且抓住了一点来写"似曾相识"之情。记得杜丽娘和柳梦梅在梦中相遇，两人重复说的一句话："是那处曾相见？相看俨然，早难道好处相逢无一言？"我们再想一下，有些人或事，我们为什么会动情？是否有一点"似曾相识"的熟悉感呢？这是一种难以言说的情愫，直接影响了《红楼梦》的写作。贾宝玉初见林黛玉，说"这个妹妹我见过！"，宝黛情感的支撑和这份似曾相识的感觉大有关系，书里也写到两人前世的缘分。《牡丹亭》里的爱情是三生三世，从生到死，又死而复生，更遑论《红楼梦》里多次提及《牡丹亭》，可见曹翁也爱之深切。即便《红楼梦》里有如水的繁华，大观园里有如歌的青春，那绝美的凄凉也无处不在！

汤显祖在澳门看见了什么？

汤显祖是谁？有人称他为"东方莎士比亚"。

汤显祖生于一五五〇年，即明嘉靖二十九年。他既是莎士比亚的同行——剧作家，又和莎士比亚是同时代人。二十世纪三十年代，日本汉学家青木正儿第一次把汤显祖和莎士比亚相提并论："东西曲坛伟人，同出其时，亦奇也。"

汤显祖的家乡在江西临川，莎士比亚出生在英国伦敦以西的斯特拉特福镇。后世将汤显祖四部最著名的戏剧作品称作"临川四梦"，也叫"玉茗堂四梦"。玉茗是指极品白色山茶花，汤显祖酷爱此花，住所因庭前有一株亭亭玉立的白山茶而命名为"玉茗堂"。"四梦"中《紫钗记》最为广东粤剧戏迷熟悉，《牡丹亭》流芳最广，其余"二梦"分别为《南柯记》和《邯郸记》。一五九八年《牡丹亭》诞生的那一年，莎士比亚完成了《亨利四世》。更奇的是，两位东西方戏剧巨匠同在一六一六年离世，汤显祖享年六十六岁，莎士比亚只活了五十二岁。有人开玩笑称，那一年，上帝想看爱情剧，召唤两位戏剧巨匠到天堂专为他一人写戏。二〇一六年是两人的四百周年忌辰，不少地方都会举办向戏剧大师致敬的纪念活动。汤显祖和莎士比亚两个名字，前所未有地同时响彻世界。而澳门，因为汤显祖曾经到来的足迹，并在其传世作品《牡丹亭》中三次提及，再一次在东西方文化交流的史册上熠熠生辉。

如果只能用一个字来描述汤显祖，那就是"情"字。汤显祖一生为情作使，以情写情——写出了最深情的戏剧作品《牡丹亭》。那么，写出这么深情作品的汤显祖到底是什么样的人呢？坊间流传过不同版本的汤显祖因写《牡丹亭》恸哭不已的故事，可见汤显祖是一位至情至性的人。而为官，更多的是用理性做事。有才气的文人，似乎都无法官运亨通。才气背后没有铮铮傲骨的支撑，一折腰，才气尽失。此论虽非真理，但在不少文人身上也能映照出几分真实，汤显祖则是才气与傲骨兼具的正面例子。

汤显祖曾经是个神童：五岁能诗，十四岁中秀才，二十一岁中举人，可谓早享盛名。但这不是一个"小时了了，大未必佳"的故事，汤显祖的才气一直在持续着。他虽二十一岁中了举人，却在以后的科举考试中，因为不肯巴结权贵、拉拢同僚，得罪了宰相张居正，连续四次会试均名落孙山。直到万历十年（一五八二年）张居正病故，汤显祖才在第五次会试中考中进士，但那时他已经三十四岁了，蹉跎了最好的时光。四次会试的失败，没有改变汤显祖的傲骨，他没有转而奴颜婢膝，而是依然故我。

汤显祖的官场生涯不曾辉煌过，但在万历十九年（一五九一年）他的一个举动震惊朝野——他上了一道《论辅臣科臣疏》，揭露钦差杨文举奉旨赈灾却一路贪污受贿、搜刮民财的罪证，将矛头指向宰相申时行和神宗皇帝。此举无异于时下的实名举报，而且是越级举报。当年汤显祖水中投下的这枚石头，泛起的何止是涟漪。结果，龙颜大怒，汤显祖获"假借国事攻击元辅"的罪名，被贬到广东徐闻做典史。

典史是相当于文书，也就是现代政府部门的秘书一类的职位，没有品秩，其地位随着他们依附的官员的品级升降。这个官属于未入流，比九品还低，说白了不算官。汤显祖被一贬到底，还被远远地踢到岭南。自古岭南是瘴疠之地，不少人来了就无法再回去，病死异乡。面对这样的遭遇，汤显祖没有一蹶不振，反倒将之视为人生难得的"出走"。万历十九年夏天，汤显祖从家乡江西临川出发上任,看尽赣州、梅岭、南雄、英德风光,来到广州。从广州绕道罗浮山,又赴香山墺(即今澳门)访友,顺道一游。一次澳门"自由行",充分放逐心灵,带给官场失意的汤显祖一些安慰。上帝在关上一道门之后,为汤显祖打开了一扇窗。七年后,传世经典之作《牡丹亭》诞生,其中他三写澳门,可见这里的秀丽、奇异及华洋杂处之风,使其倾心难忘。

当时,葡萄牙人已在澳门居住数十年。葡萄牙天主教来华传教的第一座教堂——地标式的圣保禄教堂,即我们俗称的"大三巴"的前身,也已经在澳门矗立了近三十年。教堂于一五九五年第一次遭大火焚毁,此后又连续遭遇祝融之灾,几度重修重建,最后却只剩下教堂的前壁在风雨中屹立不倒,像极了中国的牌坊建筑,故称为"大三巴牌坊"。

《牡丹亭》应是最早出现澳门风光的中国戏剧作品:

一领破袈裟,香山墺里巴。多生多宝多菩萨,多多照证光光乍。小僧广州府香山墺多宝寺一个住持。这寺原是番鬼们建造,以便迎接收宝官员。兹有钦差苗爷任满,祭宝于多宝菩萨位前,不免迎接。(第二十一出《谒遇》)

这里说的多宝寺,就是最初始的"大三巴",原是"番鬼"们——葡萄牙天主教徒来华传教所建。番鬼,在澳门至今还有人偶尔如此称呼外国人。看来汤显祖在澳门听到了最真实的华人民间语言，目睹过"大三巴"遭遇火灾前的原貌。而钦差苗老爷，虽然在《牡丹亭》里不是主要人物，却起了关键作用。男主人公柳梦梅是岭南书生，是柳宗元的后代，到澳门寻找钦差苗老爷，得到资助，才得以北上赶考。《牡丹亭》是汤显祖辞官之后的作品，显见，汤显祖被贬官到广东一带的经历，在他的人生中分量很重。《牡丹亭》写了双梦——不但杜丽娘因梦生情，因情而亡，又因情死而复生；在岭南，柳梦梅也做了一梦，梦见树下有一美人，对他说："遇俺方有姻缘之分、发迹之期。"有了美人的驱动，柳梦梅赶考的决心变得异常坚定，但苦于没有盘缠，友人韩子才（汤显祖设计这是韩愈的后人）劝他到澳门向苗钦差求助：

老兄可知？有个钦差识宝中郎苗老先生，到是个知趣人。今秋任满，例于香山岙多宝寺中赛宝，那时一往何如？（第六出《怅眺》）

香山岙里打包来……五羊城一叶过南韶。（第二十二出《旅寄》）

柳梦梅果真到了澳门，找上钦差苗舜宾，获得苗钦差的资助而北上赶考，才有了后来这个被白先勇称为"爱得死去活来"的爱情故事。

有人说，汤显祖没有到澳门，就没有后来的《牡丹亭》，这也许言过其实了。浙江遂昌——汤显祖辞官之前有五年时间在那里做知县——号称是汤显祖创作《牡丹亭》之地，还不时举办万人齐唱《牡丹亭》的活动。到过遂昌的朋友说他喜欢这个可以遁世的小地方。看来，遂昌早将汤显祖和《牡丹亭》这张文化王牌抓在手里了。

现在，我们无从得知汤显祖的澳门"自由行"为期多长，但应该不是走马观花，而是用文人的视角来观察和思考：

不住田园不树桑，珴珂衣锦下云樯。明珠海上传星气，白玉河边看月光。(《香岙逢胡贾》)

可见，汤显祖曾踏足葡萄牙人的居住区，亲眼见到了"番鬼"，看到了澳门的葡人和中国人不同的生存状态——前者不以农耕为生，专事贸易；同时也看到了异国华裳，"珴珂衣锦"；并且仰望过澳门的星空、赏过澳门的月光。而对于异域少女的刻画更使文字生香：

花面蛮姬十五强，蔷薇露水拂朝妆。尽头西海新生月，口出东林倒挂香。(《听香山译者（之二）》)

自葡萄牙人一五五三年在澳门正式居住，到一五九一年汤显祖到澳门，已将近四十年时间。当年，葡萄牙人要历经长时间的海上航行才能到达澳门，并且不允许携带家眷。他们最早在印度果阿建立行政区的同时，开始和当地人通婚。所以，汤显祖在澳门看到的很有可能是有着葡萄牙血统的东南亚少女。汤显祖不但对澳门，对葡萄牙的情况也有所了解。诗中"尽头西海"道出葡萄牙的地理位置，地处欧洲最西端，面对的是浩瀚大西洋。这一句，和葡萄牙文学之父贾梅士的千古绝唱诗作《葡国魂》的"陆止于此，海始于斯"，有异曲同工之妙。而汤显祖是否读过贾梅士在澳门成诗的《葡国魂》？"尽头西海新生月"一句，透出时年四十一岁的汤显祖的孤寂。此时他心中已埋下对朝廷的失望，兼之对故乡的牵挂。

从被贬官的一五九一年开始，汤显祖当了三年徐闻典史、五年浙江遂昌知县，一五九八年借去京述职之机，告归还乡。同年秋天，一部伟大的剧作《牡丹亭》问世。如果汤显祖一直恋栈，不曾归去来兮，中国就少了一位戏剧家，戏剧史上就少了一部扛鼎之作，澳门更少了这个"入戏"的机遇。

你一定要看传统戏

大传统与小传统　　学者王元化在《关于京剧与文化传统答问》一文中提到"大传统与小传统"的问题。他解释,"大传统和小传统"这一说法于二十世纪五十年代由芝加哥大学人类学教授芮斐德(Robert Redfield)提出。所谓大传统是指上层绅士、知识分子所代表的文化(或贵族文化),这多半是经由思想家或宗教家反省深思所产生的精英文化;与此相对的所谓小传统,则是指一般大众社会,特别是乡民或俗民所代表的生活文化(或平民文化)。芮氏所说的精英文化和生活文化与我们通常所谓的雅文化与俗文化,或高雅文化与大众文化是比较接近的。

大传统以小传统作为中介传播到民间去,经史子集直接记载着中国的传统思想,许多老百姓虽不识文断字,却也懂得忠孝节义。很自然，唱本、评书、传说、神话、小说、戏曲，就是向老百姓传递"忠孝节义""劝善惩恶"等思想的最直接传播媒介，而中国百姓的人生观、是非观也正是由此途径获得，所谓"戏园者，实普天下之大学堂也"。

可是，现在看戏的人有多少？在这个鼓励一切创新的社会里，传统戏的空间萎缩至难以想象的地步。"创新"和"传统"俨然成了两个对立面。然而，传统戏所承载的温良恭俭让、忠孝节义等为人之根本，谁又能说它过时？这些为人之根本，也是衡量一个民族道德水平的标杆。

老派文人汪曾祺曾言，公共汽车越来越挤，是因为现在的人都不看戏了。

不看戏的人，无法从小传统处汲取中国传统文化的养分，易失却做人的根本；放大到整个社会而言，社会便失去了从容。

一个"强迫"员工看传统戏的老板 国庆节长假第一天，我从北京赴上海，再乘车来到张家港南丰镇永联村——这里有着规模宏大的永钢集团。进入"永钢"，如同进入一座小城。没有车，便无法在钢厂内行动。一座无异于现代化剧场的"永联文化活动中心"赫然闯入眼帘，在夜色中它格外醒目。由老生张克、程派青衣李佩红领衔的天津青年京剧团在这里唱大戏——《红鬃烈马》《文姬归汉》《失空斩》《洪羊洞》《锁麟囊》。这样的传统大戏，四天五场，在京津沪等大城市恐怕都难有让人满意的上座率；而偏偏在这里，上座率百分之百。

我承认，自己是被好奇心驱使才来到这里。看戏仿佛成了次要，一睹永联村党委书记吴栋材先生的真容才是此行之目的。听说，吴先生自己爱看戏，也"强制"要求员工看戏。

直至和吴栋材先生面对面，我才理解，为何吴先生要在永联村建剧场，要请顶尖的演员来演戏，要让员工、村民看戏。这是一个煞费苦心的故事。

在永联村党委书记、永钢集团有限公司董事长吴栋材先生宽敞的办公室里，我向他提出第一个问题："您是戏迷吗？"

吴书记显然有点诧异。我想，可能没有人一来就向他提这样的问题。

"我算不上戏迷，我没有特定迷哪一个剧种，而是喜欢所有的剧种。"吴书记如是回答。

话匣子就从看戏打开。

吴书记军人出身，曾参加过抗美援朝。当他还是新兵的时候，在东北、安徽等地受训，那时基本每天看戏，涉及的剧种有黄梅戏、锡剧、沪剧、评剧、京剧、越剧等。每天看戏的日子大概持续了三四年之久。其后，因在战争中负伤,他到吉林养伤。这段时间,他又恢复了看戏,而且是自己掏钱买票看戏。

吴书记说,戏曲里有中国传统文化的精华,它告诉我们何谓做人的根本,什么该做,什么不该做。传统戏曲,让我们看到老祖宗留下来的东西的价值。

吴书记的观点,对应了从民间文化的小传统吸取养分的观念。

当年的永联村是个穷村,政府出资十多亿元,用于征集一千多亩的零散土地以及将几千户人家集中到永联小镇上。今天的永联小镇是按照城乡一体化的现代化标准打造出来的,节省出来的土地用于建工业基地。硬件设施一应俱全,但农民进入城镇之后,固有的习惯改变不了,他们的文化素养、文明素质和城市居民仍有着相当大的差距。

于是,吴书记开始在永联村着手文明建设——建戏楼,建文化中心,于文化广场设多媒体大屏幕,请地方剧团到永联村演出——让村民不出村在家门口就能欣赏到一流的表演,并且通过这些表演,把历史人物故事、做人的根本潜移默化地融入村民的思想和血液中。

吴书记告诉我,除了我们这几天看戏的、按现代化剧场标准建造的文化活动中心外,永联村还有一座戏楼,一年三百六十五天,几乎天天都有传统的草台班子在此演出传统剧目。而永联村在建的，还有一个村民议事厅，内含多功能会议厅、小剧场等设施。

文明素质的提升以及文化建设，非一朝一夕之功。

吴书记坦言，之前没有提供看戏的机会时，为了规范村民的行为，永联村设立了五十多条文明行为标准，如邻里和谐、婆媳和睦、不赌不嫖等。以金钱为激励，村里每年拿出近千万元资金，以人均千元的标准，设立文明家庭奖。若这些文明行为一一做到了，可得满分一百分。换言之，该奖采取扣分制度，违反规定，不但个人扣分，连带着家庭成员以及整个小组都要扣分，颇有古时"连坐"的味道。

在晚上看戏的文化活动中心内，我发现有一个人在观众入场的时候，拿着纸笔，一直在记录着什么。原来，演出票发到了员工手中，就有专人负责在现场记录出席率，不来看戏的，将被扣发奖金。不过，经常看戏看成戏迷的，也大有人在。

几年下来，依据当初订立的文明行为标准，永联村人人都能达标了。吴书记说，那些不文明的行为在永联村已然成了人人喊打的过街老鼠。

看戏实则看人生　　会看戏的人，不仅仅满足于戏台上出将入相的热闹。戏看多了，自然而然地就看到了人生。眼前的吴书记，让我想到了台湾地区的辜振甫先生。辜先生是个不折不扣的戏迷，能够登台唱戏。辜先生通过看戏、登台，总结出"上台不易，下台更难"的人生感悟。

中国传统戏曲，情节看似直白松散，实则多在闲中着色，以古喻今。《空城计》唱了多年，智慧的诸葛亮在老百姓心中接近神的化身。今天我们再看《空城计》，不得不承认，诸葛亮是个危机处理的高手，他身上那份临危不乱的从容、淡定，正是现代人所缺少的东西。

天津青年京剧团在永联村四天五场的演出，吴书记都是座中人。他为老生张克、程派青衣李佩红的表演深深折服。他从《文姬归汉》中看到了现代的意义：其中传达的睦邻友好的愿景，对小至个人、大到国家都有现实的教育意义。这是传统文化深厚的底蕴所在，看戏对人际关系、社会关系的处理，都大有裨益。《失空斩》更是给当领导者当头棒喝，这出戏让人看到的是，将相不和、用人错误以及骄傲自满的严重后果。

吴书记不仅看戏看出了心得，在培养员工看传统戏上也颇内行。他说，传统戏不妨反复看，不会觉得乏味。这是"生书熟戏"的审美经验。我向吴书记讲了自己七岁被"扔"到剧场，七天连看七场《白蛇传》的经历，证明了反复看同一出戏的效果，每次理解不同、感受不同，最终戏里的思想直接影响了自己的人生观。

　　要离开永联村，踏上回家之路了。我忽然对永联村人心生羡慕，每个人对幸福的理解不同，对于我来说，能够天天看戏，才是梦寐以求的幸福啊！

昆曲世界里的醉生梦死

二〇〇一年五月十八日，昆曲被联合国教科文组织评定为"人类口述和非物质文化遗产代表作"，这养在深闺的浓稠的水磨腔一夜间为天下知。

二〇一五年五月十七日，第二十六届澳门艺术节有一台《南昆风度——昆剧经典折子戏》上演，这是时隔十年昆曲再度亮相艺术节。不知是有心为之，还是天意巧合，《南昆风度》的上演，正值昆曲的非遗纪念日前夕，使这样一台从骨子里散发出优雅、幽香的折子戏，有了别样的意义。

是晚戏码有《幽闺记·踏伞》《虎囊弹·山门》《牡丹亭·寻梦》《占花魁·湖楼》《白罗衫·诘父》，是一台神清骨俊、含英咀华的剧目。数百年的艺术，沉淀至今，都是滴水成珠的精华。昆曲折子戏的看点固然是唱、念、做、打的细腻，但对于不太熟悉昆曲的观众来说，这些也许并不是最吸引人的。个人认为，这台剧目的亮点是浓缩了人生的理想和现实，观众坐进剧场，暂且在昆曲的世界里醉生梦死。这些不以描摹现实为目的的古典剧目，准确地将现实里的精神、情感提炼出来，供人近观细品。

《踏伞》讲逃难途中青年男女萍水相逢，同是天涯沦落人。用现代眼光看，这是一出在路上的公路"电影"。缘浅的，只是暂时互相取暖；缘深的，必有后话。而戏剧，一定是把这层缘分往深情里写，古今中外皆同。

《山门》是鲁智深醉酒后的世界。我们熟知的呈现醉态之美的剧目，莫过于京剧《贵妃醉酒》，那雍容、慵懒、柔美、朦胧，见之难忘。而《山门》中的醉态，则呈现为另一番阳刚，在此不剧透太多。

《寻梦》和《湖楼》，风格截然不同，却有着相同的人生理想，不论性别、身份、地位。前者是经典中的经典，后者已少见于舞台，难得露真容。

《诘父》由昆曲巾生石小梅演大轴，十八年的恩怨情仇交汇在方寸舞台之上。师承传字辈的石小梅，其表演已超越四功五法之表层，有人说："即使在看不见舞台的地方，只要听见石小梅的唱，就能感受到舞台上的喜怒哀乐。"

两度观看昆曲《一六九九·桃花扇》，相隔十年，心境大不同。

十年前，我爱极那些舞台装置：背景回廊是明代著名宫廷画家仇英绘制的《南都繁会图》，四根红柱搭成可移动的表演空间，镜面般的舞台映照出秦淮河的旖旎春光。

十年后，于澳门艺术节的舞台上再看同一出戏，观剧中形形色色人物及其命运，心有戚戚焉。

《桃花扇》是一出抒写政治情怀的历史戏，其中不少人物历史上确有其人。明明是乌烟瘴气的王朝末世，却写得分外干净。一如曹雪芹的《红楼梦》，明明写大厦将倾，笔下却尽是鲜花着锦。所以，政治戏不一定乌烟瘴气，《桃花扇》就是以李香君来表现浊世中的一泓清泉。

柔媚如水的秦淮女儿，在选择与谁为伍的原则性问题上，比丈夫侯方域更有主见。《却奁》《守楼》两折戏是以李香君的干净为其塑像。当得知成婚的妆奁为勾结阉党的阮大铖所出，香君当场拔簪脱衣，气概非凡。侯方域被阮大铖诬告，避走他方；权臣田老爷逼娶李香君，香君不从，一头撞向桌子，点点鲜血滴落在与侯方域定情的扇面上。两场戏，让有"香扇坠"之称的李香君立时高大起来，胜过多少昂藏男儿。其实这内中多少也透着些不得已：但凡有人为其挺身而出，又何须一个秦淮女儿做如此之举？

最终为李香君解围的,是秦淮人李贞丽。她顶替李香君上轿,临行前还不忘叮嘱那三百两聘礼要为其收好——观众笑,但笑声背后分明藏着悲痛。再看李贞丽的相好杨龙友,史书记载他官至右佥都御史,擅画。他亲自送李贞丽上了田老爷轿子后,回来拾起香君的扇子,溅血的扇面经他的生花妙笔,绽放出朵朵桃花。这一笔,浪漫是够浪漫,但此情此景,只让人觉得一切被毫无承担的文人酸气盖过。

秦淮河不是战场,作者却以秦淮女儿的气节,对比史可法率三千子弟兵死守扬州城的悲壮。

走到尽头的末世,之于一个朝代,是悲剧,而之于末世的一群人,是悲壮!

吴侬软语江南情

> 吃了，喝了，于是进光裕社一小型书场去听书，也是晚间最愉快的节目。即如杨乃珍的评弹，都是开篇式的小品，也有长篇故事传奇式的弹词，即如《珍珠塔》，就是连续弹唱经月才完场的……

这是作家曹聚仁写苏州的一段话。从中，我们看到了苏州人或者说江南地区的人曾经的生活方式：每晚到书场听书，有的传奇故事要几个月才能听完。那时的慢生活，体现在人们能真正心安理得地、不慌不忙地享受听书的过程。中国传统文化中的温良恭俭让、仁义礼智信，就这样经年累月地慢慢浸润到听书人的骨子里去……

上述文字提到的评弹—— 一种发源并流行于北部吴语方言区（包括以苏州为中心的江苏东南部、浙江北部和上海等地）的曲艺品种，形成于明末清初。评弹是评话和弹词的总称。据《吴县志》记载："明清两朝盛行弹词、评话，二者绝然不同，而总名皆曰说书，发源于吴中。"也就是说，大约在四百年前，苏州地区已经有说书活动。这是因为苏州弹词和苏州评话同属说书行业，曾经拥有共同的行会组织，民间即习惯性地将二者合称为"苏州评弹"。二〇〇六年五月二十日，经国务院批准，苏州评弹被列入第一批国家级非物质文化遗产名录。

评话，只有说，没有唱；而弹词，则有说有唱。二者均以说、表细腻见长，吴侬软语娓娓动听。虽二者皆冠以"说书"之名，细分之下，有"大书"和"小书"之别。

评话演出内容的题材大都是历代兴亡的英雄史诗和侠义公案。通常一人登台开讲，多讲金戈铁马、历史演义、叱咤风云、侠义豪杰，主要书目有《三国》《水浒》《英烈》《隋唐》和《七侠五义》等。由于演出内容和表演风格相对粗犷豪放，所以评话又称"大书"。

弹词是一种韵散结合，以叙事为主、代言为辅的苏州方言说唱艺术；用吴音演唱，抑扬顿挫，轻清柔缓，弦琶琮铮。弹词的题材比评话要小，大多是讲家族兴衰和爱情故事，主要书目有《珍珠塔》《玉蜻蜓》《白蛇传》《三笑》等。弹词在表演风格上纤细柔和，所以又称"小书"。演出方式大体可分三种，即一人的单档、两人的双档、三人的三个档。演员均自弹自唱，伴奏乐器为小三弦和琵琶。

评话的语言由第一人称（说书人的语言）和第三人称（故事中人物的语言）两部分组成，以前者为主。换言之，评话是讲故事，而不是演故事。弹词则讲究"说噱弹唱"。"噱"即书中的幽默笑料，逗人发笑。用三弦或琵琶进行伴奏谓之"弹"，既可自弹自唱，又可几人互相伴奏和烘托。"唱"则指演唱。"说"的手段非常丰富，叙述、代言兼而有之，说明、议论时而相伴。因此，弹词在表演时，颇具布莱希特戏剧理论中的"间离效果"——时而是说书人的叙述、解释、评议，时而是人物的思想活动、内心独白、相互间的对话。表演者在说书人和故事人物之间自由地跳入跳出，或夹叙夹议，或借鉴昆曲和京剧等的科白手法，运用嗓音变化、形体动作及面部表情等，"于说法中现身"，满台生风。

多年前，我期盼过澳门卢九花园内能建一间茶寮，在其中轮番上演上百种中国的曲艺品种，每月新鲜，让我等澳门人也可以享受曹聚仁笔下"吃了，喝了，于是进光裕社一小型书场去听书"的乐趣。那时的澳门人没有现在忙；那时的澳门，还是个气定神闲的城市。但这份期盼一直是空想。

今闻本届澳门艺术节引进评弹节目，顿感欣喜雀跃。

表演地点卢家大屋,虽非书场茶寮,却也有点意思。从节目的编排看,所选均为经典书目,且连演四晚。借此良机,当体验一把听评弹的乐趣,在经典书目中重温一回中国传统文化;非物质文化遗产的迷人之处,正在于其鲜活的生命力。由此,我们触摸到的是前人曾经有过的一种生活方式,带有情感的温度,弥足珍贵。

一个女人的十八年

第二次到西安,是二〇一六年去电视台录访谈节目。西安广播电视台在西安新城区曲江新区,彼时中秋刚过,西安人会告诉你,离电视台不远的大唐芙蓉园是今年央视中秋晚会的直播场地。我还听说,附近有一处王宝钏寒窑遗址,被打造成中国第一个大型婚俗、婚礼、婚仪体验式主题公园——曲江寒窑遗址公园。公园定位明确,主打爱情牌,记录王宝钏、薛平贵忠贞不渝的爱情故事,说是以爱情旅游、爱情消费、爱情纪念、爱情教育为主要产业方向。先不说"爱情"如何"消费"和"教育",个人比较好奇的是,今天说起王宝钏,有几个"八〇后""九〇后"的年轻人知道呢?而王宝钏和薛平贵的爱情,不过只是一个漫长故事的一点点缀罢了,这个故事内容更多的是无尽等待。王宝钏十八年苦守寒窑，夫妻再见面时，彼此都认不出对方来了。这其实是一出大悲剧。

王宝钏和薛平贵是活在戏曲里的两个人物。关于他们的故事，京剧里有《花园赠金》《彩楼配》《三击掌》《平贵别窑》《探寒窑》《武家坡》《算粮》《大登殿》，这八个剧目组合起来被称作"王八出"，侧重于王宝钏的人生故事，是京剧界有"通天教主"之称的王瑶卿先生的代表剧目，传承至今。

唐朝丞相王允的三女儿王宝钏，择二月二日在十字街头高搭彩楼，抛球选婿。为求佳婿，王宝钏携婢到花园焚香祈祷，见院外有一花郎卧倒，使婢问明，知是薛平贵。王宝钏见薛平贵人品不凡，并非久困之人，意有所属，以银两相赠，嘱薛平贵及期至彩楼前接球入赘。彩球打中薛平贵后，父亲王允嫌贫爱富，王宝钏不惜与父亲三击掌决裂，抛弃荣华富贵的生活，嫁给薛平贵，在破瓦寒窑内安身。薛平贵前往投军，降服红鬃马，封为后军督护。西凉下战表，王允推大女婿苏龙、二女婿魏虎为正、副元帅，将薛平贵降为"先行"，即刻远征。薛平贵在寒窑前与王宝钏依依惜别。此后，王宝钏独守寒窑十八年，困顿中写下血书，托鸿雁寄往西凉。薛平贵得代战公主帮助，已在西凉为王，得信后返回长安，在武家坡前遇见王宝钏，夫妻分别十八年，容颜难辨，不敢贸然相认。薛平贵借此试探妻子贞节，王宝钏不为所动，逃回寒窑。薛平贵赶至窑前，细说缘由，夫妻相认，王宝钏之后也与代战公主相见，薛平贵得享齐人之福。

包括"王八出"在内，这个剧目的全本以《红鬃烈马》为剧名。在今天的舞台上，该剧多从《武家坡》唱到《大登殿》。

这个故事，用今天的语言来说，属于"爽文"，诸多细节经不起推敲，而且，故事显然出自男性之手，内里是满满的大男子主义色彩。但这丝毫不妨碍其经典传统剧目的地位，且在戏曲舞台上传唱经年。这是因为中国是个诗歌大国，诗歌在中国文学的长河中占尽时间和地位的优势，乃至后来发展出的文学形态都不可避免地受诗歌的影响。戏曲就是一门诗化的艺术，这从基因上决定了戏曲以抒情为主、以表演见长，不以讲故事取胜。戏曲舞台上讲什么（故事）不重要，重要的是（故事）如何讲。不同流派、不同演员，展现了同一故事的不同风采，这是戏曲的迷人之处。京剧为清代皇家人士酷爱，在宫廷化、精致化这条路上，精益求精的是表演而非故事。《红鬃烈马》是中国戏曲中很典型的一出剧目，观众在忽略故事情节的同时尽情地享受着悦耳的唱段，甚至连表演都可以忽略掉。曾经，《武家坡》中薛平贵"一马离了西凉界"的唱段具有民众耳熟能详的流行曲地位，京城大街上贩夫走卒人人能唱。

《平贵别窑》 从《彩楼配》到《大登殿》，可以看到一个古代女人的一生如何消耗在苦苦的等待中，说这个故事是古代版的《归来》也不为过。但毕竟薛平贵不是陆焉识这样的知识分子，他是"凤凰男"，最终的追求不过是荣华富贵和齐人之福，所以他在《大登殿》终于能吐气扬眉地喊上一嗓子——"薛平贵也有今日天"！这些折子中，最好看的当是《平贵别窑》，少年夫妻惨将离别，如果观众熟悉后面的故事情节，会想到，这双人儿一别就是十八年，人远天涯近，少有不动容的吧？随着年岁渐长，看过无数次舞台上的王宝钏和薛平贵之后，我才慢慢摸到了戏曲的门边，而门内便是中国传统文化的无穷精华。传统戏，当留白处留白，细致处骨肉丰满、肌理分明。老辈人写传统戏，是闲中着色，古朴淡雅，给人可品味的空间。品什么呢？故事背后的智慧和人生况味。

《平贵别窑》是与后面的戏反差很大的一折，在这里，扮演薛平贵的演员是武生应工，扎靠，穿厚底，要年轻帅气，与十八年后长胡子的薛平贵不可同日而语。前面是少年情真，后面不但变老了，也变得世故油滑了。这出戏靠演员的表演来"放大"少年夫妻依依惜别的情绪。分别在即,王宝钏说,你嘱咐我几句吧。

十担干柴米八斗,你在寒窑度春秋。守得住来将我守,守不住来将我丢。

薛平贵自己前景未卜,军队中的先行是个苦差,是岳父王允生生塞给他的差事。面对曾经是相府千金的年轻妻子,薛平贵心里实在没底,不知道她能否熬得住苦日子、守得住寂寞。所以,他的意思是叫妻子熬不过的话就回相府;如果继续坚守,你只能在这窑前窑后、窑左窑右,给人家浆浆洗洗、缝缝补补,等为夫回来,我一家一家登门叩谢。看戏至此,我总在想,以王宝钏的千金之体,她会做浆浆洗洗、缝缝补补的活计?扮演薛平贵的演员,在这里的戏份比王宝钏重,这些台词要配以身段动作,有表演、有感情、有节奏。须知道,戏曲是空台表演,场景、风景、布景都在演员身上;演员没有出场前,舞台就是一方空台,演员是带景出场。比如《平贵别窑》,台上空无一物,我们却通过看演员的身段表演,看她如何表演进出窑门,知道寒窑又低又矮,如同亲眼看到了王宝钏一住十八年的寒窑。

《武家坡》 我想,看了《平贵别窑》之后马上看《武家坡》,对观众来说是一次很好的人生体验。可惜,现在的戏很少这么唱了,《平贵别窑》只能当单出的折子戏来看。现在所谓的全本戏,多从《武家坡》开始。也就是说,看王宝钏和薛平贵的故事，只能从他们老了开始看，两人昔日少年夫妻的岁月只能靠观众自己想象。要说两人的爱情，也只在《平贵别窑》里有所体现。我实在不知道，什么样的爱情经得起十八年岁月的消磨？在没看过《平贵别窑》之前，对于我来说，这两人从未年轻过，挂着胡子的薛平贵一出场就老了，而且透着深深的寂寞："青是山绿是水花花世界，薛平贵好一似孤雁归来。"再热闹的世界也与他无关，起码在这一刻，他是一心回来找王宝钏的。薛平贵毕竟不是当年在寒窑哭啼啼的青年了，他有了更复杂的人性。十八年未见妻子，一见面他就要试妻子的贞节，还摆出大道理来，难免令人生厌：

洞宾曾把牡丹戏，庄子先生三戏妻。秋胡戏过罗敷女，薛平贵要戏自己妻。弓叉袋内假摸取，哎呀！我把大嫂的书信失。

《武家坡》表面上是一个戏妻的骗局，实则是薛平贵用戏妻来掩盖自己内心的悲凉，还有那不可控的怀疑情绪。因此，整出戏更多的是在唱这份被放大了的情绪。

武家坡是王宝钏和薛平贵分别十八年之后再次见面的地方。在此下马的薛平贵想了个理由，不先亮出身份，而是请路人甲带话给王宝钏，说是薛平贵托人带来万金家书，约她在武家坡前接取。这样，正在剜野菜的王宝钏便青衣素服提着篮子慢悠悠地出场了。十八年未相见，即使面对面，两人都已认不出对方来了，这正好是薛平贵戏妻的前提。《武家坡》的唱段确实好听，从慢板到二六板式，到后来穿插于戏妻剧情中的生旦经典对唱，成套的唱腔为今天的观众展示了何谓京剧音乐的经典。

两人见面后，薛平贵自然是拿不出书信，便谎称他把信弄丢了。对于王宝钏来说，十八年来丈夫薛平贵也许真的只是一个幻影，既见不到也摸不着；今天听说丈夫有信来，无疑是精神上的一根救命稻草——此人还真实地存在着。但听说眼前这个带信的军人竟然丢失了书信，具象再次化成幻影，可以想见她是多么失落。

但王宝钏毕竟是大家之女，十八年寒窑岁月没有完全磨掉她的贵气，且听关键时刻她说了什么："与人谋而不忠乎？与朋友交而不信乎？失落人家的书信，岂不叫人痛心？"我觉得这是《武家坡》写得很好的一笔，人物性格呼之欲出。有一次看戏，我发现饰演王宝钏的演员把这句台词省略了。当然，这并不影响剧情的发展。中国戏曲往往是意在言外，看似闲笔与剧情无关的东西，却值得品味再三。

我不知道现在的演员如何理解传统戏。过去学戏是口传心授，演员的文化水平不高；如今，很多戏曲演员据说都是研究生学历了，但学历和演戏还真是两回事，戏曲不仅唱人生的悲欢离合，还有人情世故。比如，王宝钏听眼前这位"军爷"（薛平贵）说到自己的丈夫，就和"军爷"有了以下的对唱：

王宝钏：我问他好来——

薛平贵：他倒好！

王宝钏：再问他安宁——

薛平贵：倒也安宁！

王宝钏：三餐茶饭——

薛平贵：小军造——

王宝钏：衣衫破了——

薛平贵：有人补缝——薛大哥这几年运不通，他在那军营之中受了苦刑！

王宝钏：（念）受了苦刑，敢莫是挨了打？

薛平贵：（念）正是挨了打！

王宝钏：（念）但不知打了多少？

薛平贵：（念）一捆四十！

王宝钏：（哭）喂呀，我那苦命的夫啊！

看，这就是世态人情。对于久别的亲人，我们最关心他什么？吃得好不好，穿得暖不暖。他受苦，我们心痛。无论古今中外，这份情感大同小异。"军爷"谎称薛平贵借了自己银两还不上，就把王宝钏卖给自己了，苏龙、魏虎为媒,最后企图以钱财打动她。面对百般调戏,王宝钏除了骂还是骂,最后使计朝薛平贵脸上扔了把沙子逃回寒窑。这一刻,薛平贵才放下了一颗忐忑的心:"好一个贞节王宝钏,百般调戏也枉然。不骑马来步下赶,夫妻相会寒窑前。"

《武家坡》的故事情节无甚新意,戏曲里不乏情节近似的剧目,如《汾河湾》中薛仁贵和柳迎春的故事,《桑园会》中秋胡戏妻的故事。《武家坡》能唱到今天,真的只是凭着那些唱段吗?我自己已是中年人,看戏的戏龄少说也有四十年了。人到中年在心态上的变化是什么呢?就是对世界多了一份宽容与悲悯,这自然也反映在对戏的理解上。对于薛平贵这样一个吃过苦头而最终成功的中年男人来说,十八年后可谓是衣锦还乡。既然是回来寻找王宝钏,他不可能不想见到妻子;分别太多年了,他当年最担心的事没有变——妻子是否仍守在寒窑等他。这种"近乡情怯"的感情,没有经历过人生,不足以语之。近日我在看一部很火的电视剧《中国式关系》,男主人公一天之内失去出轨的妻子、失去家庭、失去工作及社会地位,变得一无所有;事后他痛心疾首地说:"有些事,你不知道要比知道好!"穿越古今,两个男人的内心惊人地一致,而薛平贵只能选择用玩世不恭的态度来遮掩自己的软弱。

《武家坡》是一出细节处写得极好的戏。戏妻之后,薛平贵追到寒窑外，苦苦哀求王宝钏开门。王宝钏有言，开门可以，门外的薛平贵须先退后三步；当退到第三步时，薛平贵叫道："妻啊，后面无有路了啊！"此时，王宝钏才放声哭道："后面有路，你也不回来了！"王宝钏这一哭，哭出天下妇女的悲哀：男人不到没有退路，怎会回头？如今再看《武家坡》，动人处仍在细节。王宝钏在窑内，薛平贵在窑外，百般解释自己就是十八年前的那个人，因为王宝钏也在怀疑："我儿夫哪有五绺髯？"这当然难不倒薛平贵，他是男人，不怕老，还不忘补给王宝钏一刀："三姐不信菱花看，也不似当年彩楼前。"

"寒窑哪有菱花镜？水盆里面照容颜。"王宝钏一照一惊心，继而又是一哭，"啊，容颜变！十八载老了我王宝钏！"

看戏的心情随年龄而变。三十岁，我为王宝钏哭男人没有退路不回头而感动；如今，我为王宝钏哭年华老去而动情。

这样的十八年，怕是谁都要哭的。

《大登殿》　薛平贵曾经是非常努力上进的青年，从叫花子出身到投身军中，再到西凉为王，改变其命运的是王宝钏抛出的彩球和后来扶他上位的代战公主。看来，薛平贵有女人缘；但他却无缘成为女观众的男神，至少我没听过一个人说喜欢他的。薛平贵缺少的是一点贵气，这与富贵、成功都无关系，有的人尽管贫穷，但依然有贵气。

你看，薛平贵发迹了，回来找王宝钏，前一刻还苦苦哀求妻子开窑门放自己进去，一进门，便迫不及待地"显摆"——不但拿出掌权的金印，还急切切告诉妻子："西凉国有一个女代战，她保孤王坐银安。"这王宝钏呢，毫不犹疑地就说："西凉国女代战，她的恩情非一般，有朝一日登龙殿，她为正来我为偏。"

这是男人写的戏，充满了男性的理想主义。妻子大度地接受丈夫"包二奶"的现实，是男人做梦都想的美事；如果再如王宝钏般礼让一番，男人睡着了也会乐醒过来。

"说什么正来论什么偏，你我结发在她先。有朝一日登龙殿，封你昭阳掌政权。"有妻如此，哄一哄，封官许愿，作为男人，何乐而不为？丈夫功成名就，自己吃苦受累，都是心甘命抵——这是女人。

摆平了俩女人，薛平贵又该忙活自己的事了，这就是后面的《大登殿》。戏核是两美相遇，一个是发妻王宝钏，一个是新欢代战公主。王宝钏苦尽甘来，不再苦守寒窑，好日子来了。但是，等待她的，除了薛郎，还有一个年轻、活泼可人、手里有权的代战公主，这苦尽甘来中不乏一丝隐忍的酸辛吧？

《大登殿》我看过无数次，也看过不同的演员所扮演的王宝钏，她们无一不意气风发，能唱多响亮就唱多响亮。但王宝钏和薛平贵不一样，可着嗓子唱"薛平贵也有今日天"的是"凤凰男"；王宝钏是大户人家的千金，又受了十八年的苦，苦尽甘来之后真的只有高兴这一种情绪吗？面对代战，王宝钏有一个"十八年"情意结，是伤心人别有怀抱：

> 王宝钏低头用目看，代战女打扮似天仙。怪不得儿夫他不回转，就被她缠住了一十八年。宝钏若是男儿汉，我也在她国住几年，我本当不把礼来见，她道我王氏宝钏礼不端。走向前来用手搀……

王宝钏到底是大家之女，且看她见了代战，第一句话说的是什么："贤妹呀……多蒙你照看他一十八年。"言下之意就是，谢谢你照顾我的丈夫，现在我来了。当代战礼让地对王宝钏说："你为正来我为偏。"（看，又是男人写戏时的臆想！）王宝钏不客气地回应："说什么正来论什么偏，为姐结发在你先，三人同掌昭阳院。"我母亲每每看到这里就说："自己结发在前，还说没论偏正？"王宝钏话中暗含隐忍的酸辛之余，又要在气度上压代战公主一筹，这女人多不容易啊！

张爱玲写过一篇《洋人看京戏及其他》，对薛平贵满是厌烦："她的一生的最美好的年光已经被贫穷与一个社会叛徒的寂寞给作践完了,然而他以为团圆的快乐足够抵偿了以前的一切。"据张爱玲说,薛平贵封了王宝钏为皇后,"在一个年轻的、当权的妾的手里讨生活!难怪她封了皇后之后十八天就死了——她没这福分。"

《红鬃烈马》这样的剧目,在今天看来,不仅是传统戏这么简单,无论是演员,还是观众,都该好好思索一下。

谢幕

陈凯歌的《霸王别姬》，揭开了京剧男旦的面纱。尽管不少京剧圈内人认为电影里表现的男旦"不是这里面的事儿"，但这确实是一部影坛佳作，恐怕陈凯歌自己都不得不承认，此后作品，无一有超越《霸王别姬》者。这或许是后来陈凯歌动了拍《梅兰芳》的心思的原因吧，希望借传统文化的优势打票房和口碑双丰收之仗。

当年电影《梅兰芳》的选角从闹闹嚷嚷至尘埃落定，外界听到的多为负面消息。三个关键人物——梅兰芳、孟小冬、福芝芳的扮演者分别是黎明、章子怡和陈红。三人在像不像人物原型上颇有争议。福芝芳是梅兰芳的夫人，提梅兰芳必及福芝芳。而孟小冬，是个"暧昧"的人物，与梅兰芳有过一段情缘，后嫁杜月笙，终老台湾。因此这个人物一直为梅家人或梅兰芳的研究者所避讳。孟小冬之于梅兰芳，如同午后温煦阳光下的一点阴影，虽不寒凉，却有些"碍眼"。

孟小冬，一九〇八年生于上海，因冬天出生，故取艺名"筱冬"，后改"小冬"。工老生，十几岁即驰誉大江南北。后立雪余门（即京剧"余派"创始人余叔岩门下，如今京剧老生多归宗余派），有"冬皇"美誉。张大千曾以荷花画作相赠，上款题为"小冬大家"（班昭被尊称"曹大家"）。更有人谓张大千与孟小冬在台北相会，年逾八旬的张大千难抑仰慕之情，忍不住向孟小冬行跪拜大礼。

照片上的孟小冬，鼻如悬胆，面相极为清俊雅丽，嘴角却透露出几分性格的刚毅来。她有一张与梅兰芳的合影最是悦目，孟颔首而坐，梅则侧身坐于椅子扶手上，俨然一对天作佳偶。

孟小冬到底有多红？先从孟小冬最后一次演出说起。一九四七年九月，上海举行陕西水灾义演暨杜月笙六十大寿的演出，在中国大戏院连演十天。京剧界名角云集，七日、八日两天孟小冬演《搜孤救孤》，饰主角程婴。据亲历者回忆说，那两场演出，一票难求，万人空巷。马连良和文人沈苇窗为座上客，马连良也为孟的表演叫好。那无法亲临现场的，在家听电台广播，听得魂儿都丢掉了；家里没有收音机的，就拥挤地站在街头，听商铺收音机传出的声音。此非戏评文章，对孟小冬的唱，我想自己还没有那份功底来说三道四。

演出完毕返场谢幕这一举动大概源于西方，当时京剧界还没有"谢幕"一说。如今则大不相同，谢幕也是演出的一部分，事前会由导演调度、排演一番。最近看电视剧《鬓边不是海棠红》，商老板的戏班水云楼那"现代化"的谢幕情景，总让我想起孟小冬关于谢幕的一段轶事。

一九四七年上海义演，孟小冬演完后，立即到后台卸妆，任台前掌声如雷，不为所动。虽多人在旁劝说，她不肯出场，理由为："如果我把戏唱砸了，当然要出去向观众谢幕，赔不是，但我并没有唱砸，为什么要出去谢幕呢？"后来是杜月笙亲自到后台商请，盛情难却，孟小冬始出台谢幕。

这一年，孟小冬四十岁，这是她告别梨园的最后演出。

两年后，孟随杜月笙夫妇从上海乘船赴香港，翌年正式下嫁杜月笙。不到一年，杜月笙在港病逝。

卸下戏装的孟小冬，仿佛只为陪杜月笙终老。据说，病榻上的杜月笙，常要孟小冬为其清唱。孟小冬一手为杜月笙捧小茶壶，一边哼唱曾经绕梁的唱段。我好奇的是，孟小冬唱哪一段呢？

是《文昭关》——穷途末路的伍子胥?"一轮明月照窗前,愁人心中似箭穿。"当时有无一轮明月,映照着杜月笙的病榻?

是《四郎探母》——坐困愁城的杨四郎?"我好比笼中鸟有翅难展,我好比潜水龙被困在沙滩。"这是孟小冬与梅兰芳曾经的合作戏,如今只换作浅吟低唱。孟小冬会想起当年舞台上的两相倾慕、惺惺相惜之情吗?

据说孟小冬性格孤傲,与梅兰芳短暂的露水情缘,给她的打击是彻头彻尾的。遭受情感打击的孟小冬重返舞台,立志要大红大紫。此举是否欲夺梅兰芳一时无两之锋芒亦未可知。

二十岁的孟小冬,在梅兰芳身边幕僚等人的撮合下,与梅兰芳结成伉俪。但这段婚姻一直扑朔迷离,关于这段婚姻的传言也极多。直至一九三三年九月,孟小冬连续三天在天津《大公报》头版登载"紧要启事",这大概是她对自己和梅兰芳的事实婚姻唯一公开"说话"的一次。对于一个女人,最伤心的是什么?是不被承认。不被承认,即无名无分。而当时与梅兰芳结合时,孟小冬是被许诺过名分的——"名定兼祧,尽人皆知",但是,"兰芳乃含糊其事,于祧母去世之日,不能实践前言,致名分顿失保障。虽经友人劝导,本人辩论,兰芳概置不理,足见毫无情义可言","遂毅然与兰芳脱离家庭关系。是我负人？抑或人负我？世间自有公论……"。言辞愈决绝，愈见孟小冬曾经情深。

年轻的读者要想了解二十世纪三十年代的中国是一个什么样的社会环境，参照对比是相对简单的途径。这里我以影星阮玲玉为例，我想，知道影星阮玲玉的读者大概要比知道孟小冬的多。二者为同时代的中国女性，同处演艺界。阮玲玉留下"人言可畏"四字后自杀身亡，时一九三五年三月八日；而孟小冬在报纸刊登启事，是在一九三三年。当时的社会环境之于女性，以"风刀霜剑"形容，也不为过吧？

孟小冬在天津《大公报》的"紧要启事"，还澄清了一宗"情杀"案件。

出道之初，孟小冬就受到一位名叫李志刚的年轻"追星族"追捧。这位"粉丝"因用情既深且苦，得知梅兰芳和孟小冬结合的消息后，大受刺激，竟持枪去见梅兰芳，决意与梅做生死决斗。梅因不认识李某，推诿不见。《大陆晚报》经理张汉举出门和李某周旋，反成了人质并被"撕票"。军警出动，乱枪击毙李志刚，随后枭首示众，其罪名为"对军警开枪拒捕，又击伤侦缉探兵一名"。

如此新闻，放在今天也是大事件。记得某天王歌星有一花边新闻，"粉丝"千里迢迢从内地赴港，因为与偶像缘悭一面,"粉丝"父亲愤而跳海身亡,其疯狂程度比之孟小冬"粉丝"李志刚又如何?

孟小冬在声明中就"有人以为冬与李某颇有关系"做出澄清:"冬与李某素未谋面,且与兰芳未结婚前,从未与任何人交际往来。"又言:"自声明后,如有故意毁坏本人名誉、妄造是非,淆惑视听者,冬唯有诉之法律之一途。"

发表启事后,孟小冬重返舞台,此后十年,有五年时间是在余叔岩门下学戏,直至余叔岩病逝。从三十七岁(一九四四年)起,孟小冬过上了隐居生活。三十七岁,正值生命的黄金时期,心智成熟的阶段。孟小冬却杳如黄鹤,又如神龙,见首不见尾。而后,孟小冬随杜月笙去了香港,此番真正是远影孤帆,倒是应了她自己的行当特征——京剧老生的苍凉之韵。

从四十岁去香港,到七十岁在台湾病逝,孟小冬在舞台上提早谢幕了。从当年在上海最后一次演出的拒绝谢幕,到生活中真正的谢幕,三十年悠悠岁月间,她学过英文,学过刻图章,练过太极拳,曾临写《孟法师碑》,甚或与友人"雀战",但这些都抵不过京剧在她心中的地位吧?她到底在想什么呢?能真正读懂她内心的人,怕是从来都不多的。

武戏文唱

武戏文唱,最早用于形容京剧武生杨小楼。杨小楼在发挥武生的"稳""准""狠"之余,动静结合已趋于化境,不瘟不火,举重若轻,由此多出一"美"字。《长坂坡》中他演赵云,既有叱咤风云的猛将风度,又有雍容大雅的儒将气质;《霸王别姬》中他唱霸王,神气雍容华贵,动作稳健厚重,自有帝王气度。

王家卫拍《一代宗师》,同样动静相宜,武打场面的镜头精致如"云门舞集"。梁朝伟一身儒雅淡然,闯过重重武功关隘、越过座座生活高山,依旧从容自若,不知这是否就是导演心中的宗师原型?无论如何,武戏文唱,为这部电影贴上标签定了调。电影末段,梁朝伟对章子怡说:"你是武戏文唱,一板一眼,只差一个转身。"这何尝不是王家卫夫子自道？观众的确看到了他所追求的武戏文唱的至臻境界，当得一"美"字。只是，他也差了一个转身。

我不是王家卫迷，对《一代宗师》没有期待。耳闻电影的一些劣评，包括义务开车送我们去电影院的朋友，也一路上边质疑我们的选择，边力陈电影的不是。不过是一部电影——好看，固然享受；不好看，全当和好友聚脚。上一次我们一同走进电影院，该是十多年前的事了。

许是以平常心待之，一看之下，我竟要替王家卫喊冤。

作品的故事其实是起伏跌宕的。如果公映的是四个钟头的足本，导演一定能把故事讲得气定神闲，而不像如今，故事支离破碎，重心移至章子怡饰演的宫若梅身上，一代宗师叶问沦为分量最重的大配角。宗师的人生从春天到冬天，大时代的国仇家恨固然是因由，观众却很难走进他的内心。到头来，他自己也成了观众，只顾看宫若梅唱她的复仇戏。宫若梅有言："原来你把我当戏看……"台上和台下的牵连，只有一颗推来推去的扣子，证明两个人都是"我心里有过你"。"我在最好的时候遇见你""我心里有过你"，这样的台词"很张爱玲"。台词本身没错，只是不该在这部电影里出现。想想他们是甚等样人？打落门牙和血吞的武林中人，经历了国仇家恨、颠沛流离的苦难后，还会说出几句这样的话？至于张震、赵本山、小沈阳，就更是被剪辑得可有可无，让人毫无头绪。这些人，理应每个人都有一个江湖，怎地就如此躲躲闪闪地在观众眼前欲说还休呢？

剧界前辈曾语我："写戏，不要满足于讲故事，重在结构。"

从中我逐渐学习，一部作品所表现的主题与力量是蕴藏在结构之中的，而非追求片言只语的灵光乍现。

王家卫拍《一代宗师》，大玩戏剧结构。多数观众看电影，习惯故事的起承转合，这是一种传统结构。《一代宗师》的结构，打破了起承转合。前尘往事，忽南忽北，放弃眼前的通天大路，转入盘肠山路，蜿蜒曲折，躲躲藏藏。有人说，《一代宗师》可看，看演员，看摄影，只要不被剧情纠缠。只是，有几个观众可以做到不被剧情纠缠？面对《一代宗师》这样玩镜头、玩结构、玩台词的电影，观众内心不强大，随时会被玩进去。明明白白进了电影院，糊糊涂涂走出来。王家卫的至臻境界，不能不包括他的这份"玩"。

电影里，章子怡说武学的境界是"见自己，见天地，见众生"。见众生，乃大家之境。以我熟悉的文字作比，好文字一定深具人文情怀，大家者如老舍、汪曾祺等人的文字到头来都透着一份寻常。然而，王家卫不甘于寻常，且看那些不"留白"的台词。对于台词,"留白"有两层意思:一层是有些话你知我知,不必说出来;另一层便是台词无须句句耐人寻味。想象一下现实生活里,如果身边有一个时时刻刻把每一句话都说得精准不差、充满哲理的人,谁受得了?台词是人写出来的,虽说文似看山不喜平,但试想处处高山迭起,看似耐人寻味,观众在气喘吁吁攀越高山之后却发现实则空空如也,何以形容那份沮丧?

《一代宗师》里,观众也是只见章子怡,不见天地和众生。章子怡能够把人生的隐忍和不得已,不失分寸地传递给观众,后半段戏的演技尤为精彩。遂了复仇心愿的宫若梅,终究是意难平。无论人家如何把她当戏来看,她情愿不唱自己这一出。如果当年依了她,拧着性子去学戏、唱戏,她更愿意唱别人的戏。只见她幽幽地说:"唱完了《杨门女将》唱《牡丹亭》……"编剧此处犯了一个低级错误。京剧《杨门女将》是二十世纪六十年代才有的剧目,电影这段戏是五十年代的香港,如此大玩穿越,确实玩得过了头。

王家卫欠缺的还是一个转身。

余韵悠悠，归来情深

有人说，张艺谋的电影《归来》没有脱离二十世纪八十年代"伤痕文学"的套路——知识分子受迫害、蒙冤、平反、回家。这说法有一定的道理，毕竟这是一场中国人的大灾难，无须想起，因为从未忘记，至今伤痕犹存。

有人说，《归来》是张艺谋在电影上的一次回归，铅华洗净，安静地重归于人物内心。《归来》的确是一部将情节淡化在大灾难大冲突发生之后的作品，但我不太赞同"这是张艺谋的回归"之说，从何处来？往何处归？《归来》恰恰是张艺谋抓住了当代文艺作品在表现历史题材方面的发展与转型的态势，即不再以重现历史事件为目的，而是转向书写对历史的态度。即便现在流行的穿越剧、"戏说历史",其实表达的也都是对历史的态度。

《归来》呈现的正是中国知识分子面对那场大灾难的态度。"一箪食,一瓢饮,在陋巷,人不堪其忧,回也不改其乐。"这是两千年前孔子对知识分子形象的定格——无论面对的是什么,内心始终从容淡定。现代人所失去的,恰恰是这份从容淡定。

对知识分子形象的正面刻画,近年来鲜见于文学影视作品。电影《归来》或是文学原著《陆犯焉识》,填补了这个空白。记得小说作者严歌苓说过,陆焉识这个人,表面有多温和,内心就有多少不妥协的高贵。作者言中了以陆焉识为代表的一代中国知识分子的特点,他们内心始终有一种高贵的东西——用"尊严"二字还不足以准确形容,应借用文史杂家朱家溍的妻子对他的形容——"始终把自己的心供得高高的"。正是这种内心的高贵,使得陆焉识们面对大灾难时,有一种大平静。

近期赶上王世襄百年诞辰纪念活动。据王世襄弟子田家青回忆,王先生常挂嘴边的一个词是"不冤不乐"。这是一句北京老话,王先生自己解释为:"大凡天下事,必有冤,始有乐。历尽艰辛,人人笑其冤之过程,亦即心花怒放,欢喜无状,感受最高享乐过程。倘来得容易,俯拾即是,又有何乐而言!"王世襄回忆与张伯驹的交往时说:

"在一九六九年到一九七二年最困难的三年，我曾几次去看望他（张伯驹）。除了年龄增长，心情神态和二十年前住在李莲英旧宅时并无差异。不怨天，不尤人，坦然自若，依然故我。"彼时张伯驹已是落难之人。"不冤不乐""不怨天，不尤人，坦然自若，依然故我"，将这些真实的知识分子的形象一一叠加，便成了《归来》中的陆焉识。

电影中有一个情节，不是重头戏，却有天外飞来的神采。陆焉识在几次试图接近妻子时都被妻子惊恐地大喊"方师傅"所喝退，其中缘由不言自明，陆焉识手里拿着大勺子去找方师傅。来开门的是方师傅的老婆，上来便以歇斯底里的大喊大叫诉说方师傅被扣留审查，至今过年了还不放人回家的凄怨，毫无过渡。这段戏反映了以陆焉识和方师傅的老婆为代表的两个阶层的人面对生活变故的态度，而此时陆焉识忽然意识到眼前人也是受害者。他转身离去，背后还握着一把大勺。不长的一段戏，书写出知识分子的冲动、窝囊、心怀悲悯等诸多情感，留给观众的是立体、形象的记忆。

《归来》是一部一定要到电影院看大银幕的电影，因为它完全靠演员的表演取胜。片中有多处演员表演细部的大特写镜头，内心有没有戏，是无法逃过观众的眼睛的。《归来》没有轰轰烈烈的爱情，却有比爱情更隽永的深情。《归来》是一部适宜一个人细细体味、余韵悠悠的电影。

斗室楼梯的几段戏异常精彩。逃回家的陆焉识在楼梯遇见女儿丹丹，昏暗的灯光下，他一脸煤黑。陈道明饰演的陆焉识看见女儿时眼睛里有亮亮的光，同时又不由自主地流下眼泪……演哭戏不难，难的是要让观众感受到人物的哭是不由自主的。所谓高级的表演，就是不刻意。

巩俐饰演的妻子听到钢琴弹奏的《渔光曲》，张艺谋用了一个长镜头让她从楼下走上来，没有语言，演员表演的层次感和细腻感已尽在其中。失忆不同于精神失常，巩俐以眼神中一种似有若无的朦胧来拿捏表演分寸，这个角色无疑是悲情的，但有时却又让观众觉得她也许是幸福的。和陆焉识相比，她也的确是幸福的。

还是楼梯上的戏，妻子站在门口对准备离去的陆焉识说，明天还来念信。镜头打在墙上的陆焉识的影子上，接着只有陆焉识咚咚咚下楼去的脚步声，难以想象这个人物还会有这样欢快的脚步，但此时此刻这样的脚步又是人物实实在在的、情理之中的情感。妻子心中永远有一个归来中的陆焉识，面对真实的陆焉识，却形同陌路。至于她，每月五号到车站接陆焉识，已经是一种生活方式。对镜梳头、穿衣、戴上围巾，更像是一场又一场仪式，深情款款。而陆焉识在尝试了诸多方法都无法唤醒妻子的记忆之后，所能做的，只有在妻子身边深情守护——每个月陪她到火车站，一起等待"陆焉识"的归来。影片最后，火车站前缓缓推进的镜头余韵悠悠，当一赞。我想起一首《望夫石》的古诗："望夫处，江悠悠。化为石，不回头。山头日日风复雨，行人归来石应语。"

一种探索，一种可能

我没看过原版的《三人行不行》——台湾屏风表演班李国修一九八七年编导的作品，据说，这是台湾小剧场作品的经典。二〇一一年这一次，在北京人民艺术剧院实验剧场上演的是内地版《三人行不行》，更确切地说，是北京版。内地编导一弛在台湾版的基础上，进行了大面积的调整，加入了浓郁的北京特色和更贴近现实北京的笑点，来表现北京生活的一幕。

《三人行不行》，顾名思义，是属于三个人的舞台，却无固定之角色。角色是处于变化状态的，即根据演员的叙述、表演来变化。最常见的一种是演员和角色之间"跳出跳入"的变化，更多的是演员在人物和人物内心之间的变化，或者是演员在角色和角色间的转换。一生二，二生三，三生万物。两男一女，三个演员，在时长一个半小时的作品里，分饰三十个角色。这既展现了演员的表演功力，也表达了现代都市人的一种生活状态——内心的分裂以及人际关系的疏离。

《三人行不行》甚至无完整剧情可言，它由五个片段组成，前两个表现都市人晨起、忙着上路的片断，我将之视为演员和观众的热身——演员迅速进入表演状态、迅速在角色转换间找到感觉，观众迅速适应这部作品的风格。从接下来三个比较完整的段落中，观众还是能够梳理出作品大致的情节脉络，或者更多的延伸故事：

第一段落，出场角色是三人公司里的Tom、Mickey、Jerry，Tom和Jerry明显套用了《猫和老鼠》的角色关系，Tom是老板，Jerry是员工，一个强势、呼风唤雨，一个弱势、闪转腾挪。Tom垂涎于女员工Mickey，Mickey却对Jerry情有独钟，而Jerry畏于强权，对Mickey的暗送秋波不敢回应。三人通过你追我闪、我追你躲的做戏，传递给观众的是戏剧的游戏感，以下班后三人相约到北京三里屯Village这段戏为最。老板Tom开车，员工Mickey和Jerry坐车。四把白色折叠椅摆成两排，变成了汽车内部场景。舞台灯每次熄灭再亮，折叠椅的方向便变化一次，代表北京的道路四通八达，也代表了北京的堵车不分东南西北。无论是开车的表演，还是座椅方向的变化，我们都能看到似曾相识的东西：似儿时的过家家。这段戏最后以三人发生车祸，撞到一名西北女孩结束。

大多观众如我，希望看到车祸之后的剧情，但迅速转入的第二段落却和此前剧情毫无关联。也许是编导有意营造的间离效果，或者干脆就是以展现演员表演功力为目的。第二段落是相声剧。相声剧是把戏剧和相声这两种表演形式巧妙地融合在一起。坐在高脚椅上的三人一字排开，用叙述代替表演，说学逗唱展现了演员的另类功力。这一段故事叫《桃园三结义》，时间设定在二十世纪三十年代，地点是北平什刹海荷花市场，依然是两男一女三个人的情感纠葛。演员用声音讲故事，用声音表现荷花市场人声鼎沸、叫卖声此起彼伏、唱戏练摊的热闹，用声音表现主人公离开荷花市场的渐行渐远……

第三段落是戏的高潮，又回到了三里屯Village车祸现场，可视作第一段落的延续，也可视作一个独立篇章。这是警方在现场寻找车祸目击证人的一段戏，但被撞人不是第一段落的西北女孩，而是一名男士，已气绝身亡。

凌晨三时的Village都有什么人呢？有外来打工、乡音未改的小情侣,有陪客人喝得酩酊大醉的舞小姐①米雪,有召唤陪酒女郎的王总……警察甲对这些可能是车祸的目击证人做笔录,但叙述人却无论如何说不到正题上来,这就是喜剧。这些角色自始至终由三个演员分别扮演。三人来不及换装,却能通过帽子、眼镜、皮件等道具的变化表现不同人物的特征,亦表现了这些来自天南海北、不同身份的人的生活状态,他们的人生轨迹在这一天交汇在北京夜色中的新"蒲点"②:三里屯Village。反讽的是,最后车祸的"目击证人"竟是一位盲人按摩师。舞小姐米雪和王总在喝酒前曾找过盲人按摩师按摩,其间,两人"策划"一起汽车撞人事件,为的是可以将高额保险金"袋袋平安"③。这起策划,被盲人按摩师一字不漏地听进耳朵,盲人凭着高度敏锐的听觉及按摩时的触觉记忆,在现场指认出车祸的策划人兼肇事者。

《三人行不行》演出的过程中,观众一直笑声不断。

两个演员表演对手戏,是你来我往,出招接招;三个演员,能使舞台上的表演有一种平衡感。三人行,在这部作品里,有了一份互补。这是一部喜剧感很强的作品,却能在叙事和表演上都显示出小剧场作品的探索精神,而不

---

① 粤语方言,即娱乐场所陪客人跳舞、喝酒的女子。
② 粤语方言,指娱乐场所、聚会地点。
③ 粤语方言,指趁人不备,将财物收入自己囊中。

仅仅是娱乐。演出过程中，演员出现过笑场，这使得演员、角色、剧场、观众之间的关系发生了些微的偏离。演员解释，这部戏既有喜剧感，也有游戏感，他们也是在试图找出表演上的另一种可能。

在喜剧芭蕾《驯悍记》中首演悍妇的芭蕾明星海蒂，回忆自己创造这个角色的经验之谈时说过，面对诙谐的秘密是首先必须得严肃。将这句话，送给这部小剧场作品的三位可塑之才。

归来的陆放翁

浙江小百花越剧团用二十年创立了女子越剧的诗化风格，打造出一批经典剧目，如《陆游与唐琬》《西厢记》《藏书人家》《孔乙己》等，成就了以茅威涛为首的新一代越剧名家。一九九八年的澳门艺术节上，浙江小百花越剧团带来《陆游与唐琬》《西厢记》两台剧目。彼时澳门文化中心尚未建成，这样的大戏乃至歌剧演出都放在综艺馆（即澳门体育馆）内，现搭的舞台仿佛回到更久远的看社戏的年代。

二十年前，人们获取信息的渠道仍然是报纸杂志。我兼为杂志写稿，"假公济私"地访问了两台戏的主演茅威涛。演出结束后，回到后台的茅威涛边卸妆边和我聊天。看着茅威涛从倜傥的陆游一点点变回现实中的女儿身，我竟然有点恍惚。茅威涛说，她是女小生，当行本色，可是很多人一开口就说她是"反串"，概念错了。由女人演男人，观众看到的是女性心目中的理想男性，就像梅兰芳至美的舞台形象，也是男性心目中的理想女性。

二〇一六年的澳门艺术节，浙江小百花再度来澳演出《陆游与唐琬》，我想当然地认为此番还是茅威涛领衔。戏曲是角儿的艺术，戏迷看戏看角儿，同样的剧目由谁来演很重要。也许我没有仔细看艺术节的宣传信息，也许主办单位事先宣传时干脆就忽略了演员介绍。票是早就买好的，日子如流水悠悠而逝，转眼到了看戏的日子，当天阅报才知，陆游的扮演者不是茅威涛！蔡浙飞眉眼、神情酷似茅威涛，艺术节宣传页的剧照令不少人误以为她是茅威涛。但话又说回来，经典剧目需要有传承人。

相同的剧目，初看与重看间，相隔近二十年，端的是人远天涯近。

二十年前，只看到一段没有结局的爱情；二十年后，更多感受到的是爱情之外沉甸甸的人生。

越剧《陆游与唐琬》之所以成为经典，除了把一段大家熟悉的爱情讲得丰满之外，主要是让陆游的爱国诗人形象立体起来。现实中的陆游，不是柔弱的江南才子，他自幼习武，一生的理想是抗金北伐，耄耋之年仍然心念"王师北定中原日"。主张抗金的陆游成了朝廷大权在握的秦桧的敌对方,反对投降求和成了陆游一生创作最重要的主题,陆游的这一面给天生气质阴柔的越剧的改编带来一定的难度。陆游屡试不第、仕途不顺,与不肯攀附秦桧党羽有关。他的傲骨,早就展现在我们熟悉的诗作和词作中,句句为他的写照。

舞台上的陆游佩剑,无论是淡黄、秋香还是靛蓝的戏服,下摆都绣着梅花,从形象到服装,传递出这不仅仅是江南文人、多情才子的陆游。所以,《陆游与唐琬》也不仅仅是爱情故事。

当年浙江小百花创排此剧,实为茅威涛私人定制,剧名直接叫《陆游》亦不为过。写文人(诗人)的戏从来易写又难写,易在有大量作品和戏曲作为天然的纽带,诗作可直接入戏;难在戏既要符合文人气质,又要在思想境界上有所超越,这一点,《陆游与唐琬》很好地完成了。故此,品评该剧,不可避免地要涉及陆游的诗文。

《陆游与唐琬》在陆游报国无门、对母不能尽孝、愧对妻子唐琬的一波三折的矛盾中展开。这是现实中的陆游二十到三十岁的人生经历,与戏里陆游年轻俊朗、倜傥风流的形象对应。陆游的诗作,除却爱国主题之外,就是爱情诗,这其中又以悼亡诗最著名。陆游与唐琬的婚姻维持不到三年，陆游和唐琬离异后奉母命娶妻生子。史书上说陆游"得年甚高"，享年八十五岁；陆游以一生的长度为唐琬倾情，沈园是陆游心中的爱情圣地，一生多次踏足沈园，留下诗句。我们熟悉的两首悼亡诗，是唐琬死后四十年，陆游七十五岁时写下的：

城上斜阳画角哀，沈园非复旧池台。伤心桥下春波绿，曾是惊鸿照影来。

梦断香消四十年，沈园柳老不吹绵。此身行作稽山土，独吊遗踪一泫然。

戏以沈园作为开场和末尾重头戏的场景，在戏剧结构上首尾呼应。最后一场"沈园别"中，"浪迹天涯三长载"一段经年传唱，跃升为越剧迷喜欢演唱的经典唱段。陆游扮演者蔡浙飞形神俱似茅威涛，前半场的表演似乎不及茅威涛深情，但后半场渐入佳境，直到这段经典唱段，在小细节的处理上和茅威涛不差毫厘，几可乱真。现实中的陆游被迫与唐琬分开，七年后在沈园重逢，此时唐琬已另嫁。戏中七年被改为三载，以便于情节的处理，之前陆游留书唐琬，提到"重圆之日，待我三年"，书信被其母中途截下，"待我三年"被改为"待我百年"，成了一封绝交书。

"沈园别"这场戏既是重逢又是诀别，既是相看俨然又是相对无言。之后，唐琬隐去，舞台上只剩一束光清冷地打在陆游的脸上，此时唯余陆游一人杜鹃啼血般的演唱。观众有理由相信他的千古名篇就是书于此情此景：

红酥手，黄藤酒，满城春色宫墙柳。东风恶，欢情薄，一怀愁绪，几年离索。错，错，错。

有些人、有些事，只在心中留存，唐琬之于陆游，亦如此。二十年后看这场戏，我更多地想到了老去的陆游，想到他多次在沈园寻寻觅觅。八十四岁时，也就是他临终前的一年，他最后一次来到沈园，留下这一首诗：

沈家园里花如锦，半是当年识放翁。也信美人终作土，不堪幽梦太匆匆。

这时，舞台上的陆游和老年陆游的形象在我眼前叠加。沈园年年春来，花开依旧，可是这园中一半的花和陆游都是老相识了，可见陆游一生有多少回在沈园排遣对唐琬的思念。如果让我来处理这场戏，断不会安排唐琬再度出场，一次离去，便是诀别，无须再相逢。处理手法上可以用唐琬的画外音相和，表示二人已时空相隔，更有一种内在的力度：

世情薄，人情恶，雨送黄昏花易落。晓风干，泪痕残，欲笺心事，独倚斜阑。难，难，难。

《陆游与唐琬》深得江南文化之雅致，舞台上以纱幕、屏风分割不同的表演区域，较之二十年前以舞台上方条幅的置换来更换场景，更向传统靠拢。表现陆游和唐琬的爱情，越剧具有得天独厚的优势，无论是开场同游沈园，还是红楼探望、告别，词句优美，演员演来悱恻缠绵。陆游于红楼别过唐琬，登舟赴杭州；紧接着是唐琬父亲和陆游父母相继而来，双方谈不拢，唐琬父亲一怒带走唐琬。人去楼空，唯留案上瑶琴。此时陆游再度上场，睹瑶琴而思唐琬。这一处得戏曲诗化的神韵——场景不变，却转换了时空，实为神来之笔。

据说陆游曾为唐琬的菊花枕题过诗，香艳之至，但没有流传下来。此后见菊枕，睹物思人，又感慨万千，留下"人间万事消磨尽，只有清香似旧时"的句子。陆游一生，最终万事消磨，唯留几许深情——对家国、对唐琬。但谁的人生尽头不是万事消磨呢？这近二十年的岁月，我放下过很多，却没有停止过看戏。戏看多了，自觉对人生有了参悟，那就是：世间事除却生死，哪一件不是等闲？

白鹿原上的"吃瓜群众"

陕西人民艺术剧院版（以下简称陕西人艺版）话剧《白鹿原》于二〇一七年澳门艺术节上亮相，说它是本届最精彩的大戏，不为过。入场观众中冲着陈忠实原著而来的占了不小比例。陈忠实的原著是代表了中国当代小说创作高度的杰作，将一部鸿篇巨著改编成话剧，是向另一艺术高峰攀登，成功的机会和失败的风险均等，注定是险棋一招。早在十年前我看过北京人民艺术剧院版话剧《白鹿原》，观者褒贬不一，但这台演出让陕西老腔走出了关中平原，红了半壁江山。后来，我到西安的关中民俗艺术博物馆，听一次老腔，要五百元人民币，话剧《白鹿原》改变了老腔养在深闺的命运。同名电影、电视剧一一出现，借力经典再造辉煌。这些现象也说明，一部优秀的作品可以用多种艺术形式来呈现，各有各的精彩。

据说，陕西人艺版话剧《白鹿原》是陈忠实最满意的改编作品，原汁原味地再现了《白鹿原》故事发生地——陕西渭河流域关中平原上的村庄；采用陕西话为对白的方言话剧，通过舞台化的手段凸显秦地风格，这是陕西人艺得天独厚的优势。故事以白鹿原上两个家族为主线，由清王朝覆灭开始，经历国共两党数十年的胶着，其中包含抗日战争这个重要变量，最后以新中国成立之初的土地改革作为终结。以时代转折为背景推动剧情发展，以白、鹿两个家族的恩怨情仇反映社会的动荡和变迁，故事一波三折，起伏跌宕。

说到底，人不是孤立地活着，而是依附于时代、被时代推着前行。每一次改朝换代，都推动着白鹿原这样一个地方发生巨大变迁，而白鹿原的变迁也反映了中国社会在现代化进程中的艰难转型。即使在当今澳门社会，每一次转变，像新政推出、新法施行，似乎都比想象中艰难。舞台上的白鹿原，让我不由自主地想到了澳门。现在的澳门，忽然流行起一个叫"利益持份者"的词。我们也看到，推行改革之艰难从来在于一些根深蒂固的资源分配——利用传统社会中宗族关系、伦理体系的至深影响来应对生存问题。白鹿原如是，澳门亦如是。

"利益持份者"广义指享有利益的相关人士，与此相对的一个词可叫"吃瓜群众"。这是一个网络流行语，原为"不明真相的吃瓜群众"，常被简写为"吃瓜群众"，指那些对事情不了解，对讨论、发言以及各种声音持围观态度的人。虽说"吃瓜群众"指的是时下网民，但这一围观群体却是从古至今没有缺席过的，甚至有左右事态和社会发展方向的力量。

　　此前，我为艺术节拍摄《白鹿原》导赏推介的三分钟短片，除了着重讲原著小说的艺术高度和话剧所挖掘、凸显出的人文价值之外，我还点明剧中二十几位身穿黄土高原暗色服装的群众演员是这台话剧一大亮点，他们的言论、行为加深了这部作品的历史感和厚重感，值得好好关注和思考。这种群体式的表演有古希腊悲剧演出形式的影子，但较之更具有戏剧性。开场，他们是白嘉轩讲述白鹿故事的"帮腔"，让人想起川剧中"帮腔"的作用，这里以集体叙述推进剧情确实也跟"帮腔"异曲同工。他们是白鹿原上的民众，对小娥的悲惨命运及在其他事件上推波助澜……他们服装的款式、色调一致，形成了面容模糊的群众，是表演的参与者，代表了白鹿原的民众；他们既是白鹿原大小事件的参与者、旁观者、道德批判者，又是剧中的说书人。他们有全能的视角，发出的声音貌似比白鹿原上任何一个有名有姓的个体都要权威，但面目模糊。

"吃瓜群众"的称谓，一下子就让他们有了对应的身份。

我小时读过一个童话故事《小马过河》，到我有了孩子，我也为孩子读。这个故事教孩子们凡事只有亲力亲为，才能得出最真实、最适合自己的经验。而"吃瓜群众"的意见往往只能阻碍前行的脚步，因为他们总是听风就是雨，妄下结论。

成长后的亲身经历同样告诉我，"吃瓜群众"是不容小觑、不可忽略的群体，他们似有全能视角，无处不在，他们发出的声音叫"舆论"。即使他们一言不发，一人吐一口唾沫，也足以淹死人。影星阮玲玉死于什么？"人言可畏"。所谓"人"，就是"吃瓜群众"，他们发出的"言"，置阮玲玉于死地。

黄仁宇在《万历十五年》一书中开头就写了一件由"吃瓜群众"造成的事：在一个普通的日子，街上忽然传来消息，皇帝要举行午朝大典。文武百官无论此刻在做什么，都不敢怠慢，立即整冠理带，奔赴皇城。而当大批官员赶到时，驻守皇城的禁卫军也不明究竟，因为他们事前没有接到有关大典的命令。后来，近侍宦官宣布了确切消息，皇帝并未召集午朝，官员们也就相继退散了。但令人不解的是这谣言因何而起，且竟令数以千计的朝廷官员上当受骗。事件调查毫无结果，皇帝把罚俸的范围由礼部、鸿胪寺，扩大到了全部在京供职的官员，以儆效尤。

从"吃瓜"小事开场，黄仁宇开宗明义，表面看似末端小节的事件，实质上却是大事件发生的症结，其间因果关系，就是历史的拐点。黄仁宇的历史著作，打开了我们如何看待历史、看待事物的另一扇窗。

其实，早在汉乐府诗歌《孤儿行》里，就有对"吃瓜群众"的生动描述。无父无母的孤儿，跟着兄嫂过活，苦不堪言。"春气动，草萌芽。三月蚕桑，六月收瓜。将是瓜车，来到还家。瓜车反覆。助我者少，啖瓜者多。"瓜车在道上翻了，帮忙的人少，吃瓜的多。这情形现在也并不陌生，新闻报道过类似事件，运输车在某地侧翻，水果滚落一地，引来围观者哄抢。此类事件最后又常常以道德批判作结，闻者感慨一番世风日下、人心不古。读过汉乐府诗歌，才知自古"助我者少，啖瓜者多"，不值得大惊小怪。

《白鹿原》舞台处理的"吃瓜群众"，浑然天成，洞烛幽微，一赞也！

黛玉爱看戏吗？

为了元妃省亲，贾府上下全体总动员，大兴土木修建省亲别墅之余，由贾蔷从苏州买回十二个唱戏的女孩组成家班。十二人组成的家班，是从明朝万历年间到清中叶的一种定式，说明戏曲演出形式已趋成熟。家班即古时大户人家的剧团，私人定制，并聘有教习对演员进行日常训练。之所以为十二人，这和戏曲角色行当的划分有密切关系。万历之后家班演出的基本是昆曲，到了《红楼梦》所描述的戏曲演出，除昆曲外，也有弋阳腔出现。

看戏是古代人们日常生活中的主要消遣娱乐项目，更多是社交应酬、娱人娱己的活动。《红楼梦》中，元妃省亲，家班要粉墨登场；管家赖大的儿子捐了个官，要在自家花园唱几天戏取乐，请亲朋好友来看；宁国府贾珍那边也设台唱戏，曹雪芹罗列出来几出剧目，实在是有心把宁国府主人的品位端给读者看。

家班之于贾府，原为元妃省亲而备；之前没有也就罢了，省亲之后，保留家班，更多地是出于一种贵族生活方式的需要，是当时的一种时尚。贾母说贾府的家班"原是随便的玩意儿，又不出去做买卖"。看来，贾府人并不特别爱戏，更没有人特别懂戏，包括寄居贾府的黛玉，也不爱看戏。

第二十二回写贾母挑头为宝钗过十五岁生日，"就贾母内院搭了家常小巧戏台，定了一班新出小戏，昆弋两腔皆有"。大概是贾母对宝钗另眼相看，喜其"稳重和平"，赶上宝钗十五岁生日，便与往年黛玉过生日排场不同，令黛玉心里不快。过生日看戏，也是大户人家的习惯。

宝玉当日来寻黛玉，说就要开戏了，问她爱看哪一出，他好点戏。宝玉素日对黛玉喜好十二分用心，此时竟说不出黛玉爱看什么戏，可见黛玉是不爱戏的。

点戏时，宝钗和凤姐受贾母之命，各点了一出热闹谑笑的剧目——《西游记》和《刘二当衣》，投合贾母老年人爱热闹的喜好。之后贾母又让黛玉点戏，曹雪芹却没有写出黛玉点的是什么戏，此处脂评为："不提何戏，妙！盖黛玉不喜看戏也。正是与后文'妙曲警芳心'留地步……"此处留白，当是有心为之，为后面听曲做铺垫。

十二钗中，黛玉最具才气毋庸置疑，但宝钗的博学似在黛玉之上。这个十几岁的女孩子似乎什么都懂，惜春要画大观园，宝钗能说出一大堆从作画用料到布局的理论来；她比大观园里其他的女孩子更见多识广，别人不认得的当票她却门儿清。就连看戏，她也能说出门道来，为黛玉所不及。

至上酒席时，宝钗受贾母之命，又点了一出《鲁智深醉闹五台山》，并给宝玉上了一课："要说这一出热闹，你还算不知戏呢。你过来，我告诉你，这一出戏热闹不热闹——是一套北《点绛唇》，铿锵顿挫，韵律不用说是好的了，只那词藻中有一支《寄生草》，填的极妙，你何曾知道。"所谓懂戏，便是能看出别人看不出来的好。

听罢宝钗念的戏文，宝玉"喜的拍膝画圈，称赞不已，又赞宝钗无书不知"。我常不解，"拍膝画圈"是什么样的动作？是那种忽然发现好东西时的喜不自禁！一个动作透露出宝玉还如孩子般率性。至此，宝钗占了上风，黛玉的利嘴断饶不过宝玉："安静看戏罢，还没唱《山门》，你到《妆疯》了。"《妆疯》从剧名上一目了然，《山门》另名《醉打山门》，黛玉以此讽刺宝玉的忘形之态，如醉似疯。

是日看戏，贾母深爱那作小旦的与一个作小丑的，因命人带进来，细看时益发可怜见。凤姐笑道："这孩子扮上活像一个人，你们再看不出来。"众人心里明白却不说，只有湘云快人快语："倒像林妹妹的模样儿。"这一回，黛玉又不痛快了。戏子是下九流的行业，将一个千金小姐与戏子相比，怕是莫大的侮辱。曹翁明写宝钗过生日，暗写黛玉，任何一句话都是让她这一天不爽的导火索。之于曹雪芹，无论是千金小姐还是丫环，乃至戏子，在他心目中都是清清爽爽、无比高贵的女孩儿。

在此岔开一笔，凤姐指"扮上活像一个人"的"这孩子"是龄官，暗示龄官长得像黛玉，龄官的个性也有黛玉的影子：不妥协，不趋炎附势。家班中十二人按角色行当分类，龄官是小旦，是很有观众缘的一个演员。不仅贾母喜爱她，元妃省亲时看过戏，也说"龄官极好，再作两出，不拘哪两出就是了"。贾蔷命龄官作《游园》《惊梦》二出。"龄官自为此二出原非本角之戏，执意不作，定要作《相约》《相骂》二出。"这一处写得极有意思。贾蔷从观众学角度考虑，《游园》《惊梦》更为人所熟知，"生书熟戏"，保准受欢迎。但龄官是有原则的演员，不攀附权贵，不因为要给娘娘唱便委曲求全。《游园》《惊梦》中的杜丽娘是正旦应工，龄官是小旦，相当于今天所说的花旦，"非本角之戏"，是不对工的意思。与其不对工，倒不如选择自己本色行当的两出戏。贾蔷无可奈何，好在元妃也非常通情达理，不以气势压人，并嘱咐不可难为这女孩子。

不仅贾母、元妃喜欢龄官的戏,就连宝玉也喜欢龄官。书至第三十六回宝玉到梨香院,想听龄官唱《游园》里"袅晴丝"一段,却碰了龄官的大钉子:"嗓子哑了。前儿娘娘传进我们去,我还没有唱呢。"此时不仅因为龄官心中有贾蔷,还因为她对自己的优伶生涯充满怨气,乃至对贾家人都有怨气,又一个心比天高命比纸薄的女孩子,戏唱得好又如何?自此宝玉明白:"任凭弱水三千,我只取一瓢饮。"

古时大户人家走出来的人,必然看过很多戏,像黛玉,可以不爱戏,却不会不懂戏,如她用《妆疯》《山门》巧妙讽刺宝玉的忘形之态。因为见过,所以懂得。看戏看得多了,在领略戏中妙处上,会比不常看戏的人更容易些。

第二十三回写林黛玉行至梨香院墙角,"只听墙内笛韵悠扬,歌声婉转。林黛玉便知是那十二个女孩子演习戏文呢。只是黛玉素习不大喜看戏文,便不留心"。看,至此曹雪芹公然点明黛玉不喜欢看戏。及至隔着墙听了《牡丹亭》"良辰美景奈何天,赏心乐事谁家院……则为你如花美眷,似水流年……你在幽闺自怜",心下自思道:"原来戏上也有好文章。可惜世人只知看戏,未必能领略这其中的趣味。"听到后来,心动神摇,如醉如痴。这一笔,虽然写黛玉,却显示出曹雪芹的品位来。隔墙听曲,个中意趣胜于直观,绕梁三日的余绪更值得回味。

我曾于多年前的清晨,在北京陶然亭公园树林中,听到中国戏曲学院的学生练嗓:"儿生在渔家,长在渔家,不叫儿渔家打扮,叫儿怎样打扮?"京剧《打渔杀家》的一段念白,燕语如剪,在晨曦中,透过枝叶传来,直沁心脾,耳目甘甜。

此时,再回头看前几回东府珍大爷家唱戏的剧目《丁郎认父》《黄伯央大摆阴魂阵》《孙行者大闹天宫》《姜子牙斩将封神》,"倏尔神鬼乱出,忽又妖魔毕露,甚至于扬幡过会,号佛行香,锣鼓喊叫之声远闻巷外"。耳内喧哗,目中缭乱。有钱真的不代表有品位。

黛玉不爱看戏,爱的只是戏上的好文章,要不然如何能够读《西厢记》读得入神?大家行酒令之时,自己说秃噜了嘴,竟说出《牡丹亭》"良辰美景奈何天"的戏文,让宝钗抓住了把柄。

从家班女乐到登场的剧目,从众人看戏的态度到林黛玉对戏文的情有独钟,从后人将《红楼梦》改编成戏曲——或以完整故事的大手笔,或以其中情节单独成戏,都说明《红楼梦》有戏!

为宝钗喊冤

《红楼梦》读者群分拥黛派和拥钗派,此间更有立场分明者,拥黛即贬钗,反之亦然。

一开始,我是果断的拥黛派。林黛玉才情出众、孤标傲视、寄人篱下,独得宝玉爱情,走的完全是文艺女青年路线,其身世也得到读者更多的同情分。

年纪渐长,我偏向拥钗派。宝钗博学、才情不输黛玉,且亲近随和,其处世风格"识大体、顾大局",颇得人心。随和有什么不好呢?用今天的话说,随和是一种修养。

几读《红楼梦》之后,我承认又变成了中间派,钗、黛同为我所欣赏。细想,"玉带林中挂,金簪雪里埋",这无疑是曹翁最看重的两个人物,时时不忘将之放在一处来写。如第二十七回书目"滴翠亭杨妃戏彩蝶,埋香冢飞燕泣残红"；曹翁还借贾府下人兴儿之口，对尤氏姐妹将出众的钗黛二人相提并论："我们家的姑娘不算，另外有两个姑娘，真是天上少有，地下无双。一个是咱们姑太太的女儿，姓林，小名儿叫什么黛玉……还有一位姨太太的女儿，姓薛，叫什么宝钗，竟是雪堆出来的……"

林黛玉到贾府，为投亲而来；未几宝钗出场，进京为选秀。在贬钗派眼里，宝钗一开始就蒙上了一层功利色彩。书至后来，曹翁对宝钗选秀事竟一字不表，看来选秀只是为宝钗不同于黛玉的出场找了个理由，毕竟二人同投贾府。不同的是，宝钗有母有兄，家有产业，映衬得黛玉越发孤苦伶仃。

书中第四回写了宝钗出场，但第五回书起首作者即云："第四回中既将薛家母子在荣府内寄居等事略已表明，此回暂不能写矣。如今且说黛玉……"写黛玉，实则还是在写宝钗："不想如今忽然来了一个薛宝钗，年岁虽大不多，然品格端方，容貌丰美，人多谓黛玉所不及。而且宝钗行为豁达，随分从时，不比黛玉孤高自许，目下无尘，故比黛玉大得下人之心。便是那些小丫头子们，亦多喜与宝钗去顽笑。因此黛玉心中便有些悒郁不忿之意，宝钗却浑然不觉。"将心比心，如果你从来出众、从来优秀，忽然来了一个可以与你平分秋色、一争高下的人，乃至旁人认为这个人比你更胜一筹，你会没有危机感吗？喜新厌旧乃人之常情，对宝钗，众人有新鲜感，且亲近随和这一宝钗之长，正是黛玉之短，我认为二人这第一回合的较量并不公平。而曹翁上述最后一句"宝钗却浑然不觉"，意在点明宝钗的豁达大气，与贬钗派认定宝钗机心处处刚好相反。我忍不住要为宝钗喊一声冤！

曹雪芹写薛宝钗，先从其整体气质来写，如"肌骨莹润，举止雅娴""品格端方，容貌丰美""行为豁达，随分从时"，点到即止，并未着意于容貌的描述。转到后回再提宝钗，借周瑞家的眼睛先看到宝钗"穿着家常衣服"；及至第八回以宝玉眼中所见，方为宝钗正式的亮相："头上挽着漆黑油光的纂儿，蜜合色棉袄，玫瑰紫二色金银鼠比肩褂，葱黄绫棉裙，一色半新不旧，看去不觉奢华。唇不点而红，眉不画而翠，脸若银盆，眼如水杏。罕言寡语，人谓藏愚；安分随时，自云守拙。"与前一段黛玉进府时宝玉眼中的黛玉对比来读，黛玉有"仙气"，宝钗"接地气"，脂评为"各极其妙，各不相犯"。不多的笔墨中，作者两次强调宝钗"家常爱着旧衣裳"；即便她自己的母亲薛姨妈，也说宝钗不同于其他女孩子："宝丫头古怪着呢，他从来不爱这些花儿粉儿的。"可见，宝钗是个不矫情的女孩儿。

贬钗派认定，宝钗进京，选秀是借口，一心要嫁宝玉才是其真正目的。"事不关己不开口，一问摇头三不知"，她对任何事物都冷漠无情，唯宝玉的仕途经济、自己能否嫁进贾家才是她关心的，贬钗派因此认定宝钗"藏奸"。

每见有人如是说宝钗，我都为之痛心。宝钗只是个十几岁的女孩，失父，有个不懂事的哥哥，因此她以为母亲分忧解劳为己任。也许是天生懂事，也许是环境迫使其早熟，有这么一种孩子，小大人般地自动成为家长、老师的左膀右臂。宝钗放在现代，也是班长人才，有统领全局的才能，有团结周围人的亲和力，而且会做思想工作。

黛玉行酒令一时无心，说出禁书《牡丹亭》里的"良辰美景奈何天"，被宝钗逮个正着。宝钗事后找到黛玉，先是笑说要黛玉跪下受审，后来加上几句话敲打，黛玉不得不承认自己的无心之失。"宝钗见他羞得满脸飞红，满口央告，便不肯再往下追问，因拉他坐下吃茶，款款的告诉他道：'你当我是谁，我也是个淘气的。从小七八岁上也够个人缠的。我们家也算是个读书人家，祖父手里也爱藏书。先时人口多，姊妹兄弟都在一处，都怕看正经书。弟兄们也有爱诗的，也有爱词的，诸如这些《西厢》《琵琶》以及'元人百种'，无所不有。他们是偷背着我们看，我们却也偷背着他们看……男人们读书不明理，尚且不如不读书的好，何况你我……"这一段话，贬钗派说可见宝钗心机了得，连吓带哄就把黛玉收买了。我却认为，这段恰显露了宝钗的成熟大度，一是她没有当众让黛玉下不来台，二是宝钗不是得理不饶人的主儿。

宝钗在准备做黛玉的"思想工作"前，先以玩笑话来缓解气氛，继而以威而不怒的方式使黛玉认识到事情的严肃性，再把自己拉到和黛玉一个阵线上来（你读的这些我也读过，都是从那时过来的），让黛玉不至于有反弹情绪；而最后这几句才是目的："你我只该做些针黹纺织的事才是，偏又认得了字，既认得了字，不过拣那正经的看也罢了，最怕见了些杂书，移了性情，就不可救了。"

几个层次的劝说下来，能言善辩如黛玉，也心服口服。这是为二人后来"金兰契互剖金兰语"的冰释前嫌做铺垫。无论黛玉是否认为她已经得到了宝玉的心，此时此刻她对宝钗的敌意开始解除。贬钗派可能又会认为这是宝钗欲擒故纵的处心积虑，醉翁之意在宝玉。而实际上，宝钗并非热衷于"金玉良缘"之说。"薛宝钗因往日母亲对王夫人等曾提过'金锁是个和尚给的，等日后有玉的方可结为婚姻'等语，所以总远着宝玉。昨儿见元春所赐的东西，独他与宝玉一样，心里越发没意思起来。"这是第二十八回的一段话，看似过渡语，实则不一般。"金玉良缘"完全是家长意志，薛姨妈是一百个愿意女儿嫁给宝玉，亲上加亲。宝玉的母亲王夫人也未尝不愿意娶宝钗，从这个角度而言，姨表（宝玉、宝钗）亲于姑表（宝玉、黛玉）。在贾府其他长辈眼里，宝钗也是个标准儿媳，元妃更是从宝钗身上看到了自己当年的影子。说宝钗一心争取嫁给宝玉，实在冤也！当宝玉挨了打，薛蟠在气头上又提起金玉良缘，说宝钗护着宝玉时，宝钗才会"满心委屈气忿，到房里整哭了一夜"。

贬钗派也以宝钗对金钏之死冷漠无情，对她大力鞭挞。还是安徽作家闫红说得好："可难道她站在正义的立场去指责王夫人？"即便黛玉，也不会这么做。或是让宝钗为金钏掬一把同情之泪？能这么做的，是宝玉而不是宝钗。贬钗派还认为，此一事件宝钗借机陷害黛玉，把自己新做的两套衣服拿去给金钏妆裹，号称她"从来不计较这些"。所谓计较，实际是忌讳。宝钗只是接了王夫人的话茬儿，王夫人道："只有你林妹妹作生日的两套。我想你林妹妹那个孩子素日是个有心的，况且他也三灾八难的，既说了给他过生日，这会子又给人妆裹去，岂不忌讳。"此时的宝钗是一个一心要为姨妈分忧的懂事的外甥女。试想我们在十几岁年纪时，听到一个不太相干的人的死亡，又会有多大的感触呢？难不成当年的我们也是冷漠无情？

"罕言寡语，人谓藏愚；安分随时，自云守拙"，是曹翁对宝钗性格的总结。宝钗是个大家闺秀，博学、具才情，却不外露。的确，宝钗是个喜怒不太形于色的人，因此得配"任是无情也动人"之句。滴翠亭扑蝶，是宝钗少有的流露出少女天真之态的一刻。

芒种那天，大观园内众人祭饯花神，绣带飘飘，花枝招展。独不见黛玉，宝钗去寻，途中见一双玉色蝴蝶飞舞，意欲扑了来玩耍，一派少女之天真。至滴翠亭，听到红玉、坠儿的谈话，宝钗意在不要臊了她们，更重要的是此二人谈话内容事不关己，为避免生事，自己没趣。金蝉脱壳法还未及想到，亭内人已经推开了窗户，宝钗那句"颦儿，我看你往哪里藏！"，让贬钗派觉得无异于授人口实，留下了嫁祸黛玉的证据。我认为，这实在是宝钗脱口而出的一句话，谈不上陷害黛玉，更不至于在丫鬟这里给黛玉小鞋穿。更何况，宝钗本就是为寻黛玉而来的，不喊黛玉名字而喊出其他名字，才真是陷害！

贬钗派以为，"事不关己不开口，一问摇头三不知"是宝钗的处世风格，以此认定她冷漠自私。然而，君不见宝钗体贴湘云在家做不得主且手头拮据，不但替湘云做东请了螃蟹宴，还不忘说这是家里当铺伙计家的螃蟹，让受惠的湘云不至尴尬；君不见宝钗体恤邢岫烟天冷时衣衫单薄，雪中送炭。做好事而不大张旗鼓，这样就要被指为"收买人心"吗？如果在人情上处处留心，就要被说成是城府深、有机心，那宝钗真的是要冤死！

曹翁在开始几次强调宝钗穿着半新不旧的家常衣服，不爱花儿粉儿的，意在说宝钗是个脂粉队中有远见、有见识的人，不同于一般的花季少女，而很多事也证明宝钗是个懂得分寸、见好就收的人。抄检大观园的第二天，她就搬了出去，贬钗派说她自私自利、只求自保，那难道非要她搅和到贾府家长整治大观园之中去添乱，非要等到众家姊妹一个个泪眼婆娑地和青春大观园告别之后她再搬离，才不是自私自利？身后有余忘缩手，眼前无路想回头，这绝对不是薛宝钗的行事作风。"无趣"以及"没意思"是宝钗不愿生活词典里出现的词语，放诸待人处世、金玉良缘上皆无误。性格决定命运，宝钗的命运，在十二钗中算是得善终之结局。至于嫁给宝玉的她是否幸福，又是另一个话题了。

因为爱情，始见美好

尤三姐之于我，有一层特殊的意义。她是我认识的第一个《红楼梦》人物，在我知有宝黛钗之前。但尤三姐这一人物形象，有其丰富性和多面性，我穷尽三十年阅读《红楼梦》的经验，才将之拼凑几近至完整。

尤三姐，是"因为爱情，始见美好"的一个人。

二十世纪七十年代末期，内地恢复了传统戏，全国院线都上映了一部拍摄于"文革"之前的京剧电影《尤三姐》。电影上映那天，妈妈带我看下午场。那天是个工作日，也就是说妈妈要上班、我要上学。上午我们各自上班、上学去，我还带了一张写好的请假条给老师，说我下午请假，因为要去看眼睛。显然，妈妈向老师说了个谎。为了看电影请假，是怕老师不准假。我之所以记得清楚，更是因为这是我第一次一个人"远行"——中午放学后我独自坐电车去和妈妈会合。我从来不是精乖伶俐的孩子,但只要是跟看戏沾边的事,我就会忽然变得比平时聪敏些。所以,似乎没有人担心过我这因为看戏的第一次"远行",即便那时我才上小学二年级。这仿佛也为我日后的行为埋下了伏笔——逃学总是因为看戏。逃学看戏在我家是允许的,而我为了看戏不惜长途跋涉、一人独行这一习惯延续至今。

《红楼梦》第六十四回至第六十九回集中写尤三姐、尤二姐的命运,是书中忽然出现极具情节张力的一个大段落,与此前大量的注重描摹日常生活细节的笔墨那么不一样。后人将《红楼梦》改编成戏曲的作品不少,成功搬演的是以宝黛爱情线贯穿其中的越剧《红楼梦》。京剧中有《黛玉葬花》《千金一笑》《宝蟾送酒》,但情节都显得过于单一,后人传唱不多。京剧四大名旦之一的荀慧生将第六十四回至第六十九回的章节改编成《红楼二尤》,一人分饰尤二姐、尤三姐两角,该剧成为荀派的代表剧目,这是戏曲因人设戏、以演员为中心的特点。后来写红楼戏成家的陈西汀又将这一段情节另写成京剧《王熙凤大闹宁国府》,主人公换成了王熙凤,是一出突出演员做、表之功的戏。可见这一段是多么有戏。京剧电影《尤三姐》同样出自陈西汀之手。陈西汀后来为更多人所知,是因为和余秋雨写黄梅戏《红楼梦》闹版权官司，个中细节道听途说为多，不敢在此妄言。再后来老人也去世了。

看过电影，我为尤三姐这个人物深深着迷。她美丽、刚烈、专一、有主见、洁身自爱，和尤二姐的软弱、窝囊、没眼光恰成鲜明对比。京剧电影《尤三姐》脱胎自《红楼二尤》，着墨于尤三姐，尤二姐成了一个陪衬角色。那时我一直相信，尤三姐就是贞节烈女的化身。她白玉无瑕，在宁国府污浊不堪的环境中纤尘不染。她坚守着自己的爱情，她等的是一个鹤立鸡群、书剑飘零、独一无二的柳湘莲。听起来那么虚无缥缈的爱情，她等了五年，竟让她等到了。拿到柳湘莲的聘礼鸳鸯宝剑，她情不自禁地憧憬着高山流水、举案齐眉的幸福生活。我也毫不怀疑，唯柳湘莲能入尤三姐之目。尤三姐平日所见是贾珍、贾琏、贾蓉这等货色，忽然看到台上扮演林冲的柳湘莲——"丈夫有泪不轻弹，只因未到伤心处！"，简直是天上地下的鲜明对比；他悲壮、孤独、欲奔天涯，正中少女爱慕英雄之心。柳湘莲也是《红楼梦》中我最喜欢的男性角色，干净、孤独，亦侠亦隐。在今天看来，京剧电影《尤三姐》也绝对是符合有情节、有鲜活人物的一波三折的好戏。

我第一次阅读《红楼梦》是在小学四年级，看过电影《尤三姐》的两年之后。所谓的阅读，是囫囵吞枣，只在书里找尤三姐，重点不是钗黛。一读之下，我发现，尤三姐这一在我看来这么重要的人物，竟不在金陵十二钗之列，不但如此，连副册都不入。书都翻到几十回了，连尤三姐的影子都不见。好容易看到第六十四回，对尤三姐的描述也并未如电影中般形象鲜明。当时家里的《红楼梦》是人民文学出版社的"程本"，那时我当然不知道《红楼梦》有不同版本，即便是今天我也依然对《红楼梦》的版本学不感兴趣。所以，第一次读《红楼梦》，只有"失望"二字。因为尤三姐，我有了跟小王子一样的心情：发现花园里有无数玫瑰之后，还是最喜欢原来唯一的那一朵。那时，我尚谈不上喜欢黛玉还是宝钗。

一九八七年版电视剧《红楼梦》问世时，我的尤三姐情结依然存在。我看到镜头下的尤三姐是这样的："这尤三姐松松挽着头发，大红袄子半掩半开，露着葱绿抹胸，一痕雪脯。底下绿裤红鞋，一对金莲或翘或并，没半刻斯文。两个坠子却似打秋千一般，灯光之下，越显得柳眉笼翠雾，檀口点丹砂。"一段文字，显露出曹翁的"镜头感"才能。显然，电视剧导演是直接照着书中这段文字拍的。

这样的尤三姐和我心目中最初的尤三姐有一点儿不一样。后来，读到了脂评本《红楼梦》，是又一个尤三姐："贾珍便和三姐挨肩擦脸，百般轻薄起来，小丫头子们看不过,也都躲了出去,凭他两个自在取乐,不知作些什么勾当。"这个尤三姐和贾珍等厮混,轻车熟路。

我觉得曹雪芹对尤三姐是偏爱的,将尤氏姐妹比作"金玉之质":"姐姐糊涂,咱们金玉一般的人,白叫这两个现世宝沾污了去,也算无能!"和贾珍、贾琏吃酒伴狂,曹翁又借这兄弟俩之眼给了尤三姐一赞:"本是一双秋水眼,再吃了酒,又添了饧涩淫浪,不独将他二姊压倒,据珍琏评去,所见过的上下贵贱若干女子,皆未有此绰约风流者。"不独贾氏兄弟如是,就连贾府下人兴儿对尤氏姐妹说起大观园的一众千金,也将出众的黛玉和尤三姐相提并论起来:"我们家的姑娘不算,另外有两个姑娘,真是天上少有,地下无双。一个是咱们姑太太的女儿,姓林,小名儿叫什么黛玉,面庞身段和三姨不差什么……"

有一种多变的女人,她可以是最底层的街女,但摇身一变,又可以是最上层的贵妇。我相信尤三姐就是这样的人。在没有柳湘莲之前,她是在被人玩弄或豁出去玩弄人的两者间过活,撒泼伴狂。"天天挑拣穿吃,打了银的,又要金的;有了珠子,又要宝石;吃的肥鹅,又宰肥鸭。或不趁心,连桌一推;衣裳不如意,不论绫缎新整,便用剪刀剪碎,撕一条,骂一句。"直至一心要嫁柳湘莲,自那天起她就换了一个人:"若有了姓柳的来,我便嫁他。从今日起，我吃斋念佛，只伏侍母亲，等他来了，嫁了他去，若一百年不来，我自己修行去了。"她说着，将一根玉簪击作两段："一句不真，就如这簪子！"因为爱情而变得美好的尤三姐，也单纯也纯粹，但这注定是一条不归之路。

一个有那么不堪过去的女人，自己可以彻底洗净铅华、告别过去，而那个爱情的对象，也可以彻底地接受她吗？所以，柳湘莲也好，尤三姐也好，不一定是曹雪芹在现实中见过的人物，但这两个人物以最纯粹、最彻底的方式寻找各自的结局，却是最真实的。尤三姐，生时不列金陵十二钗之队，死后作者却为之作特别使命安排："妾今奉警幻之命，前往太虚幻境修注案中所有一干情鬼。"来自情天，去由情地，她，终有所归！

情侠与出世

"那柳湘莲原是世家子弟,读书不成,父母早丧,索性爽侠,不拘细事,酷好耍枪舞剑,赌博吃酒,以至眠花卧柳,吹笛弹筝,无所不为。因他年纪又轻,生得又美,不知他身分的人,却误认作优伶一类。"

这是《红楼梦》中柳湘莲的"人物小传"。作者曹雪芹寥寥数语,将柳湘莲的出身、性格、爱好、外形,都说到了,且特别提到由于年轻貌美,常被误以为是戏子出身。而柳湘莲,也真的会唱戏。

这一天贾府管家赖大为儿子赖尚荣外放州官,在赖家花园摆酒宴客。外面厅上是贾府男宾,薛蟠、贾珍、贾琏、贾蓉并几个近族的,同时也请了几个现任的官长并几个世家子弟作陪,其中有柳湘莲。不仅薛蟠对他念念不忘,"且贾珍等也慕他的名，酒盖住了脸，就求他串了两出戏。下来，移席和他一处坐着，问长问短，说此说彼"。可见柳湘莲在人群中是偶像级人物，且有一批铁杆粉丝。

至此，虽然我们"认识"了柳湘莲，但仔细想来，曹翁实际并未对其做细致描述。我们只知其美，但具体如何美我们不得而知；知道他会唱戏，但具体唱了哪一出，作者也未做交代。曹翁哪能不懂戏，这里不做交代，实有意而为。

细心读红楼可发现，曹翁对于心中一等一钟爱的人物，总是不做过于具体细致的描述。比如林黛玉，我们只是借宝玉初见黛玉时，才得以略窥她的眉眼、体态、气质，还有就是作者借凤姐之口赞美黛玉，"天下真有这样标致人物"。一句"标致"，便有了无穷的想象空间。相比之下，宝钗、凤姐这两个人物，从容貌到衣着佩饰，作者会不厌其详，一一道来。我猜想，之于曹翁，黛玉是"出世"的，不宜做过于世俗的具象描绘；而宝钗、熙凤二人都是"入世"的，因此他写宝钗半旧不新的家常衣裳，写凤姐从头上、项上、腰上的佩饰到袄、褂、裙的光彩夺目。而柳湘莲之于作者，也是一个"出世"的人物，姑且不论他为柳湘莲安排的结局，单看柳湘莲的"无所不为"，就注定了这个人物的气质——索性爽侠。强调其读书不成，要比那乖乖读书、循规蹈矩的孩子更有魅力。"侠"，是柳湘莲的整体气质，而"侠""义"又从来是中国人的理想性格。秦钟死了几年，除了宝玉，还有柳湘莲惦记着，怕这年雨水勤，得了点钱便将秦钟的坟重新收拾了一下。秦钟，秦可卿之弟，名字的谐音分明就是"情种"。柳湘莲和秦钟交好，也分明是在"侠义"之外生出一"情"字，最后果不其然他也断送在"情"字上。

"你不知道这柳二郎，那样一个标致人，最是冷面冷心的，差不多的人，都无情无义。他最和宝玉合得来。去年因打了薛呆子，他不好意思见我们的，不知那里去了一向……倘或不来，他萍踪浪迹，知道几年才来，岂不白耽搁了？"这是贾琏口中的柳湘莲，用于形容林黛玉的"标致"一词，这回用在了柳湘莲身上。前面也提到，作者说到尤三姐，同样以"标致"评价。大概"标致"于曹雪芹而言，是对人的最高赞美。

既标致又冷面冷心的柳湘莲该是怎样的一个人呢？动辄萍踪浪迹，独来独往，无人知其行踪。用今天的眼光看，简直就是酷哥啊！这样的人，往往身上带有极大的孤独感。可以想象，他在赖家花园被贾珍等一众男宾包围时，依然冷心冷面，不屑世俗敷衍。我其实很好奇，柳湘莲串的是哪一出戏，或者什么样的戏是他的拿手剧目。京剧《红楼二尤》里，编剧有心安排柳湘莲串演了一出《夜奔》——走投无路的林冲被逼上梁山。虽然林冲是武生应工，和书里柳湘莲唱小生的说法不符，但此乃编剧给人物的定位；应该说，林冲这个人物，和柳湘莲的气质是对应的。从戏的角度来说，这又是一出难度极大的戏，从来有"男怕夜奔"之说。被逼上梁山的林冲，家破人亡，性命堪虞；他不再是风光的八十万禁军教头，不再是有家眷、有美妻的世俗之人，夜色围裹着孤独，他只有一个字——逃。而柳湘莲的萍踪浪迹，又何尝不是他"逃离"的一种方式？书中柳湘莲的出场就是为了"逃离"——他跟宝玉说准备出门一段时日，之后便打了薛蟠，正好名正言顺地"逃离"。柳湘莲身上带有极大的孤独感，注定了他不断地"逃离"。

《红楼梦》中各人拥有的特色物件是值得留意的细节，有和个人命运暗合之处。宝玉之玉、宝钗之金锁、湘云之麒麟自不待言，男女姻缘之信物，如小红的手帕、袭人的汗巾、贾琏留给尤二姐的九龙玉佩，都是随身的世俗之物。再看柳湘莲给尤三姐的定礼，却是柳家的传代之宝鸳鸯剑，这表明了柳湘莲的孤独，身无长物，不为世俗所羁绊。到最后尤三姐用以了却性命，柳湘莲用以斩断情丝的，都是这寒光凛凛的鸳鸯剑。可以说，柳湘莲用鸳鸯剑完成了他人生最大的"逃离"。

读《红楼梦》至今，其实我没读懂：何以柳湘莲对

"干净"如斯渴望又如斯敏感？闫红开玩笑说柳湘莲是个处女座。其实不然，他也眠花卧柳，无所不为。他接纳宝玉，不忘秦钟，拒绝薛蟠，但这最后一点，使柳湘莲的品位在读者心目中升了格。另一方面，他对妻子的标准却是"定要一个绝色女子"。尤三姐够绝色，可是他嫌尤三姐不干净。如同他恨恨地对宝玉说："你们东府里除了那两个石头狮子干净，只怕连猫儿狗儿都不干净。"

妙玉的洁癖表现在刘姥姥碰过的成窑茶杯她不能再留；黛玉的洁癖表现在葬花上，表现在评价北静王赐给宝玉的一串念珠为"臭男人戴过的东西"上。她们有着对人、对事、对物极致苛刻的完美。而柳湘莲，大概算是男人里的妙玉或是黛玉，但曹翁写来是有区别的。柳湘莲可以容忍自己作为男性的不干净——拒绝薛蟠是他所谓"干净"的表现，却不能容忍女性的不干净——道听途说、捕风捉影都会在其内心留下污渍。

红楼女儿无从想象男性的污浊世界，吃喝嫖赌无所不作。《红楼梦》书至抄检大观园之后，便进入离散萧瑟的氛围。这夜，尤氏从荣国府出来转回宁国府，"见两边狮子下放着四五辆大车，便知系来赴赌之人所乘……笑道：'成日家我要偷着瞧瞧他们，也没得便。今儿到巧，就顺便打他们窗户跟前走过去。'"此处接前回抄检大观园，作者实有意为之。一方女儿净土失守，紧接着展露的是一个污浊的男性世界，聚赌、喝酒、脏话，还有孪童陪侍，窗外以一个不完美、不聪慧、不出众的尤氏为过渡："你听听，这一起子没廉耻的小挨刀的，才丢了脑袋骨子，就胡唚嚼毛了。再肏下黄汤去，还不知唚出些什么来呢。"至少，柳湘莲在曹雪芹心目中是干净的，他干净在不屑于和贾珍之流同流合污；反过来说，柳湘莲渴望干净表现在他一路的"逃离"。

从温柔富贵乡到著书黄叶村——以回忆过去逃离现实的炎凉，曹雪芹本人的选择又何尝不是"逃离"的表现？即便是书中的贾宝玉，其喜聚不喜散的个性，也是"逃离"孤独的表现，毕竟每一次聚的结束便是下一刻孤独的开始。高鹗续书被批为诸多情节与前八十回犯驳，但我认为，贾宝玉命运的归宿，其实暗合了作者的"逃离"之意。

生活中的你和我，有没有"逃离"的念想呢？

苦主赵姨娘

《红楼梦》写了很多心比天高、命比纸薄、干干净净、清清爽爽的女性,可见曹翁素日对这样的女子会多几分留心,因此笔下满是喜爱、钦佩之情。然而,我也听到过另一种声音,说一个作家对喜欢的人物自然是倾注笔墨、饱含创作激情,对不太喜欢的人物,便可以少点笔墨、少点感情。我对这一说法持保留意见,对于有创作经验的人来说,即使写一个坏人,也一定全情投入,使之血肉丰满。

《红楼梦》是一部具悲悯情怀的巨著,是大千世界的缩影,其中形形色色的人物,在今天的生活中仍能不时找到可对应的影子。比如,我总觉得贾政之妾赵姨娘,是个一等一的苦主,活得充满怨气,极不受人待见,连亲生女儿探春都躲她,正是我们所说的怨妇。

按说，赵姨娘完全有让自己过得更体面的空间。虽说贾政是个无趣的人，但好歹赵姨娘也为贾家生了个儿子贾环，母凭子贵这条路她或许可以走得更好。太太王夫人出身显贵，面慈心软，吃斋念佛，有大家闺秀识大体、顾大局的体面，断也不至于虐待赵姨娘。偏偏赵姨娘却把自己的生活过得一团糟，甚至连丫头都不如。《红楼梦》写人生之苦，并非只一个赵姨娘的苦；可贵的是，曹雪芹的笔端带有悲悯，即使写像赵姨娘这样的小人物，也是写其可怜多于写其可恨。

第二十五回"魇魔法姊弟逢五鬼　红楼梦通灵遇双真"里，马道婆到贾母处骗了一笔生意后，便又往各院各房问安、闲逛了一回，之后来至赵姨娘房内。"赵姨娘命小丫头倒了茶来与他吃。马道婆因见炕上堆着些零碎绸缎湾角，赵姨娘正粘鞋呢。"马道婆靠装神弄鬼来讨生活，这类人见有便宜可占便不会放过，她对赵姨娘说："可是我正没了鞋面子了。赵奶奶你有零碎缎子，不拘什么颜色的，弄一双鞋面给我。"赵姨娘听说，便叹了口气说道："你瞧瞧那里头，还有那一块是成样的？成了样的东西，也到不了我手里来！"这一段体现了中国传统戏曲、小说创作中的闲笔不闲。短短一段，其实是作者有意让读者看到这位姨娘为何总是怨天尤人，透露出对赵姨娘的同情。赵姨娘在贾府的地位、生活处境，还不如那些有头有脸的丫头们。比如晴雯失手摔折了宝玉的扇子，被宝玉责怪几句都要抢白道："先时连那么样的玻璃缸、玛瑙碗不知弄坏了多少，也没见个大气儿，这会子一把扇子就这么着了。"

很难想象，在贾府这样的大户人家做妾，赵姨娘的境遇不如有头有脸的丫头。生养的儿子贾环，有这样一个母亲，生长环境若此，势必也很难讨人喜欢。但令我不解的一点是，古时重男轻女，大户人家的儿子，即使是庶出，正房也会抱过去养，千方百计减少亲生母子接触的机会。而贾环似乎一直跟在赵姨娘身边。也许是宝玉占尽贾府上下尤其是贾母宠爱，所以贾环便是备受冷落的一个。现代育儿经说，从小被爱包围的孩子，会比得不到爱的孩子漂亮、自信、性格好。这一说法，放在亲兄弟贾宝玉和贾环身上，不无准确。贾政夫妇对宝玉的态度，体现了传统的中国式家长的态度——严父慈母。即使内心赞许，贾政也不会外露，如"大观园试才题对额"中，贾政对宝玉才华的认可，充其量只是表现为"拈髯点头不语"。很多时候，贾府有客来访，宝玉要随贾政见客，有时贾环也在其内。在一次见客的场合，宝玉和贾环同立屋中，贾政冷眼旁观二人，见宝玉神采奕奕，贾环当即被比了下去。这竟是一个父亲眼中两个亲生儿子的形象。尽管贾政很多时候看不上宝玉，恨其对经济仕途不上心，但在他心里宝玉和贾环仍是天壤之别。别说是贾政，我想贾府上下从无一个长辈想过这个问题：一样是贾家之后，为何宝玉和贾环从外貌到才学到为人都有如此之大的差距，难道差距只在一个是含玉而生，一个是姨娘所养？关键还是在于，贾环的成长太缺乏爱，致使其心理扭曲，行为不正。说到底，贾环是个苦孩子！

话说王子腾夫人寿诞，贾府上下本该都去吃寿酒热闹热闹的，王家本是宝玉之母王夫人和王熙凤的娘家，但王夫人见自己的婆婆贾母不去，自己也就不便去。"倒是薛姨妈同凤姐儿并贾家几个姊妹、宝钗、宝玉一齐都去了"，"可巧王夫人见贾环下了学，便命他来抄个《金刚咒》唪诵唪诵"。读至此处，我会觉得贾环不至于是很差的孩子，毕竟生养在大户人家，最起码的国学基本功是要有的，能为王夫人抄《金刚咒》唪诵，书法是过得去的。但继续读下去，便尽见贾环小人得志的嘴脸："那贾环正在王夫人炕上坐着，命人点灯，拿腔作势的抄写。一时又叫彩云倒杯茶来，一时又叫玉钏儿来剪剪蜡花，一时又说金钏儿挡了灯影。"此处让人想到现实生活中，那些真正能做事而又做得成事的人，总是默默无言；只有小人得志者做起事来才吆五喝六！

贾环要求诸多的结果便是"众丫鬟们素日厌恶他,都不答理"。彩霞是对贾环好的丫头,看不过去了便劝道:"你安分些罢,何苦讨这个厌那个厌的。"可是偏偏贾环是那种听不出好赖话的人:"我也知道了,你别哄我,如今你和宝玉好,把我不答理,我也看出来了。"贾环的假想敌永远是宝玉。这亲哥俩一个天上,一个地下,有"本是同根生"的悲剧成分。贾环的成长,有宝玉做对比,他便没有一样是好的;宝玉喜欢美好的人和事物,对贾环自然也难以亲近。此时,宝玉回来了,"王夫人便用手满身满脸摩挲抚弄他,宝玉也搬着王夫人脖子说长道短的"。有正常母子关系的人对此情景不会陌生,但我相信贾环没有从生母赵姨娘那里得到过这样的母爱。

过后宝玉在炕上倒下,又和彩霞说笑,只见彩霞淡淡的,不太搭理,眼睛看向贾环。"二人正闹着,原来贾环听的见,素日原恨宝玉。如今又见他和彩霞闹,心中越发按不下这口毒气。"贾环对宝玉的恨,日积月累,成了"毒气",这也是兄弟。"虽不敢明言,却每每暗中算计,只是不得下手,今见相离甚近,便要用热油烫瞎他的眼睛。因而故意装作失手,把那一盏油汪汪的蜡灯向宝玉脸上只一推。只听宝玉'嗳哟'了一声,满屋里众人都唬了一跳。……只见宝玉满脸满头都是油。王夫人又急又气,一面命人来替宝玉擦洗，一面又骂贾环。"做儿子的闯了祸，亲生母亲自然要跟着遭殃，更何况是赵姨娘这对母子。"养出这样黑心不知道理下流种子来，也不管管！几番几次我都不理论，你们得了意了，越发上来了！"王夫人骂的虽是寥寥几句气话，却句句见血、字字到肉。她说"黑心不知道理下流种子"，贾环是贾家之后，如何就成了下流种子？这岂不是连贾家一起骂了？由此也可见，贾环一直由赵姨娘管教。赵姨娘经此一遭，竟生出了出钱请马道婆施法害宝玉、凤姐二人的主意。赵姨娘心中的苦，都化作了恨，而这恨也潜移默化地被传递给了贾环，读来令人心痛。回头且看事件中的受害人宝玉的态度："明儿老太太问，就说是我自己烫的罢了。"这便是在温暖和爱中成长的小孩，心中没有恨。

从前读《红楼梦》，很不喜欢赵姨娘和贾环这对母子（我想也没什么人喜欢这对母子吧？），唯每读至这一段，同情的天平会倾向赵姨娘一侧：探春暂代凤姐管理荣国府，生母赵姨娘死了弟弟，也就是探春的舅舅，赵姨娘想着多要二三十两银子发丧，探春对着赵姨娘问道："谁是我舅舅？我舅舅年下才升了九省检点，那里又跑出一个舅舅来？"我也因此不太喜欢探春，殊不知庶出的身份，永远是探春人生中最大的痛。

我从年少时开始读《红楼梦》，读至中年，感受大不一样了：如今读来心中常带悲悯，对《红楼梦》人物的理解，便会有所不同，比如对赵姨娘。周围的人对她，何曾有过关爱？第六十七回"馈土物颦卿念故里　讯家童凤姐蓄阴谋"①，写薛蟠跟着老家人出外学做生意，回来后给妈妈和妹妹宝钗带回不少东西。宝钗过目后，除自己留用的之外，将一份份礼物分配妥当，一一打点完毕，差莺儿和老妈子跟着各处去送。这些礼物中，只有黛玉的比别人多了一倍，而且赵姨娘也有一份。这里不但显示出宝钗待黛玉之厚，更显示出宝钗做人的周到。赵姨娘收到礼物的反应是"心中甚是喜欢，想道：'怨不得别人都说那宝丫头好，会做人，很大方，如今看起来果然不错。他哥哥能带了多少东西来，他挨门儿送到，并不遗漏一处，也不露出谁薄谁厚，连我们这样没时运的，他都想到了。'"从中我们可学到应如何对待身份卑微之人：给予尊重和关爱，让他感受到自己和别人是平等的。

一部《红楼梦》就是一个世界，将最出色的黛玉和宝钗比较是再自然不过的事，赵姨娘赞美完宝钗就想起了黛玉："若是那林丫头，他把我们娘儿们正眼也不瞧，那里还肯送

---

① 第六十七回回目的另一版本为"见土仪颦卿思故里 闻秘事凤姐讯家童"。

我们东西?"这里显现了赵姨娘的可怜又可恨。她其实活得很糊涂,人家送你礼物是人情,不送是本分,连这样最浅显的人情世故她也不懂。而黛玉,又何曾是势利之人!和宝钗不一样,如果黛玉送你礼物,是她真心要给你;而宝钗,更多是出于周到。如果我们能够既真心又周到,何尝不是做人的上等境界呢?

前八十回中,贾府树倒猢狲散后,曹雪芹的笔没有写到赵姨娘母子的结局。大家族风光时,这对母子是富贵的边缘人,好东西大多轮不上他们。我设想,大厦倾倒之后,最容易度日的大概也会是这对母子,因为落差最小!

《红楼梦》中的嬷嬷们

这一篇,原是写柳湘莲——一个最具孤独感的红楼人物,即使活在今天,他身上特立独行、孤标傲世的特质,照样会让他成为偶像级的话题人物。柳湘莲在书里的出场,是作者曹雪芹借由贾府管家赖大因儿子做官,在花园里摆酒唱戏一事引出。可当我再翻书,读到赖大之母赖嬷嬷到贾府面请众人赴宴这一段时,决定先放下柳湘莲,写写这些一直为我忽略的枝蔓情节。

《红楼梦》是常读常新的书,最近读来感受较深的是,很多礼节现在正在消失。像如今不少高学历的人有完善的知识结构,但总给人感觉缺了什么,也许就是一些礼节在他们身上消失了。赖府宴客这一段,我们看到请尊贵的客人出席活动时,什么人要出面请、如何请都是有讲究的。

赖大是贾府管家，其母赖嬷嬷是贾府的奶妈，但书中并未提及她是谁的奶妈。一般来说，奶妈在府中的地位高于一般下人。所以，赖嬷嬷在贾母面前，可以坐着说话，而尤氏、凤姐等都站着；王熙凤当面奉承她"老封君似的"；她可以当着贾母的面"教育"宝玉："不怕你嫌我，如今老爷不过这么管你一管，老太太护在里头。"按书里解释，贾府的风俗是年高的服侍过父母的下人，比年轻主子还有体面。因此身为小辈的王熙凤等见赖嬷嬷来了也要起身让座。"赖嬷嬷向炕沿上坐了，笑道：'我也喜，主子们也喜。若不是主子的恩典，我们这喜从何来？'"

赖嬷嬷的儿子赖大做了贾府管家，到了赖家第三代，也就是赖嬷嬷的孙子赖尚荣外放做了州县一级的父母官，改换门庭。这家人在外面，一定也是耀武扬威的。但在贾府里、在凤姐等人面前，赖嬷嬷没有忘记自己的身份，把自己对将要做官的孙子说的话学了一遍："你今年活了三十岁，虽然是人家的奴才，一落娘胞胎，主子恩典，放你出来，上托着主子洪福，下托着你老子娘，也是公子哥儿似的读书认字，也是丫头、老婆、奶子捧凤凰似的，长了这么大。你那里知道那'奴才'两字是怎么写的！……你不安分守己，尽忠报国，孝敬主子，只怕天也不容你。"赖家在贾府为奴，赖嬷嬷不识文断字，但我读了她这一番长篇大论，便晓得赖家发迹是有缘由的。这缘由在于她对自家身份定位准确,没有因为孙子做官就飘飘然。赖嬷嬷一番话,是赖家历史的浓缩版,无不辛酸,从祖辈为奴到孙辈读书认字,中心意思不离主子恩典,还把天地、国家都包含了进去,可谓题旨宏大。

人情练达,是做下人的安身立命之本。没读过书、在贾府做奶妈的赖嬷嬷,会说话,又会做人。晴雯本是赖嬷嬷买来的,她见贾母喜欢就将晴雯送给贾母。而赖嬷嬷前脚来请贾府主子赴赖家宴席,儿媳赖大家的后脚就到,"打听打听奶奶姑娘们赏脸不赏脸"。再看这三天的酒也是有讲究的。第一天专门请贾府的人,内眷安置在花园里,有酒有戏;男人们则在外头大厅,同样有酒有戏。第二天请亲友。第三天则是荣宁二府的"伴儿",也就是和赖嬷嬷、赖大共事的同事们。

"展眼到了十四日,黑早,赖大的媳妇又进来请。"这表示之前赖家是提前了很多天就去贾府请人的。到了正日子,赖大家的还要亲自再来请。"贾母高兴,便带了王夫人、薛姨妈及宝玉姊妹等,到赖大花园中坐了半日。"赖家花园,是赖嬷嬷在贾府主子面前说的"破花园子",而看在众人眼中,"那花园虽不及大观园,却也十分整齐宽阔,泉石林木,楼阁庭轩,也有好几处惊人骇目的"。可见赖家也俨然是大户人家了。

同样是奶妈，相比之下，宝玉的奶妈李嬷嬷就很不会做人，倚老卖老。宝玉留了一碟子豆腐皮的包子给晴雯，李嬷嬷见了说："宝玉未必吃了，拿来给我孙子吃去罢。"见了枫露茶，李嬷嬷也要尝尝。宝玉听闻这些，气得茶杯扔在地上，跳起来问："他是你那一门子的奶奶，你们这么孝敬他？不过是仗着我小时候吃过他几日奶罢了。如今逞的他比祖宗还大了。如今我又吃不着奶了，白白的养着祖宗做什么！撵了出去，大家干净！"宝玉向来待人温暖，生性喜聚不喜散，说要撵走李嬷嬷，怕是最狠不过的话，也可见李嬷嬷素日做事多么无自知之明！

《红楼梦》写尽人生散聚，热闹中处处流露出筵席散后的悲凉。贾母仙逝，大家族树倒猢狲散。贾政扶灵一路南行，途中差人到赖嬷嬷的孙子赖尚荣任上借银五百两，赖尚荣只给五十两。曾经显赫的贾府，落到开口向人借钱的下场已经够难堪，偏偏赖尚荣又将事情做得让双方都下不来台。气得贾政着家人立即将银两送还给赖尚荣。回头再品味赖嬷嬷最初开口闭口"主子恩典"的一番话，别是滋味。

我想，曹翁是不喜欢这些嬷嬷们的。《红楼梦》中的嬷嬷们素日倚老卖老，定是现实生活中有原型可依，曹翁在书中借贾母之口说出来："大约这些奶子们，一个个仗着奶过哥儿姐儿，原比别人有些体面，他们就生事，比别人更可恶，专管调唆主子护短偏向。我都是经过的。况且要拿一个作法，恰好果然就遇见了一个。你们别管！我自有道理。"

贾母所谓要拿一个嬷嬷作法，指的是迎春的奶妈王嬷嬷，缘由是在大观园内做大头家聚赌。此事一出，迎春的丫头绣橘便道："那一个攒珠累丝金凤竟不知那里去了……我说必是老奶奶拿去典了银子放头儿的，姑娘不信，只说司棋收着呢。"绣橘看不过，要去告诉凤姐。王嬷嬷的儿媳、王住儿媳妇因婆婆获罪，想着向迎春求情，不想在绣橘处碰了钉子，一时脸上过不去，也是明欺迎春素日好脾气，乃向绣橘发话："你满家子算一算，谁的妈妈奶子不仗着主子哥儿多得些益，偏咱们就这样丁是丁卯是卯的，只许你们偷偷摸摸的哄骗了去……常时短了这个，少了那个，那不是我们供给？谁又要去？"

从做大头家聚赌，到勾连出偷了迎春的攒珠累丝金凤典银子，王嬷嬷没有在书里正式出场，作者通过写众人对事件的反应，勾勒出一个得寸进尺的恶嬷嬷形象来。贾母不顾宝钗、黛玉出于怕迎春难堪的求情，一定要拿王嬷嬷开刀。迎春生性懦弱怕事，一味忍让后退，王嬷嬷的儿媳倒反咬一口，说平日里往迎春身上贴了钱。探春出来摆平纠纷的一段写得爽快利落——探春对平儿道："我且告诉你，若是别人得罪了我，倒还罢了。如今那住儿媳妇和他婆婆仗着是妈妈，又瞅着二姐姐好性儿，如此这般私自拿了首饰去赌钱，而且还捏造假账妙算，威逼着还要去讨情，和这两个丫头在卧房里大嚷大叫，二姐姐竟不能辖治，所以我看不过，才请你来问一声：还是他原是天外的人，不知道理？还是谁主使他如此，先把二姐姐制伏，然后就要治我和四姑娘了？"探春永远是清醒的，在这样的大家族，她预见了"物伤其类""齿竭唇亡"的下场。

曹翁不喜欢嬷嬷们。唯一写赖嬷嬷貌似正面，不过是写了其人情练达，知分寸、懂进退而已。高鹗续写的赖家的下场，或许得了几分曹翁的本意：赖尚荣得罪贾政后心下不安，修书一封禀明父亲赖大；于是赖大借故从贾府赎身出来，赖尚荣自己亦告病辞官。势利之徒，在主子得势时巴结讨好，如蚁附膻，一旦靠山垮台，便一哄而散，避之不及——人情冷暖，世态炎凉如此也。

黛玉和晴雯

曹雪芹的一杆笔如同聚光灯，笔到，就必能照亮人物独特的造型，让人物有光彩。金陵十二钗的正册和副册是有所对应的，一群大户人家的千金小姐，身旁一大堆丫鬟：正写宝钗，副写袭人；正写黛玉，副写晴雯……众所公认。

和黛玉相似，晴雯那张嘴也不饶人。宝玉屋里的丫头，晴雯最咬尖儿。这类人，心里怎么想，嘴上就怎么说。宝玉和袭人云雨之事，想必屋里的丫头都一清二楚，偏生只有晴雯说出来："我倒不知道你们是谁，别教我替你们害臊了！便是你们鬼鬼祟祟干的那些事儿，也瞒不过我去，那里就称起'我们'来了？明公正道，连个姑娘都没挣上去呢，也不过和我似的，那里就称上'我们'了！"

曹雪芹以晴雯的命运告诉读者：这样心直口快的人，

不害人，也不会防人，最容易身中暗箭。家长王夫人给袭人的月钱涨到和姨娘一样的待遇，就是暗许了袭人的身份——宝玉之妾。这对于当时的丫头来说，大概是最有前途的光明出路。而王夫人对晴雯却态度相反："原来王夫人自那日着恼之后，王善保家的去趁势告倒了晴雯，本处有人和园中不睦的，也就随机趁便下了些话。"晴雯被赶出大观园，全因为平日得罪人多，王夫人偏又是最正统不过的人。她之所以不喜欢晴雯，借用袭人的话，便是"嫌她生得太好了，未免轻佻些"，王夫人"深知这样美人似的人必不安静，所以恨嫌她"，像袭人那样"粗粗笨笨的倒好"。王夫人的审美标准，用于选儿媳，自古颠扑不破。如果你家有儿子，将来你选儿媳，是否情愿不要她漂亮也要她个性平和些？

尤其在那个年代，漂亮也许是罪过。晴雯之死完全是有人中伤所致，王善保家的告状后，王夫人猛然触动了往事，因道："上次我们跟了老太太进园逛去，有一个水蛇腰、削肩膀、眉眼又有些像你林妹妹的，正在那里骂小丫头。我心里很看不上那狂样子，因同老太太走，我不曾说得。"曹翁一笔双关，不仅晴雯要遭殃，实际是在暗示：黛玉将来要嫁宝玉，难矣！

"晴雯在旁哭着，方欲说话，只见林黛玉进来，便出去了。"黛玉和晴雯，一个小姐，一个丫鬟，除了眉眼相似之外，书里没有过多的交集。一次是黛玉去怡红院敲门，被晴雯拒之门外。"晴雯和碧痕正拌了嘴，没好气，忽见宝钗来了，那晴雯正把气移在宝钗身上，正在院内抱怨说：'有事没事跑了来坐着，叫我们三更半夜的不得睡觉！'忽听又有人叫门，晴雯越发动了气，也并不问是谁，便说道：'都睡下了，明儿再来罢！'"晴雯没听出是黛玉，没好气道："凭你是谁，二爷吩咐的，一概不许放人进来呢！"一桩敲门事件，曹公笔墨关照多处：晴雯的火爆脾气，埋下日后被人告黑状的种子；因为晴雯处于愤怒状态，听不出门外是黛玉；黛玉多思多虑，没有此时的伤感，便没有下一回伤心人语、千古绝唱的《葬花词》。

  黛玉宽容了晴雯的闭门羹，将原因转嫁宝玉身上——"必定是宝玉恼我要告他的原故"。黛玉之情，只用于她认为"有情"的宝玉身上，爱之、恼之、嗔之、怨之，一往而情深。晴雯与黛玉相似，二人均可"士为知己者死"，视知己重于自己的生命：晴雯表现在"病补孔雀裘"；黛玉来人世一遭，只为还泪一个目的。而对于大多数生命中的过客，黛玉这个知书达礼的千金小姐是另一副极为得体的面孔。比如最不受人待见的赵姨娘，黛玉见她时，也完全是合乎礼仪分寸的，这便是教养。这也是黛玉和晴雯的最大不同，前者是大家闺秀，后者是不识文断字的丫头。曹雪芹既写两人的相似，更写两人的不同。

宝玉记挂黛玉，差晴雯去看黛玉，拿了两条帕子撂与晴雯。晴雯道："这又奇了。他要这半新不旧的两条手帕子？他又要恼了，说你打趣他。"可见晴雯完全不懂黛玉。黛玉收下帕子之后，一时涌出"可喜、可悲、可笑、可惧、可愧"之情，在素帕上走笔成诗。这大概是书里黛玉和晴雯不多的有交集的情节之一，以晴雯的懵懂反衬黛玉的多愁。

晴雯死后，宝玉信了小丫头信口胡诌之言，写了篇《芙蓉女儿诔》，黛玉将其"红绡帐里，公子情深"改为"茜纱窗下，公子多情"，宝玉说"如今我越性将'公子''女儿'改去，竟算是你诔他的倒妙。况且你素日又待他甚厚……"。黛玉待晴雯厚在哪里，曹公此前竟无交代，算不算一处漏笔？诔文最后竟改成"茜纱窗下，我本无缘；黄土垄中，卿何薄命"，"黛玉听了，怔然变色……"，此一处脂砚斋评："慧心人可为一哭。观此句便知诔文实不为晴雯而作也。"方为关键！

袭人是告密者吗？

袭人，宝玉屋里的大丫鬟、管理者。她在书里第一次出场，是黛玉进府那天。贾母命下人将黛玉暂且安置在碧纱橱里，等过了残冬，春天收拾完房屋另作安置；又见黛玉只带两个人来，奶娘王嬷嬷和十岁的丫头雪雁，一个极老一个甚小，便将自己身边一个名唤鹦哥的二等丫头给了黛玉。这确是贾母看重的人享有的特殊待遇。另一个享此待遇的是宝玉，袭人、晴雯是贾母一手调教出来放在宝玉屋里的丫头。鹦哥后来改名紫鹃，袭人原唤珍珠，因姓花，宝玉读旧人诗句有"花气袭人"，因而禀明贾母，改名袭人。丫头的名字暗藏主人的品位。这些在贾母身边待过的人，是谁不重要，重要的是曾经跟过老太君。连王熙凤见了袭人，也要客气地给个笑脸。

黛玉在贾府的第一天晚上,王嬷嬷与鹦哥在碧纱橱内陪侍;宝玉的乳母李嬷嬷和袭人,在外面大床陪侍。宝黛白天初见,两人都有似曾相识之感。却不想宝玉问了黛玉一句:可有玉没有?黛玉表示:我哪有那稀罕物?贾宝玉就急了,"登时发作起痴狂病来,摘下那玉,就狠命摔去"——家里姐姐妹妹都没有,单我有,我说无趣;如今来了这神仙似的妹妹,也没有,可见不是什么好东西!

摔玉事件让黛玉放不下,到了晚上独自抹眼泪。这是黛玉第一次为宝玉而哭。此时袭人进来安慰:"姑娘快休如此,将来只怕比这个更奇怪的笑话儿还有呢!"在常人看来,性情乖僻的宝玉这等发作都不是事儿!于宝黛来说,对方的事都是大事。黛玉没有玉,是宝玉不能接受的大事;宝玉摔玉,黛玉同样难以释怀。这是作者在为二人日后吵了、闹了、好了的诸多欢喜悲啼情节埋下伏笔。

袭人给人的第一印象是暖心的。袭人身上有宝钗的影子,曹翁正写宝钗,侧写袭人。如果人以群分的话,宝钗和袭人是一类。这类人目标明确,做人低调,面面俱到,说话有分寸,不拖泥带水,不立于危墙之下。如抄检大观园之后,宝钗就急急地搬了出去。在规劝宝玉读书上进上,这两人也是一致的。

"上回也是宝姑娘也说过一回,他也不管人脸上过的去过不去,他就'咳'了一声,拿起脚来走了。这里宝姑娘的话也没说完,见他走了,登时羞的脸通红,说又不是,不说又不是。幸而是宝姑娘,那要是林姑娘,不知又闹到怎么样,哭的怎么样呢。"

人以群分,说的是价值观的异同。袭人是贾府第一个给黛玉安慰的人,却没有以此为两人的友谊打下基础。袭人眼中的黛玉,是个不好相与、动辄使小性子的人。袭人也不会对黛玉用心,她只对自己的主子尽忠尽职。作为丫头,她命如孤蓬,最终飘到何处,自己完全无从掌控。最好的结局,也许是给一户还算好人家的主人做小。丫头出身者有平儿、赵姨娘为样板;贾赦看中鸳鸯,由太太邢夫人出面说合,也合当时的礼教,正室为丈夫讨小被看作贤惠。

青春期的宝玉,初试云雨的对象是袭人。袭人毫无怨言和委屈,认为这是早晚的事。袭人在宝玉身上用心,其实也是在安排自己的命运。她以退为进,对宝玉说自己迟早要走,以留下来作为规劝宝玉上进的条件;她靠拢宝钗,在王夫人面前进言,博得信任,并成功地让自己的月银涨到和姨娘一样的待遇,巩固了未来的地位——宝玉之妾。这些,都是屋里其他丫头所不及的。麝月、秋纹唯袭人马首是瞻,她最忌惮的,就只有晴雯了。

有人的地方就有纷争。这和今天的办公室斗争大同小异。小丫头红玉在屋里没有其他人的情况下，给宝玉倒了杯茶，被麝月和秋纹骂得体无完肤。抢了不是自己的活儿，犯了各司其职的大忌，难免不令人怀疑抢活儿背后的动机。晴雯之于袭人，就像办公室里主管身边还有一个深得大老板欢心、才华和颜值都在自己之上的下属，而且她可以随时任性，拿大老板的扇子撕着玩；更要命的是，这个下属还知道得太多。袭人和晴雯的关系，大抵如是。

《红楼梦》之所以是一部常读常新的书，就在于它把这种中国式关系写得很深：从伦理、宗亲到职场，深到作者不说透，深到读者每一次阅读都会有不一样的发现和体会。

从前读晴雯被逐一段，我总想恨恨地一探究竟，到底是谁害了晴雯。那是在我凡事都想求个水落石出的年龄。

晴雯被逐，似乎是王善保家的直接告发。可是，作者还有意无意写了这样一段——宝玉哭道："我究竟不知晴雯犯了何等滔天大罪！"袭人则说是因为王夫人嫌晴雯生得太好，过于轻佻。看，漂亮竟然是罪过，显然这是一项莫须有的罪名。而宝玉不能说没有起过疑心："这也罢了。咱们私自顽话怎么也知道了？又没外人走风的，这可奇怪。""怎么人人的不是太太都知道，单不挑出你和麝月秋纹来？"再看袭人的回答："正是呢。若论我们也有顽笑不留心的猛浪去处，太太怎么竟忘了？想是还有别的事，等完了再发放我们……"袭人连月银都涨到和姨娘一个水平了，还会被王夫人赶出去吗？宝玉不会不明白，但宝玉从来就没有能力去改变什么。像之前金钏的死，宝玉不敢公然表示出伤心，想要祭奠也是偷偷摸摸地出去另寻一地。

就算真的是袭人告密，说破了又如何？宝玉想的是，何苦去了三个（此次连着蕙香、芳官一起被撵），再饶上一个袭人呢？可见宝玉的善良。这段看似闲笔，作者写来迂回曲折，一如人心，却点到即止。

宝玉把晴雯比作海棠，说阶下一株海棠春天无故死了半边，心知有异，不想却应在晴雯身上，又拿杨贵妃和王昭君的事类比。对此，袭人的反应过激了："真真的这话越发说上我的气来了。那晴雯是个什么东西，就费这样的心思，比出这些正经人来！还有一说，他纵好，也灭不过我的次序去。便是这海棠，也该先来比我，也还轮不到他。想是我要死了。"前一刻袭人还在为晴雯垂泪，如何这一刻就说出如此凉薄的话来？印象中，这倒是袭人最失态的一次，但十分真实。转念，袭人又告诉宝玉，她已将晴雯素日所有的衣裳以至各什各物打点好了，等晚上叫人拿去给她，另外还有自己攒下的几吊钱。宝玉听了自是感激不尽。

但我却觉得袭人所做,怎么看都像是在为自己的前程铺路,有股喜滋滋的味儿。

一部以聚为始、以散为终的人生大书,当我不再纠缠于谁是告密者的细节之后,看到的是曹翁克制的笔法和悲悯之心。

第二辑

海棠风里相迎

海棠风里相迎

数年前看兵马俑,陪同我们的是年轻又能说的当地导游小袁。

边走、边看、边聊,小袁冷不丁问我一句:"谁烧的阿房宫?"

我不假思索地说:"项羽啊!"心下想,这问题小学生都能回答!

小袁紧接着又问:"说项羽放火烧阿房宫的又是谁呢?"

"刘邦啊!"

这一刻,我恍然大悟!小袁和我探讨的是一个"历史由谁来书写"的问题。

刘邦是胜利者,历史是由胜利者书写的。

读书时我历史没学好，除了天生对数字有恐惧感，记不住年份这一层原因之外，总觉得历史上的人和事离我太遥远，遥远到失真的地步。而那些历史事件又总以相似的面貌反复出现：王朝的更替不过是谁又把谁打败的一次次流血革命。我虽不属聪颖早慧一类，但对历史最初的感觉，却恰好对应了鲁迅先生的说法：历史是帝王将相和伟人的家史。

我总以对别人的家事不感兴趣为借口，来掩盖自己历史知识的贫乏。更惭愧的是，作为澳门人，曾经很长一段时间，我对自家的事也没太上心过。

一九九九年之前，我们这一代在澳门长大的人，对于这片土地过去发生的事，没有在意过；学校的教科书里，澳门历史是缺席者。澳门，似乎早已习惯做一个隐士，不为人知亦不欲为人知。这一切最直接的反映是，每当我们向外人介绍身份时，总得用上十二分气力，才能让人明白澳门是一个怎样的地方，还必须补上"在香港的旁边"作注脚。解释过后，换来的往往是对方的一句："噢，那澳门应该和香港差不多吧！"

直至一九九九年，澳门一下子站在了世界舞台的中央，对于我们来说，多少带有一点猝不及防。我们这才开始意识到，"回归"是一件不可复制的历史大事，我们一边从旁观者变成了置身其中的主角,一边书写着历史。这份猝不及防,至少在我自己身上是这样的:来不及涂脂抹粉地打扮,没有机会彩排,径直本色出演。这样一来,却意外地平添了一份来自生活层面、带有温度的真实性。从此,历史于我,不再遥不可及。

在澳门回归祖国二十周年之际,由二十七位澳门写作人讲述自己的回归故事,集结成《记取归来时候》一书,带着这份可触可感的真实性向读者走来。这些故事,独一无二、不可复制。

一九九九年,我在四川大学。十二月十九日,作为在成都的三名澳门学生之一,我被当地媒体拉去接受采访,政权交接仪式在澳门举行之际,我跟家人通话,是我爸接的电话,说希望回归后治安变好,更希望经济变好……(凌谷《澳门,呼吸间的记忆》)

港澳力生号分别结业二十多年,澳门回归也快二十年了。而我,从两房祖母的年代到了今天,对父亲的弟妹们,以及我的堂弟妹、表弟妹们,也只能随缘吧。不拒人千里,但留心中净土,已是我力所能及的亲缘了。(水月《两房祖母一个力生号》)

一九九九年十二月二十日,那天,是圣诞节购物旺季,我的超市生意滔滔,但我把一切劳劳俗事搁起,坐在电视

机前，金睛火眼，等待那最珍贵的一刻。（李烈声《子不忘母怀》）

或许，很多内地朋友对于澳门回归的全部印象和记忆就是一曲《七子之歌》，来自原唱者容韵琳稚嫩的童声和不太标准的普通话。这当归功于五集电视纪录片《澳门岁月》总导演李凯，不要刻意的字正腔圆和经过训练的歌喉是他选择演唱者的标准。这又何尝不是这段历史的本色呢？而十年或二十年后的今天，《七子之歌》的原唱者容韵琳选择淡出公众视线，也可看作另类的本色出演。犹记得当年人们问起这个澳门小姑娘对北京的最初印象时，她大大方方的"神"回答让所有人接不上话茬儿："北京的树就是一些光光的木棍插在地上！"回归日正值北京最寒冷的冬季，北京冬天的树和澳门的四季常绿形成鲜明的反差，澳门小姑娘从未见过不长叶子的树！

诚然，在回归这件事上，最直接的影响就是让澳门人和祖国、让内地朋友和澳门之间曾经的不明白变成懂得，曾经的隔阂成为零距离：

江西遇到美好的人和事，促使我调整今后的旅行计划，准备腾出更多的时间游走神州大地，于有生之年体验大江南北的风土人情，重新认识自己的国家。（沈尚青《"阅读·关怀"人心回归》）

需要在此说明的是,澳门至今没有一位全职作家,这也是我为什么用"写作人"而非"作家"来介绍《记取归来时候》主角们出场的缘故。澳门文学,一直是有别于其他地域文学的一道异样风景。澳门的写作人,在各自的正职工作岗位上努力谋生,也在喧嚣浮华中安静地经营着自己的文字世界,使得澳门文学带有天然质朴和清新自如的特色,同时具有和日常生活无缝对接的亲近感。

从生活层面感受澳门回归祖国这件历史大事,以小见大,是本书带给内地读者朋友的一份鲜活感。本书作者从"九〇后"写作新力军到八旬长者,他们或丰厚的人生阅历,或极其独特的个人感受,绘成了多元底色,缭绕于澳门一街一巷的人间烟火之中:

我想起了眼前两百余年历史的康公庙。记得里头的门柱都饱经沧桑,在油漆的关照下泛着深沉的光泽。供奉的康公真君相传是汉朝大将,而偏殿又有佛祖、华佗、关公、花粉夫人和马头将军等,可谓群英荟萃,越是杂居一处便越显得可爱,越是古朴便越显得自然和淳朴。(谭健锹《情定大龙凤》)

曾经的澳门,是让中国看到世界的一扇窗。如今,这扇窗不仅没有关上,还连带着敞开了大门,我们深信,澳门理应再度让人们看到一个世界的澳门。

"记取归来时候,海棠风里相迎。"

我知道,你一直在等我。

澳门，是一本历史大书

二〇一九年五月，我出席了在北京召开的"亚洲文明对话大会"，有幸见证了一个由中国倡议发起的，打造亚洲文明对话、打造文明之美的新平台的形成。这个平台有助于加深我们对自身文明和其他文明的差异性的认知，从而推动文明交流；同时这个平台也让我们看到不同的文明之美，看到亚洲文明多样的精彩。历史造就了澳门独特多元的文化，生活在澳门的不同族群造就了中西并存的澳门文化。

由于历史原因，澳门曾长期为葡萄牙所管制，但生活在这片土地上的澳门儿女对中华文化的努力传承，维系了中华文化的血脉。中华文化在澳门作为其多元文化之一元，是澳门文化中的主色调，贯穿于澳门文化的发展过程。

每一座城市都被历史书写过，同时也正在被历史书写着。然而，历史似乎格外愿意在澳门留下各种精致、微妙的痕迹，用形态不同的笔，有意无意、不慌不忙地在澳门历史的书页上写下它的明言和暗语，留待有心人去观看、细察和体悟。

从一九九九年澳门回归祖国至今，二十年里，澳门获得了三张世界级的文化名片："澳门历史城区"被列入联合国教科文组织"世界文化遗产名录"；粤剧，由粤港澳三地联合申报，被列入联合国教科文组织"人类非物质文化遗产代表作名录"；"清代澳门地方衙门档案（1693—1886）"（又名"汉文文书"），成功入选"世界记忆名录"。这三张文化名片，分别以有形、无形与历史记录的形式，向世界讲述澳门故事。这些故事的内核，是守护和传承，其中有对中华文化的珍视和保护，有对不同文化的尊重与包容、不同族群的沟通与对话。一代又一代澳门人共同维护这座城市的文化多样性，体现在澳门人、澳门文化和珍贵的文化遗产，浑然天成于城市之中，共存于日常生活的细节里。以澳门历史城区为例，它是世界文化遗产，更难能可贵的是，澳门人每天都在这个历史城区穿梭往来，历史就是我们的日常，零距离地可触可感。

历史不再是过往的尘埃落定，而是一种人类经验的延绵不绝，是现在和未来的活动背景。历史也不仅仅是书籍中的记录或影片里的重现，而是长久地在场，陪伴着澳门人，悄无声息地渗入他们的生活纹路之中，滋养着他们的精神世界。

与历史一样，澳门的文化更多地蕴藏在日常生活的细节中，她无处不在。也许正是因为如此，历史才愿意更多地在澳门留下它的踪迹。如果必须选择仅仅用一个词来形容澳门人的生活方式，那就是"多元"。在这里，不同族群混居而友好相处，不同语言并用而相互尊重，不同风格建筑对举而珠联璧合，不同风俗习惯通行而兼容并蓄。澳门人既喝茶也喝咖啡，既听歌剧也看广东大戏，过洋节的同时更重视中国传统节日，婚礼上澳门新娘既穿婚纱也穿中式裙褂。澳门博物馆长期展出一件民间捐赠的旗袍和婚纱的"混血儿"——上身是收腰、立领、中式盘扣的旗袍款式，到了下身是如花朵盛开的外敞婚纱。虽然它缝制于二十世纪四十年代，但今天看来，仍然是永恒经典款。每到澳门博物馆，这件中西混搭的婚纱总会令我驻足，凝视它的美的同时，我想象着：这样的设计出自何人之手？这件婚纱的主人今安在？在怀恋历史和思索文化的同时，我们和曾经生活在这片土地上的人紧密地联系起来，彼此重叠，互相同情。澳门的历史是过去的历史，也是当下的经验；澳门的文化是"她／他"的文化，也是"你"的文化、

"我"的文化。

诚然,文化的背后是人。

文化是众人之事,传播文化就是传播美好。

可喜的是,这份美好亦得见于民间,且越来越具活力。澳门艺文传播学会、中国艺文出版社及艺文杂志社在二〇一九年盛夏举办的"'人文澳门'——镜海观澜文学之旅"采风研讨会,就是一场文化传播的活动,刘阿平社长和邢荣发教授正是传递这份美好的践行者。来自海峡两岸、港澳地区及海外近三十位作家,无惧艳阳酷暑,穿梭于澳门街头巷尾,观镜海之澜,品人文澳门。两个月后,艺文杂志社刘阿平社长将一篇篇书写澳门的文章交给我,嘱我为这本文集(《祥和之城——第一届"感受澳门"采风文集》)作序。由于时间紧、工作忙,我不得不带着书稿,在一个月内数度往返于澳门和北京的航班上,利用每一段航程中关掉手机的时间,细读一篇篇文字背后作家们对澳门的深情。"大人者,不失其赤子之心"这句话,不时地在我阅读的过程中自脑海中跃出。古今中外文学的伟大作品,无一不是以悲悯之心写人。而这一批写澳门的篇章,都不约而同地写到了人——澳门人。好作品和好作家很大程度上是因为"目中有人"。

澳门人心中自有一股静气,不然就无法解释,澳门每

年有两次太阳直射，辐射强烈，蒸发旺盛，水汽充足……何以澳门反而是世界少有的一块最不急不躁的地方？（蒋子龙《澳门性格》）

人与人的相处需要的就是一点人情味，也许你对他人的文化习俗并不认同，但井水不犯河水，你可以不接受但不要去排斥，大家抬头不见低头见，相逢一笑泯恩仇，这是澳门最吸引人的地方。（姚风《生活在灯红酒绿的后面》）

林中英在《旧区情人》里刻画的街坊活灵活现，走过雀仔园，就能和文章里的这些主角们擦肩而过。澳门文学界的老朋友甘以雯女士在《温润的光泽》中写的澳门人，有咖啡店创业的优雅的年轻姑娘，有律师巷喂猫的善良老夫妻，有这次采风之旅中拥有职业自信、文化自信的导游丁放，但给人印象最深的一笔却是基督教坟场内用力擦洗墓碑的女工："在雨水很多的澳门，用得着这么用力吗？"

今年夏天，我们在墓园中也看到一个女工，正在认真地用割草机清整草地，空气中飘散着青草的芳香，有了她们的辛勤劳作，这里不是杂草丛生，而是草坪整洁。（甘以雯《温润的光泽》）

澳门人的可爱之处在于认真，认真地对待生活，也认真地对待死亡，这实际是出于对每一个个体生命的尊重。

周立民在《澳门二十章》里提到了很多人，文天祥、汤显祖、贾梅士、钱纳利……

我所接触的澳门人，个个都是和蔼、热情，不像香港人似乎还残留着英国人的矜持。澳门人笑得坦荡又节制，他们似乎个头都不太高，晒得黑黑的，让人总觉得经历过一番风雨的样子。这让我不由得在猜想他们的经历，猜想他们的过去乃至祖上。很遗憾，没有机会深入地聊过天，不过资料里看到过一群澳门人和一个澳门女人的故事，他们让我久久难忘。（周立民《澳门二十章》）

镜海观澜，感受的是人文澳门，必然有别于一般的观光旅游。地标式的名胜——大三巴固然是来澳门必到的"打卡"处，但一个城市的灵魂却是藏于民间。比如我们在北京的胡同、上海的里弄，听到的是锅碗瓢盆的交响曲，看到的是阳光下晾晒的五颜六色的衣物，鸡犬相闻的家长里短中，藏着最平凡也最动人的故事。澳门如是，在纵向的大马路和街道之外，是横向的以"围"和"里"命名的道路，它们共同组成的纵横交错，既是城市的肌理，也是澳门的味道。高虹的《走过茨林围四巷》，就是将笔触伸向繁华喧闹背后的文章。茨林围与大三巴的直线距离不过二三百米，文章从一座民居铁皮门的开启写起：一个师奶走出来，先看看天，再看看地，这正如澳门便与外面的天和地连接了起来。文章用比喻的视角拉近了读者的距离，作者之问必定也是读者之问，而答案，也许，澳门的多元更包括了"大三巴后坡下行的茨林围四巷，土地的不同的存在方式"。

陈启文《从一座庙到另一座庙》中有一节专门写到林则徐——清朝历史上第一位也是唯一一位巡阅澳门的钦差大臣。关于这一段历史，教科书上不曾提过，对此我作为澳门人常常引以为憾。我们知道一八三九年林则徐虎门销烟事件，但在虎门销烟之后，林则徐乘胜追击到澳门查禁鸦片，却不为众人所知。林则徐在澳门的这一段历史，其实有着巨大的"蝴蝶效应"，有一件档案为证：英国国家档案馆里收藏着清政府在一八三九年颁发的一份告示，内容是驱逐在澳门的英国人。这份驱逐名单内，有画过很多澳门风景、在澳门居住二十七年的英国画家钱纳利，据说他有"烟霞癖"，吸鸦片成瘾。清政府的告示以中文颁布，负责英译本翻译的是当时在澳门的马礼逊，他是把基督教（新教）传到澳门的第一人。钱纳利和马礼逊，都在澳门终老，葬于澳门的同一坟场内。而被驱赶的英国商人颠地，回到英国后，游说英国国会，发动了鸦片战争。在第一次鸦片战争之后不到十年，澳门第七十九任总督亚马勒在任上被澳门龙田村村民刺杀身亡。澳门的历史在这里拐了一个弯，澳门的管治权落入葡萄牙人手中；再过了一百五十年,有了"澳门回归祖国"这件不可复制的大事件。港澳,常被人视作同体、混为一谈,但历史上香港和澳门走过的是两条截然不同的道路。

文化是生命的轨迹,它告诉我们从何处来、往何处去。知古而鉴今,澳门,是一本历史大书,她让我们看到莲花盛开的历程。从文化到历史,从历史到文化,澳门总是在两者间回环往复。当我们孜孜于在生活中咀嚼文化,在文化中捕捉历史,我们就在不知不觉中,迷上了澳门这一本历史大书。澳门的一尺一寸、一分一秒,都浓缩了无数的细节,经得住放在显微镜下一再观看、研习。这本荟萃了近三十位作家的优秀作品的文集,为我们提供了一个放大和细读澳门的契机,澳门这本大书终究需要每一个人用自己的人生去体验和感悟。

而如今,在路上的澳门,也必将行稳致远!

文化抗疫

庚子年新春,每一个中国人经历的,不是春回大地的生机,而是一场灾难性的疫情。

最为戏剧性的是,这场灾难前后的鲜明对比。正当举国上下准备进入鼠年春节狂欢模式时,骤然被按下暂停键,国人的生活转入了非正常的日常。一个很套路却又很常见的编剧桥段——大喜之际剧情突转,到底是戏剧源自生活,还是生活模仿了戏剧?

此前,我们感恩一切技术手段的便捷,世界再大,地球村的概念让我们没有到不了的地方,天涯也是咫尺。如今,也正是这个地球村,加速了人类的流动,也加速了病毒的传播。澳门在春节前夕关闭了文化场馆,取消有人群聚集的新春活动,将病毒传播风险降至最低。停工、停课,人们开始闭门家中，足不出户。

一夜之间，咫尺即天涯。

和我们近在咫尺的，只有手机。在这次最初连专家都难下定论的疫情面前，各类谣言连带着食补、药物疗效、防疫方法的帖子充斥着手机屏幕。我们面对的不仅是病毒，还有海量信息。信息多了也是毒啊，它难免不让人产生焦虑。

一天清晨，一位外地朋友深夜发图，告诉我"抢到了"，而图上竟然是一盒"澳门双黄莲蓉月饼"，那是网传双黄连口服液能治新冠肺炎，引发某地民众疯狂在药店抢购的一天。这张图着实把我逗乐了。只要我们的幽默感还没有消失，生活就有希望。

而当看到那张武汉方舱医院病床上安静读书的青年的图片，我的心也真正安静下来。只要有人在阅读，世界就有希望。

如果再有人问我，文化有什么用时，我可以回答：文化，使人在任何环境中都泰然自若。

文化，能带给人愉悦感和向上的正能量，包括幽默感。

文化，能让人在谣言满天飞的混乱时刻，保持清醒和辨别能力。

文化，让我们善于发现美，发现生活之美和身边的美。

本该万家团圆的日子，不少人在经历着别离。倾全国医疗力量支持湖北，各省奔赴湖北的医疗队陆续出征，一个省支持湖北一个市。医疗队伍中，尽是平凡如你我的人。那个向老婆发出"你平安回来，我包一年家务"承诺的老公，让人泪目。试问哪一对夫妻没有经历过日常生活的一地鸡毛？这一对肯定也是在平日因为家务和柴米油盐琐事而争执过的小夫妻。谁又生来就是英雄呢？他们不过是知道什么时候要去做什么，并且付诸行动的人。

防疫、抗疫期间，文化能做什么？结合之前"文化有什么用"的答案，我们用行动给出了如下答卷：

利用电子阅读平台、e文库，让大家足不出户，心有所达。

澳门交响乐团和澳门中乐团的乐师，在家拍摄演奏的视频并上传网络。悦耳的音乐，确实可以舒缓大家面对疫情的紧张情绪。尤其是澳门中乐团的多位乐师把各自在家演奏的《七子之歌》视频合成在同一个画面里，音乐感人，画面动人。引用澳门中乐团的宣传标题——"疫情阻碍我们相聚，逆境却把我们团结"，确实如此。

"抗疫诗情"是这个非常时期的非常系列作品——发动写作人用文字的力量安抚人心，并向各行各业的前线人员致敬。

新媒体再一次发挥了传播速度快、传播范围广的优势，并且能够及时回应受众反馈。

这段时间,没有人心里是好过的。有一种说法是,这场灾难是中国人的集体修行。疫情当前,每一天、每一刻,我们都在和看不见的病毒搏斗;我们所拼的,不过是自身的免疫力。但是,我们的免疫力,从来不仅用于和病毒搏斗,也用以抵抗生命中的一切黑暗,恰如此时的"文化抗疫"。是为记录。

十年丰盛，二十年精彩

"我们这一代人，是经历过大时代的！"

在我的想象中，若干年后，这是我给儿孙讲述往事时的开场白。

一九九七年我们见证香港回归祖国，两年之后我们亲历澳门回归。这成了港澳社会乃至个人生活的分水岭。历史是一出大戏，我们既是历史的书写者，也是历史的主角。将个人置于历史的长河之中，想必就是这样吧？

之于我，也确实是这样：个人命运因澳门回归这件大事而改变，戏剧性的偶然让我成为自己人生的编剧。倥偬二十载，改变我人生的每一个节点，无不与"回归"息息相关。我记忆犹新的是一九九九年十二月十九日和二十日两天，从坐在位于北京的央视演播室讲述澳门的那一刻起，我的生命轨迹开始发生巨大变化。此后每一年的十二月二十号，我被媒体问得最多的一个问题是："一九九九年的这一天你在哪里？最难忘的是什么？"一个问题，只是引子；幕启，生活的大戏正式上演。

我的一九九九年十二月二十日　北京。寒冷。据说这个冬天是北京多年不遇的最寒冷的冬天。

中央电视台的直播间里却温暖如春。我卸掉身上的"重装备"后，便全情投入央视"澳门回归祖国四十八小时直播报道"的工作。我的搭档，是著名电视节目主持人方宏进；和我一起从澳门来的，还有澳门大学的刘伯龙教授。

我在央视直播间里度过了一九九九年十二月二十日这一天，以澳门人的身份，和央视人共同解读澳门文化，既远又近地目睹了澳门翻开的新一页。

我那时并不知道，这次直播，将全盘改变我的生活轨迹。此后经年，我又和央视多位主持人搭档过：王世林、徐俐、鲁健、刚强、郎永淳等。

从这一天开始，澳门和我的距离，如一首歌的歌词那样："这么远，那么近！"

从这一天开始，仿佛注定了，我要遥看澳门，尽管心底对澳门的牵挂是时时刻刻、无日无之的！

一九九九年十二月初，距离澳门回归还有半个月的时间，一天晚上，当时新华社澳门分社（现在的中央人民政府驻澳门特别行政区联络办公室）文体宣传部部长张健打电话到我家里。那时，手提电话并不普遍，朋友间的联系还是习惯直接把电话打到家里。张部长开口就说："欣欣，有件事不知你能否帮忙，中央电视台在回归当日有个直播，但他们不熟悉澳门名流，你能否到时去帮他们认认人？"我当即满口应承，说："这个不难！"

现在想来，张健部长当时将要求我帮的这个"忙"说得举重若轻，也许张部长有意轻描淡写。如果他告诉我详情，这是由新华社澳门分社向中央电视台推荐澳门回归直播报道的嘉宾主持人选，我当即就会打退堂鼓。理由一，我没有任何大型节目的直播经验；理由二，当时的我，黄毛丫头一个，长居澳门，却从未好好思考过澳门以及关于澳门的一切，更遑论要面对全国观众谈澳门。唯一能过关的，也许只有我的普通话。

直到几天后，我到珠海和央视的编导们见面，仍未意识到这是一项什么样的任务。一个下午就在随意闲聊中过去了。掌灯时分，编导问我，什么时候能到北京参加直播演练？我才激动地想到：天哪，我真的要到北京去了！激动，完全源于我对北京的迷恋，那时，无论什么理由，一提到北京，我就满心激动，这辈子能住在北京是我最大的梦想；而关于直播节目，我还是全无概念。

在距离直播只有一星期时，出现了一些波折，非关央视，但仍需央视人出面解决，这个任务落在了时任央视驻澳门首席记者李风身上。李风发挥了央视人干练的风格，几通电话后，问题及时解决，我如期"飞"到北京，投入回归直播报道。

方宏进亲切得如同一位相识已久的老大哥，和他合作，既轻松又愉快。直播节目得以顺利完成，除了我的"无知者无畏"，方宏进功不可没。

那时，我和前文提到的李风素不相识，尽管他在关键时刻为央视、为我解决了问题。我到北京为直播节目而忙碌；他依然在澳门，以央视驻澳门首席记者的身份，为澳门回归的一切忙碌着。一九九九年十二月二十日之后，我和李风，又各自回到了原有的生活轨道上，我们依旧是素未谋面的陌生人。

两生花　　如同说书，"花开两朵，各表一枝"。

有一种花，叫两生花。

这一枝花，开在十年之后。

一九九九年，我和李风都在为澳门成为世界焦点而各自忙碌。不同的是，他在澳门，我在北京。

那时我们是毫不相干的陌生人，素未谋面。

十年后，重复的场景，仍然是他在澳门，我在北京。但此时，我们已是相濡以沫的亲人，各自忙碌，彼此惦念。

此时，有一个健康快乐的孩子，叫李风"爸爸"，叫我"妈妈"。

爱情是什么？是彼此相见，如遇故交，问一句："你也在这里？"答一句："你来了，我就来了！"

两生花之根，源于十年前澳门回归央视直播报道。这次直播全盘改变了我的生活轨迹。

那次直播两年之后，我来到北京，开始了澳门人在北京的生活，开始了既远又近地看澳门。从此，澳门带给我的，是别样的感受。

二〇〇九年，李风作为央视的一名工作人员，再次来到澳门，为央视中文国际频道的"盛世莲花"——澳门回归十周年特别报道而忙碌。而我，依然和央视合作，担任"盛世莲花"特别报道北京演播室的嘉宾。

忙碌，使我们两人都无暇照顾孩子。孩子被我们送回澳门的大家庭，在大家庭温暖的呵护下，我们无比放心。

我对孩子说，爸爸妈妈要忙一件大事，这是澳门人的责任，等你长大一点就会明白的。

当时眼前的这个小人儿，让我又想到澳门回归五周年的一刻。

那是我第二次和央视合作，担任中文国际频道澳门回归五周年直播节目北京演播室的嘉宾。陪伴我进入演播室的，是面前的这个小人儿，那时他刚在妈妈的肚子里落户，还不及一颗黄豆大！

直播节目一结束，央视中文国际频道的负责人范昀对我说："回归十周年，我们的节目还要请你来做嘉宾。"我的瞬间反应却是："到那时，我的孩子该快满五岁了！"

岁月如梭啊！

生一个孩子、写一本书、种一棵树　"如果只能用一个词来概括自己的这个十年，那便是'丰盛'。"我在澳门回归祖国十周年时写下了上述文字。

十年岁月如何丰盛？我借用葡萄牙人的一种完美人生的理念来形容：生一个孩子、写一本书、种一棵树。据说，这也是葡萄牙国家环保部门的宣传语。

感恩上苍，我在一九九九年到二〇〇九年这十年间完成了上述三件事。

所谓完美人生，是在我们和世界之间有一个完美的对接点。

二〇〇五年七月，我成了妈妈。这岂止是十年间的大事，更是我整个人生的大事。同时，这也意味着我开始面对人生新课题。

二〇一七年,也是一个七月,我的"课题报告"——一本用文学笔触记录孩子成长的书——《猫为什么不穿鞋》面世了。

这本书的意义何在?让孩子慢慢成长,长成一个快乐、从容、善良的人,对世界葆有好奇心,做自己喜欢做的事,这是我所希望的。曾经,不止一个朋友对我说,自从成为妈妈之后,我变得柔软、温暖了。听了,我心里只有愧疚,因为我自己也不知道,从前的我有多冷!这本书是孩子的成长记录,也有我成长的步履。每个孩子都是诗人和哲学家,他们对世界的洞察力往往高于成人。

我写的是一个什么样的孩子呢?

两岁时,他会在半夜把你叫醒陪他一起看月亮;两岁半开始上幼儿园的那个秋天,他每天早上吵着要去看落叶。五岁时的理想是"当爸爸";十岁时的理想变成了"要做预言家";现在的理想是当篮球运动员打入NBA。

我要跟着他一起思考天有多高、地有多厚、猫为什么不穿鞋、小鸡有没有肚脐眼儿这类问题……他曾以"不思考,这世界将会是什么样?"来对抗生活中我对他"快点儿,快点儿!"的催促。

不愿意去理发的他,无比珍惜地摸着自己凌乱的头顶,形容这是"离离原上草"。

他说,孩子的"子"是和"孔子""孙子"一样的尊称,所以孩子要受到尊重。

他小时认为自己是恐龙、是宠物店里的小狗、是动物园里的小白虎,就是没有意识到自己是人类。一次,他去朋友家,看到墙上挂的一幅画是虎头,竟指着画问主人,那个老虎像不像他?

从出生、爬行到直立行走,孩子完成了一次社会人的蜕变过程。而人生,如果有个成功的模子去往里套,育儿岂不是很容易的事?可惜没有!

成长路上,我们有没有因为看到"别人家的好孩子"而内心焦虑?需要更多从容和淡定的,往往不是孩子,而是我们自己!

如果说,此后我能够从容面对生活中的一切,十有八九要归因于"生一个孩子"这件事。后来,我们一家三口在北京郊外一起种下一棵树。然后就是我写了一本书,以孩子的视角重新看世界,这目光中有众生平等的悲悯,让我柔软,让我谦卑。

历史是一出大戏 我想象不出,如果没有一九九九年澳门回归这件大事,我现在会是什么样子?

大学毕业后,我进入了公务员队伍,得到了一份人人羡慕的"铁饭碗"工作。但每天朝九晚五的办公室生活,却让我有点不知所措。对面办公桌坐着的是一位在印度果阿出生的女同事，人极其和善，临近退休之年。我们的话题不外乎是她每天到菜市场采购了什么做晚餐。那时的我，既不食人间烟火，也不懂历史，不知道葡萄牙、澳门和果阿这三个地方到底有着怎样的联系。也就是说，我和果阿同事本就有限的话题就更为有限了。有一种不安每天在我内心增长，让我无法遏制地想到若干年后的我，和这位果阿女同事一样，在这间办公室年复一年，一直到退休的画面。

然后呢？我努力地改变现状，将生活的轨迹从澳门延伸到北京，又从北京画回澳门。往来两地的双城生活，令我试图以比较文化的视角审视澳门这座城市，于是，我看到了她的独特。曾经，西方的传教士将西方的科技文明从这里传入中国，澳门是让中国看见世界的一扇窗。如今，这扇窗不仅没有关上，还连带着敞开了大门，我们理应让世界看到中国、看到澳门。

尽管如此，我真正开始思考如何表述澳门，是人到中年以后。这个年纪的人，不会一味前瞻，还需要停顿和回望。幸运的是，我有了这样的机会，想到过去听过的澳门历史人物沈志亮的故事，想到《香山县志》里描述他"生而倜傥，慷慨尚义"的八个字，何其美好、何其动人！这就是在澳门回归十五周年时，第一部被搬上舞台的以传统戏剧形式表现本土历史题材的京剧——《镜海魂》的制作初衷，这是一个由澳门基金会与江苏省京剧院两地深度合作打造的文化项目。

作为该剧的编剧，我的心愿只是想写一个让人记住澳门的故事——截取澳门历史上的这个真实的片段，为它插上想象的翅膀。

我是主创团队中唯一一个澳门人，非专业编剧，一切对我来说都是艰难的。创作期三年，十易其稿。眼见快餐时代中，一部又一部舞台作品从出台到销声匿迹，形同"快闪"。我深知打造一部作品不易，守护更难。《镜海魂》被搬上了舞台，我完成了写一个澳门故事的心愿；让这个澳门故事一直走下去成了我另一个心愿。五年来，感谢一同前行的江苏省京剧院的同仁，把戏带到全国十个城市，包括北京、南京、澳门、天津、重庆、西安及珠三角地区。

《镜海魂》，从一开始就选择了一条知难行难的道路。

这一段尘封的澳门历史，别说内地人闻所未闻，我在澳门的学校做推广，不知道这段澳门风云的老师并不在少数。同时，还有更多的质疑声音："澳门故事为何要做京剧，顺理成章做成粤剧就好了""澳门除了博彩业知名，哪里有什么人文故事""京剧都快没人看了，演澳门故事更没人看"。我遭遇过被拒之门外的尴尬——某学校礼貌而冰冷地回复"谢谢！怕学生看不懂"；也遭遇过在大型展演中"被出局"的打击……生活中一向顺风顺水的我，这期间碰壁碰得晕头转向。

钱穆先生曾说："任何一国之国民，尤其是自称知识在水平线以上之国民，对其本国以往历史，应该略有所知。所谓对其本国以往历史略有所知者，尤必附随一种对其本国以往历史之温情与敬意。"

传统文化和澳门历史，是《镜海魂》的关键词。

在我看来，延续作品的生命力，就是对传统文化的守护。不知不觉间，最初的心愿转化成了使命。推广《镜海魂》，是一场文化守护之路，更是一次文化自救。对于传统文化，政府层面的资源倾斜或利好政策充其量是辅助，但不是天上掉下的馅饼。文化自信绝非空谈，而是取决于从业者对本土艺术的充分认知、专业的审美鉴别力和看得见远方的视野。因此，自救是前提，守护是根本，只有行动起来才有自信。此后，作为国家艺术基金的传播交流推广资助项目，《镜海魂》又完成了广州、深圳、珠海及顺德四地八场巡演，带着对历史的温情与敬意，再一次用实际行动完成对中国传统文化的守护。

就在二〇一七年《镜海魂》完成粤港澳大湾区四座城市巡演之时，澳门特区政府文化局和我商讨将《镜海魂》

改编成粤剧的想法。我期待在澳门回归祖国二十周年的舞台上,看到粤剧《镜海魂》的华丽转身。

如果只能用一个词来概括自己的回归二十年,那将是:"精彩"。

二十年,一句话、一个词,以上确认无误。

历史是一出永不落幕的大戏!

说一个澳门故事给你听

楔子 收不住的眼泪 二〇一五年一月十三日,澳门。雨,已经下了整整一天一夜,仍没有停歇的迹象。

这样的冬雨,在澳门不多见,不寻常。

一定是他,今天将重回澳门;这雨,是他悲喜难禁的泪!

这个人,我视之为亲人、兄弟。三年间,我曾无数次走进他的内心世界,读懂那个生命止于黑暗岁月的孤独灵魂。他永远属于这里,无论昨天、今天还是明天。

这天上午,我撑起雨伞,来到澳门三大古庙之一的莲峰庙前庭。离此不远的阿婆石,是他——一百六十六年前和我们生活在同一片土地上的澳门人沈志亮,登上历史舞台的地方。

就在今晚,他的故事,即将登上澳门文化中心的舞台,沈义士魂归故里。

这一刻,心里话,只对他说,而天地无言。

"义士不哭!

你的委屈我知道,这雨是你收不住的泪。

你保家卫国,舍生取义!

今天,你的故事将重新传唱,我们不会再忘记你。

你为乡为民,今天一定不忍见父老乡亲雨天难行。

兄弟不哭!"

我如此坚信:今天,以及之后,沈志亮一定不再哭泣!

黄昏时分,果然雨住天霁,夕阳红艳一片,映暖了走向文化中心剧院的澳门父老乡亲。

故事 在今天与昨天之间穿越 澳门缺少故事,是我一直引以为憾之事。尽管人们赋予澳门种种美好的标签,诸如洋化、休闲、惬意、浪漫,我却总嫌这些都流于表面和轻浅,难以和她承载了四百年沧桑岁月的厚重灵魂相匹配。

一座没有故事的城市,如同一个没有灵魂的人。

写一个让人记住澳门的故事,是我的一个心愿。

在澳门的所有别称中,我最喜欢"镜海"一名。波平如镜的海面,让人联想到岁月静好、天地人和。我多想为澳门这个我成长的地方，找回自己的灵魂。

《镜海魂》故事发生的年代，是中国历史上的一段黑暗时期。直到今天，在澳门与珠海陆路连接的关闸门上，仍然刻着两个日期：一八四九年八月二十二日——亚马勒死于沈志亮刀下的日子；一八四九年八月二十五日——葡兵敢死队攻占清军北岭炮台的日子。

那是鸦片战争后不到十年，英国已将香港岛据为殖民地，葡萄牙自命的"澳门总督"亚马勒偏居澳门一隅，不再满足于向清政府驻澳门机构称臣纳税的地位。"怎奈是划定地界将我限，到如今缴租纳税心不甘。眼见得英人已将香港占，我当须趁风借势扩地盘。"刚愎自用的亚马勒就没把正走下坡路的大清王朝放在眼中，更何况人称弹丸之地的澳门！不过，这位骁勇善战、"兵火历经之处所到必克"的葡萄牙独臂将军，在澳门遇到了沈志亮，故事的走向就拐了弯。

沈志亮的身份是龙田村村民，二十岁左右，血气方刚，"生而倜傥，慷慨尚义"。修史者将其形象进行了美化也是有可能的。沈志亮一直在龙田村这样一个有民居百余户，桑麻鸡犬、田舍相望的和谐环境中，过着自食其力的平静生活。忽然间，几百年来一直借住澳门半岛南端的葡萄牙人反客为主，说是要修一条通商的马道，穷凶极恶地来拆龙田村的房屋，毁农田，平祖坟，其中就包括沈志亮家的六座祖坟。葡人以修马道的名义，侵占整个澳门半岛的真实用意也昭然若揭。

龙田村的平静骤然被打破了。

百年前普通澳门人的梦想，不过是自食其力安度平生，但这样的简单梦想也成了难以实现的奢望。沈志亮的梦想离我们既远且近。从安居乐业到率领龙田七兄弟刺杀亚马勒，沈志亮的内心变化是一个"和谐—忧愁—激发—刺杀—悲凉"的丰富过程。事件连着事件，冲突扣着冲突，环环上升，最后到了不得不为、不得不杀的地步。

文学或戏剧作品，是历史的映照、现实的倒影，并不以写完美人物和完美人生为目的。历史事件只是一个铺垫，写出人生无可奈何的两难之境、写出苦难下人性的光华才是目的。

刺杀发生后，故事真的就进入了无可奈何的两难境地，衍生出许多的不得已。

葡军在英国军舰的支持下，向清军驻守的关闸和北岭炮台展开报复性猛攻。清政府迫于葡方压力，欲抓捕沈志亮正法，以平息事态。龙田七兄弟之一的郭金棠自告奋勇要替沈志亮自首赴死；同情沈志亮的香山县丞许知进陷入了抓还是不抓、遵命还是抗命的两难境地；沈志亮的未婚妻、土生葡人若莲也极力劝他逃走。沈志亮的两难在于，如若远走高飞，龙田村百姓必遭葡人报复；若是自首，为保自己家园却死在自家政府刀下，心有无限悲愤与不甘。最终，面对葡人的步步进攻，为了保全龙田村以至整个香山县的安宁，他放下生，选择死。我仿佛听到一百六十六年前那个孤独的灵魂内心渴望岁月静好、社会清明的声音；我仿佛看见他走向死亡那一刻遗憾和无奈的身影。伴随着这一情节，我相信观众会看到更多人生的不得已：和若莲有血缘之亲的澳门教区主教马赛罗无能为力的不得已，香山县丞许知进位卑权轻的不得已，龙田兄弟恨不能替死的不得已……一个美好鲜活的生命止于黑暗岁月，无法得见日后光明，我每每思之，总有断肠之痛。

一个世纪过去，故事有了新的情节，却无关沈志亮。

二十世纪四十年代，葡萄牙人在现在葡京酒店门前的广场上立起一座亚马勒铜像——策马扬鞭的亚马勒俨然英雄相，此处因铜像被命名为"铜马广场"。

我儿时的记忆里，铜马广场是澳门一处仅次于市中心议事亭前地（俗称"喷水池"）的地标。在澳门长大的和我同龄的小伙伴们，可能都在这座铜像前留过影。因为年少无知，不懂历史，快门曾定格在我们如花的笑靥上。

一九八七年，《中葡联合声明》确定了一九九九年十二月二十日由葡萄牙将澳门主权交还中国。当时国务院港澳办副主任鲁平声言,亚马勒的铜像是殖民主义象征,如果不拆除,将来在中国收回澳门之后也要拆除。澳葡当局听了,也认为铜像迟早要拆,迟拆不如早拆,于是在一九九二年十二月拆卸铜像,翌年二月运回葡萄牙里斯本。从数十年前这座铜像自葡萄牙运抵澳门,再到最后运返里斯本,这段澳门历史其实并未画上句号。从前的"铜马广场"如今改名为"亚马喇前地",但"生而倜傥,慷慨尚义"的沈志亮在哪里呢?整个澳门,我却找不到他的一丝一毫印记。

创作《镜海魂》剧本的时候我才发现,今天我所居住的荷兰园,与当年沈志亮的龙田村仅咫尺之隔,他是我的街坊。他用生命捍卫过我们的家园,但沈义士从澳门消逝,已经一百六十多年!

我们愧对沈志亮。

情怀在"豆汁"与"豆捞"之间交融 在我的记忆中,京剧的丝竹管弦是我人生中最先听到的音乐,尽管我的成长岁月和澳门紧密相连,但命中注定,我血脉中流淌着西皮二黄。上小学时,妈妈在家常和我们玩的游戏之一是听写京剧唱词:《望江亭》《陈三两爬堂》《玉堂春》……在物质匮乏的年代,这些美好的唱词一直丰盈着我的心灵。

三年前，当澳门基金会委托我写一个讲述澳门故事的舞台剧，打造一张澳门文化名片的时候，首先跃入我脑海的澳门故事，就是多年来挥之不去的沈志亮。坦白说，最初我是因为《香山县志·沈志亮传》里描述他"生而倜傥，慷慨尚义"的这八个字，而对他的故事着迷、动心。我用历史作铺陈，试图塑造以沈志亮为主的有情有义、守望相助、同舟共济的澳门人群像，以《镜海魂》连接澳门的过去、现在和未来。

从二〇一二年写到二〇一四年，我十易其稿，得多位剧界前辈无私相授。

在我看来，这个澳门本土故事非京剧的大气、辉煌，不足以表现；京剧和这个百年澳门故事的慷慨悲壮相契合，和澳门这座城市厚重的灵魂相契合。用京剧讲述澳门故事，被视为一番大胆穿越的颇具价值的探索。

二〇一四年夏天，《镜海魂》由江苏省京剧院在南京首演。

由"青研班"（中国京剧优秀青年演员研究生班）文武老生演员、中国戏剧表演艺术最高奖项"梅花奖"获得者田磊扮演的沈志亮，和我心目中的沈志亮非常吻合。我曾多次评价田磊在《镜海魂》中的表演当得起史书描述的

"生而倜傥,慷慨尚义"!

女主人公若莲是我虚构的土生葡人形象,从她离奇获救,到十七年后成为与沈志亮生死相依的恋人,她的身上浓缩了太多澳门故事,也印证了中葡两国人民在澳门这片土地上长期的友好共处。而剧中文明和爱的化身——主教马赛罗呼喊出人们渴望和平的心声:"不是每一个葡国人都热衷于掠夺和杀戮。葡国人、中国人为什么不能和睦相处呢?"

你能否想象我们儿时唱的广东童谣《凼凼转》和京剧音乐和谐嫁接?名列第三批国家级非物质文化遗产名录的澳门"醉龙",出现在全剧一头一尾,和京剧武打的翻、滚、扑、跌相结合。带有澳门回归祖国印记的《七子之歌》融在京腔京韵之中,浑然天成。当历史与现实相遇,当东方遇上西方,当京剧风味的"豆汁"遇见澳门风味的"豆捞",家国情怀和凄美爱情相互映照,族群共融不再是难以企及的梦想……我、京剧、澳门故事,一直在等待着以这样的形式相遇。

尾声 永不说再见 《镜海魂》从南京首演至今,曾巡演至天津、澳门和北京。有人说:"看京剧《镜海魂》,你可以读懂'一国两制'的澳门;看一出戏,更能知一座城!"

犹记得，《镜海魂》在天津参加第七届中国京剧艺术节，抽签抽到的演出剧院是座席最多的天津大礼堂。素闻天津码头戏难唱，演出前，人人捏着一把汗。演出当晚，天已黑下来，到场的观众和专家发现，影影绰绰的一大群天津戏迷冒着寒风在场外摩拳擦掌排队寻票，只为了看一场他们闻所未闻的"澳门京剧"，而一千七百个座位的大礼堂内已几乎找不到空位。随着沈志亮发出"待等镜海换新颜，莫忘提酒慰亡魂"的怆鸣——悲剧英雄在镜头前定格，戏迷涌向台前，掌声不息，舍不得离去。

两个月后，竟有天津戏迷坐着飞机一路追随而至，来看《镜海魂》的澳门首演。《澳门日报》专门报道了天津"追魂"粉丝"冲冠一怒为看戏"的故事。时隔半年，《镜海魂》登上国家最高文艺演出殿堂——国家大剧院，这是四百多年来第一次在祖国首都的舞台上，上演由澳门人讲述的澳门故事。

犹记得，在澳门文化中心的演出中，当主教马赛罗发自心底真挚地问出葡国人与中国人为什么不能和睦相处时，观众席间掌声雷动。只有澳门观众，读得懂这一句的深意。散场后，一位年长的观众从剧场出来，颤抖地说出四个字来："天地良心！"此四字，如一记重锤，敲在我心上。

我为《镜海魂》流过不知多少眼泪，写到生离死别的场景时哭,看排戏时哭,到了演出还哭。我开玩笑说自己上辈子欠了沈志亮,今生为他还泪而来。

写完《镜海魂》,了却我一个心愿。一百六十六年后,我以绵薄之力迎接我的澳门兄弟"回家",告慰义士在天之灵!

我的下一个心愿,是让《镜海魂》这个澳门故事走得更远,一直走下去,永不说再见……

他用画笔温暖了岁月

澳门曾经是西方传教士进入中国的第一站。西方传教士传播宗教文化的同时，也将大量的西方艺术传入中国，为中国人打开了看世界的一扇窗。

到了十八、十九世纪，随着澳门在东西方贸易和文化交流中的地位日益凸显和提升，一些途经或旅居澳门的西方画家，多以水彩方式描绘澳门风光，从自然风景到居民生活，题材和内容皆具有"见人、见物、见生活"的丰富立体。这些作品成为日后澳门题材的艺术创作最珍贵的养分。

西方画家中，与澳门缘分最深的当为英国画家钱纳利（一七七四—一八五二），这个在澳门生活了五十年并在此终老的异乡人，画了很多澳门题材的作品。英国水彩画以用色温暖、着重透明感为特征，钱纳利以其独特的技法表现澳门题材的创作，是十九世纪英国艺术传入中国华南地区的一个标志，而这份影响一直延续至今。

黎鹰先生是生于澳门、长于澳门的本土艺术家，从二十世纪七十年代开始研习水彩画，受到陆昌、张耀生、王肇民等前辈画家极具启发性的影响，在追求艺术的道路上孜孜不倦；一幅幅透着温暖与亮丽色彩的画作大多是他利用业余时间创作的，背后的苦乐冷暖，不足为外人道。

世界在变，澳门的风景也在时移世易中变化着。幸喜澳门有不少如黎鹰先生这样内心有所坚守的艺术家，以一颗爱澳门的赤子之心，日复一日地用画笔在色彩和光影中描绘着变迁中的澳门风貌。而每当观赏黎鹰作品时，我都会自然而然地想到钱纳利，想到钱纳利英国风的温暖用色。我深信，在黎鹰先生的调色盘中，也一定有一种名为"温暖"的底色，那是画家发自心底对澳门的热爱之情，与技艺深深交融，一起向观者传递出小城文化和澳门精神，也形成了黎鹰先生独步今日澳门画坛之风格。

黎鹰先生亦致力于培育本地艺术人才，团结同行，推动澳门艺术发展。

试举一例：每个周末，黎鹰先生都会来到他那位于旧城区一座唐楼①的画室开坛授课，对象是十来岁的青少年。年届古稀的他，两手拎着从超级市场买来的汽水和薯片等零食，有点艰难地登上五楼教室，看见一群等待他的精力超级旺盛的少年。展纸作画，亲自示范，分发零食，之后是阅画评分……如此年复一年，令人感动！

二〇一九年是澳门艺术博物馆成立二十周年，同时也是澳门回归祖国二十周年、中华人民共和国成立七十周年，澳门艺术博物馆以这位与新中国同龄的澳门本土画家的个展，拉开本年度澳门文化局一系列重要展览活动的帷幕，别具意义。感谢黎鹰先生用画笔温暖岁月，让我们在细赏这些充满澳门情怀的作品时，感受让时光慢下来的美好！

---

① 唐楼是中国华南地区的一种旧式建筑，多建于十九世纪后期至二十世纪六十年代，融合了中式和西式的风格。

岁月有功，百锻成器

二〇一九年，澳门艺术节迎来了三十岁的生日。

三十年来，我们走过了一段不平凡的岁月。澳门从曾经在众人印象中的"文化沙漠"蜕变为如今的"文化澳门"。新鲜出台的《粤港澳大湾区发展规划纲要》将澳门定位为"以中华文化为主流、多元文化共存的交流合作基地"，是对澳门在历史上所扮演的文化交流角色的充分认可，更赋予了澳门未来的文化新使命。

三十年来，澳门艺术节见证了众多精彩的艺术作品在这个舞台上演，开拓了民众视野，提升了居民文化生活质量，同时它也见证了澳门与外地的文化交流合作，见证了本地艺术团的茁壮成长与专才辈出的历程，更见证了本地观众的成长和审美品位的提升……

三十年，是承上启下的重要节点。今年的澳门艺术节以"致敬经典"为主题，呈现二十二套近一百场丰富多元、风格各异的节目及延伸活动。在品味经典作品的同时，更祈愿我们能以对经典心怀敬畏的艺术精神和打造经典的决心，让经典作品中久经淬炼的淳厚和生生不息的活力，为澳门持续注入无限的艺术养分。

今年艺术节以惊艳的《垂舞之巅》拉开帷幕，这部作品由当红的法国编舞家与世界最佳嘻哈舞团之一联手打造，十名舞者需克服地心引力来呈现轻盈而优美的垂直舞蹈动作。比利时的罗莎舞团带着经典舞蹈演出《雨》"洒落"澳门。这部十八年前首演的舞蹈作品于今年再现舞台，凸显了艺术以少胜多之美：简洁利落的舞蹈编排与简约主义音乐相得益彰，一时无两。诚然，这是一部历经时间检验、已臻经典标准的作品，在澳门舞台上等待观众的验证。《奥德赛狂想》出自德国剧场导演安图·罗梅罗·努恩斯（Antú Romero Nunes）之手，改编自荷马史诗巨著之一的《奥德赛》，聚焦于奥德赛漫长的归乡之旅后，他的两个儿子的相遇。这台仅有两位演员演出的作品，为这部经典注入当代精神。

为纪念中国著名作家老舍先生诞辰一百二十周年，改编自老舍同名小说的话剧《二马》也在艺术节期间上演，展示了中国与英国两个古老大国文化差异下的碰撞，嬉笑怒骂中闪烁着智慧的火花。有人说："每每读老舍先生的作品，总能笑出声来，也能哭出泪来。"于我也是如此，这足以说明老舍先生作品不朽的魅力。值此澳门艺术节三十周年之际，"一半北平，一半伦敦"的《二马》，在以中西文化交融为特色的澳门上演，致敬经典的同时，别具意义。

三十年前，为本地艺术团搭建展示舞台和交流平台，是创办澳门艺术节的目的之一，当时澳门艺术节中本地节目占一半。

三十年来，初心不忘，澳门艺术节年复一年地在延续着这项传统。

从传统到期待，今年由本地艺术团担纲的节目有《离下班还早——车衣记》《咖喱骨游记2019·旅行装》《幻特乐园》《牡丹·吉祥》，均立足本土，以崭新视角诠释当下风物，刻画澳门城市精神面貌。《镜花转》由法国导演与本地剧团联手创作，从个人成长记忆出发，进行一场关于土地、历史与个人身份认同的探索。《金钱世界》由比利时剧团Ontroerend Goed与香港艺术节及澳门艺术节共同制作，是由香港和澳门演员联手上演的一场"金钱游戏"。这些作品显示了本地创作者正在通往经典的道路上努力着。我们坚信，岁月有功，百锻成器。

经典需要传承。

三十年，一代观众成长了，下一代观众在培育中——这也是传承。"阖府统请"的精彩节目《一寸法师》《宝宝自由乐睇》《再见小王子》是家庭亲子活动的最佳选择。

二〇一九年，粤剧申遗成功十周年，艺术节特别安排了闭幕巨献粤剧《镜海魂》，这个由澳门人书写、改编的本土故事，将由澳门和佛山粤剧院演员联袂演绎，展现一幅南国沧桑的历史画卷。

经典的炼成，殊非一朝一夕之事，一如艺术节也需要在时间的洗礼中成长。

澳门——关于记忆、关于美

老街记忆　　三十多年前,举家迁澳。在澳门的第一个居所位于靠近内港的新埗头街上,一座新落成的六层高唐楼,我们的家就安在五楼的一套两室一厅内。客厅和房间面向后街,另一个房间的窗口面向大厦内部的天井。这是个窗外没有景观的居所,我们入住时也没进行任何装修。即使这样,那座大厦也属于当时那条街,甚至炉石塘区比较好的楼宇了。

听说,大厦开发商的儿子住在我们对面的单元。透过铁闸门,我曾听到屋内传出行云流水的钢琴声。那是十岁的我平生第一次现场聆听钢琴演奏。不久后他死于一次车祸,新婚燕尔,这里原是他的新房。

大厦的大门统一安装了信箱(信插),一户一个,二十户人家便是二十个。邮差中午派信后的光景甚是好看。从信箱中露出的一截信封如同鸿雁之翼，载着寻常人家的相思。如今，相思成了古老而奢侈的情感，微信把天涯的距离变作咫尺。而从前，写信是人们主要的交流方式。和亲友通信，是我父母在这座南方小城里不多的生活乐趣之一。展读亲友来信，也成了我家隔三岔五的生活"甜点"。记忆中，亲友来信常问，我家地址中新埗头街的"埗"作何解？

新埗头街靠近澳门内港。很多年后，我有幸结识《澳门新语》一书的作者黄德鸿先生。据这位可以说是澳门街名"活字典"的老先生解释，埗头是船只停靠的临时码头。从字面看，在"新"埗头之前，应该有个"旧"埗头存在。

我又从新埗头街的葡文街名（Rua da Madeira）猜想此地还和"木"有关。从前这一带，是澳门手工业聚集地，包括家具贩售、木版印刷、神像雕刻等。如今紧邻新埗头街口，有"上架行会馆"，馆内不多的文字和老照片，勾勒出一个行业和一个老区的变迁。所谓上架，旧指兴建房屋，相对于造船的"下架"而言。

最近，寻了个机会重回新埗头街。从新马路一转入同善堂街口，便把澳门表象的纸醉金迷抛诸身后，窄窄的街道更显冷清。这条街道也曾是制作和售卖神像的店铺、作坊的集中地，渔民是早期主要的消费群体。如今，"大昌"

和"广荣"是这条街上仅剩的两枚硕果。所幸，木雕（澳门神像雕刻）已于二〇〇八年进入国家级非物质文化遗产名录，保留了一条老街和一个行业的记忆。

只是，街角的万有书店没有了，那曾经是我们既钟情又不愿踏足的地方。钟情是指对书店、书香的向往；不愿去，是因为港澳书价高昂，无论是新书还是二手书，当年的我们只能望而兴叹。

路口另一端把角处，是澳门几近绝迹的补鞋档。那天经过时我特意回头观望，认出了补鞋匠三十年前的眉眼。岁月推移，而我，却再也寻不到当年自己那小小的身影了。

新埗头街全长不过几十米。小时候觉得这条街道好长，那时从没有想过，有一天自己会长大，更没想过，有一天父母会变老。

澳门之美　　很多年以后，我的小男孩在澳门出生了。如果生在哪里就算哪里人，那小男孩是地道的澳门人。在他这个澳门人眼里，世界上任何地方都不及澳门好，他也容不得别人说澳门的不好。这是他的家乡情结。

然而，在外地孩子眼中，澳门却是一个乏善可陈的城市。和香港比，澳门没有像海洋公园、迪士尼乐园这样足以让孩子热闹地玩上一天的游乐设施。

有一年春节，我接待了从北京来的朋友一家。他们在澳门停留的时间只有大半天，这是很多内地人游港澳的路线图：游罢香港之后，顺道来澳门看看。所谓港澳游，澳门往往是香港的附属。大半天时间，吃两顿饭，到标志性景点大三巴牌坊游览，买上两盒杏仁饼作手信，最后去赌场转转。

一圈行程下来，朋友六岁的女儿对澳门并无好印象。她说，澳门的冬天好冷，澳门的房子又破又旧……顺带说一句，我们请朋友在内港一家葡餐厅吃饭，这里是澳门的旧区。

别说孩子，即便是来旅游的大人，他们的澳门印象往往也是——澳门一点都不现代，因为高楼大厦不及香港多。若以高楼作为现代化的标准来论，澳门的确显得不那么新，更不要说现代化了。在这个标准面前，澳门一定会失语。

而关于澳门，不谈历史就难以窥见她的真容。这座城市有四百多年的历史，东西方文化在这里交汇交融；她既是西方文化进入中国的新起点，也是东方文化输出的新窗口。只看见西方文化或东方文化，都不足以勾勒出一个完整、真实的澳门。历史的沧桑和小城的宁静，共同构成了一个独特的澳门。今天这座城市的面貌是东西文化交汇、碰撞的结果——西方中有东方，东方中又可见西方。这一点还体现在这座城市的景观、街道名称、路牌以及人们的生活方式等诸多细节上。

二〇〇五年七月,联合国教科文组织颁发给澳门一张弥足珍贵的文化名片——"澳门历史城区"被列入世界文化遗产名录,这是东西方文化交融的最好证明。澳门历史城区由八个广场二十二处建筑组成,如同一串美丽的项链,镶嵌在澳门半岛上。但若将这些"遗产"中任一建筑单拎出来与其他地区的"遗产"相比,则会骤然失色。因为,论辉煌,澳门的教堂难与欧洲教堂抗衡;论规模,澳门的中式大屋难与内地有年头的大院相比,如山西的乔家大院。若把历史城区的建筑视为一个整体,教堂、西式剧院和中式屋宇安然共存,它们相映照、相辉映的景致便格外美丽。

澳门,既有历史的沧桑感,又有安之若素的淡然。今天,她已成为一个车水马龙的繁华城市,但只要一个转身,又能得见她一派悠然的田园风光。入夜,霓虹闪烁与万家灯火并存,远处海面有归帆点点,渔舟唱晚。在这里,没有张扬,不过分夸大,处处和谐对称。这便是澳门之美!

荒诞中的现实

《狼狈行动》是澳门演艺学院澳门青年剧团演出的话剧，在该剧的场刊内，编剧李宇樑的简介里有一个让人惊呆的数字："出版过一些剧本集和小说集，这些年发表过的作品超过一百七十万字。"一百七十万字的写作量，已十分可观，更何况李氏出品的戏剧作品"成活率"极高，绝非仅仅为案头之作。

一九九九年澳门和内地出版社合作出版《澳门戏剧史稿》，我接获编写"李宇樑的剧作"一节的任务，自此，李宇樑其人其作成了我的研究对象，他的作品一直在我关注范围之内。十多年来，由于我在澳门的时间极少，看的澳门话剧更是不多，但李宇樑的新作品，我都会拿来读一读：《红颜未老》《天琴传说》《灭谛》等。今天说李宇樑代表了当代澳门戏剧的高度，我想并不是一个过度的赞誉。因为早在大约十年前，著名戏剧理论家田本相先生就说过："李宇樑创作水平所达到的高度，已经成为澳门戏剧艺术的发展标杆。"

这次，李宇樑把自己的小说《狼狽行动》改编成话剧。虽说文学作品和舞台剧、影视作品的互相转化在澳门不是第一次，但李宇樑的特别之处在于，他的剧作家身份更鲜明，写小说往往是为写舞台剧做铺垫。剧作家写小说的优胜之处在于会讲故事，小说的情节、场景设计更具戏剧感。作者自己来完成从小说到舞台剧的转换，也更易于把握个中精髓，包括思想、情节乃至语言。

《狼狽行动》延续了李宇樑的风格：故事讲得起伏跌宕，具有强烈的电影感。

该剧通过一个看似荒诞的故事，直击现实社会的痛处，也直面人生的悲凉：楼价高昂，小民百姓无法"上楼"，几个各有故事的小人物以公义为名，计划进行一场绑架地产巨头的行动。担任这场行动策划的是一个舞台剧编剧，于是，误会、巧合贯穿了整个行动；官商利益露出冰山一角，背后藏有惊天大秘密。这个绑架行动是为了惩罚官商之间狼狽为奸，故行动代号定名为"狼狽行动"。作品中的故事发生地是澳门，内有澳门人熟悉的大事件、场景等，被公认为讲述澳门故事的本土作品。而当我们试着把镜头拉远一些，有距离地审视一下这个故事，将之置于任一大城市，会发现这是人们在现实社会中面临的共同窘况：生活中总会有不干净的死角，人生总会有这样或那样不为人知的痛处和困境。文学的意义在于反映人类的生存状况，《狼狈行动》的意义也在于此。

我没有读过《狼狈行动》的剧本，观剧时直觉告诉我该剧的一度创作和二度创作契合度很高，这既归功于编剧和导演的良好磨合与沟通，也归功于导演黄树辉驾驭作品的能力。当舞台上呈现室内场景时，无论是"超人"睡房、茶餐厅，还是用于藏匿人质的天台小屋，舞台表演区部分做了遮挡处理。用黄树辉的话说，这是"留黑"。此处处理得恰到好处而又令人耳目一新：逼仄的生活空间，暗喻逼仄的人生，而几个小人物荒凉又无处安放的内心，是当下芸芸众生的写照，其中有你也有我。那个"局部"楼梯的处理，显见导演的匠心独运：五层唐楼上违建的天台小屋是绑架行动之后用以藏匿人质之所，"绑匪"就这样背负着地产大佬在这条"局部"的楼梯拾级而上，每登一层楼怨气亦随之上升一层。"脑满肠肥"的地产商压迫着做梦也想拥有自己房子的小人物，是浓彩重墨的一笔反讽。

黄树辉毕业于香港演艺学院，属于学成归来、反哺澳门的本地导演。《狼狈行动》中的"留黑"和"局部"楼梯的处理，证明了黄树辉日趋成熟的功力。而一部戏剧作品，到底要留给观众多少空间才是合适的？

剧中每一个小人物都有"上楼"的梦想以及梦难圆的难言隐痛。这些隐痛，构成了一个个感人的催泪点，也是吸引看（读）故事的人的悬念。小说有大量的篇幅可以交代人物的背景和内心世界；而到了舞台上，要遵循戏剧的规律，相比小说而言，戏剧在一小时四十分钟内讲完故事，局限立见。其实，在揭晓一个个人物参与绑架的动机方面，小说把握的时间点要比戏剧来得更有"戏"。目前来说，舞台上的处理显得有点单一，且时间点并未拿捏得最到位，编导之间可以再商量。

从一开始读小说《狼狈行动》，我就认定这是个荒诞剧，内有长歌当哭的现实意义。我注意到舞台剧《狼狈行动》以"喜剧"为标签，也许喜剧更有利于票房；毕竟在很多观众心目中，荒诞剧等于看不懂，如《等待戈多》，但实际上这只是荒诞剧之一种。二十世纪六十年代美国的剧作家爱德华·阿尔比写出了《屋外有花园》这样的故事：一对并不富有的夫妇住进了富人区，并参加了有钱人消费的俱乐部；由于日子窘迫，妻子成为一名妓女，丈夫发现后先是暴跳如雷，继而发现周围的所谓富人邻居皆是如此过活，无奈的丈夫不但与其他几位丈夫同流合污，还共同杀害了看破真相的邻居。这样的荒诞剧，通过一个看似不可能的故事反映物欲社会中人们的精神失落。人们也许会质疑：怎么可能会发生这样的事？怎么可能所有女人都是妓女？而他们的丈夫竟然大度地接受这个事实？同样，《狼狈行动》中处于社会底层、事事失败的小人物竟然成功绑架地产巨头，而最后保安司司长居然为表彰他们见义勇为而颁发好市民荣誉奖。人们也会发出同样的疑问：这样可能吗？我心目中的《狼狈行动》与《屋外有花园》等列，我为它贴上"荒诞派"戏剧的标签，二者有异曲同工之妙——以现实主义精神，演绎荒诞主义的内核，以亦悲亦喜的方式呈现人的生存困境。

然而，《狼狈行动》的结尾多少处于喜感不强、悲凉之感又难以为继的状态。杀手、贾仁和几个"二打六"小人物每人都举着枪，这其中只有两支是真枪。时间延宕、情绪放大，是艺术处理手法；接着舞台上枪响光暗，干净利落。有人死了，但是，谁死了？留给观众的是一个不太清晰的结局，观众难免在心里犯嘀咕。

小说的结尾处理似乎比话剧更有神韵。结局的欢庆气氛越浓，人生的悲凉感便会越重，观众的反思空间也越大。男主人公杨彬是编剧身份，如果这个角色可以演得更"二流"、更不得志一些,是否会更有戏?范玲这个湖南外劳的角色无疑是"万绿丛中一点红",足够抢戏,演员的表演也足够有亮点。我欣赏演员在演这个"内地人"时没有过度用力,我在公演当晚的演后座谈会上提了两点小建议:其一,把脚上的袜子换成半截的肉色丝袜;其二,哼的歌最好不是《没有共产党就没有新中国》,这是外人想象中的内地人,而且和当下有点时代隔阂,这个标签贴得有些用力了。甚至,范玲可以说"半咸淡"①的粤语,表达不出来的时候才说普通话,以说明这个外地人努力融入当地的心态。

总体而言,《狼狈行动》的演出体现了本地话剧的专业与成熟,有此良好开端,希望"狼狈"能够继续"行动"下去。

---

① 粤语方言,指说话发音不标准,南腔北调。

> 爱的味道，在灵魂中永驻

食物充饥，美食解忧。我一直相信，文学和美食的结合，是世间最美好的相遇。

二〇一七年，澳门被联合国教科文组织评定为"创意城市美食之都"，此前已获此称誉的中国城市有成都和顺德。《文字里的古早味——澳门作家的味蕾》一书于二〇一七年年底在澳门面世，可谓正逢其时。这是三十位澳门写作人联手呈献给"美食之都"的一份贺礼。

二〇一九年，是江苏省的文化丰收年，南京和扬州分别入选联合国教科文组织"创意城市网络"项目的"文学之都"和"美食之都"。

江苏和澳门，缘分始于一九九七年，从江苏教育出版社出版第一部澳门专史著作《澳门戏剧史稿》起，二十多年的岁月里，两地在文化领域的各种合作从未间断。此次，我将这本澳门作家的饮食笔记重新整理，并根据内地读者的需求，在文章编排上再做增删，更名为《生活的古早味——澳门作家的味蕾》，由江苏凤凰出版传媒集团出版发行。江苏和澳门在文化合作的基础上，开辟再出发之路。

庚子新春，新型冠状病毒肺炎肆虐，全国上下齐心抗疫。这个春天，我们无法感受到春回大地的生机。任春光正好，足不出户，是个人对抗击疫情的最大贡献。重新整理这本结合了文学和美食的书稿，在这个非常时期具有双重的治愈功能；熬过黑暗，便又是一个春天到来。

看到两则新闻，关乎新冠肺炎，亦与吃有关。

春节前，澳门首例确诊病例为输入性，来自湖北的游客入院治疗，两周后治愈出院，这也是澳门首例成功治疗个案。住院治疗期间，湖北患者提出早点要吃热干面，为此院方特别安排湖北厨师为患者制作热干面，既疗身，也疗心——疗治乡愁。

另一则新闻是南京的，说有一名患者是在排队"斩只鸭子"时感染的，充满了浓浓的南京味道，也充分证明了那句似是玩笑的话——"没有一只鸭子能游过长江"。南京人太爱吃鸭子了。疫情期间，在微信上和南京的朋友聊天，她说："现在没有鸭子吃了，伤心死了！"

任何时候，只要我们还愿意在吃这件事上花心思，生活就有所期盼。这也印证了父母对我的身教言传之中很重要的一条：人不管到了什么时候，都要好好吃饭。

澳门是一座移民城市，这里有葡萄牙人对家国的遥望之情、有土生葡人寻根的漂泊感、有华人的背井离乡。在澳门生活的华人占城市人口百分之九十五，除广东人外，福建人、上海人在比例上平分秋色，每一个在澳门的人都有离乡的记忆和思乡愁绪。写作者用文字来慰藉思乡之情，澳门文学，有一份天然的乡愁。乡愁，在澳门华人作家笔下便是一场场个人经验和记忆的书写。

在抒写乡愁的文章中，作家们往往笔锋一拐，就不约而同地转到了舌尖上来，如上海泡饭、福建米粉、珠三角的豆捞和角仔等，各地美食拼成了镶嵌在岁月中的山河版图。因为爱文字，因为爱美食，我对这些由乡愁浸泡出的美食文字念念不忘，这是编这本集子的初衷。在这个人人以"吃货"自居的年代，讲"吃货"的故事，谁还能讲得过作家？从乡愁到舌尖、从舌尖到笔下，饮食文章从来好看。如袁枚的《随园食单》、梁实秋的《雅舍谈吃》、林文月的《饮膳札记》、王敦煌的《吃主儿》，还有汪曾祺笔下的高邮鸭蛋、杨花萝卜、豆腐、韭菜花等这些再家常不过的食物，经过文字的洗礼，也多了一份仪式感。而那些关于吃的记忆，端的是才下舌尖、却上心头。

舌尖上的乡愁代表了童年最初始的味道，味蕾的记忆要比大脑的记忆来得更持久绵长。听过一个也许是杜撰的笑话，但不乏真实性：在美国的中国留学生最挂念两个女人，一个是自己的妈妈，一个是"老干妈"（辣酱品牌），前者是家的味道，后者是中国味道。妈妈做的食物中，有一味千金不换的独家秘方：浓浓的爱！

足足超过半个世纪的记忆了，我妈妈早已忘了当年喂我吃过什么，但我这些年吃过那么多东西，却从未吃回当日那一丁点的美味。（王祯宝《滋味圈》）

妈妈的豉油鸡，不是浸，而是煎。烧红锅，放下油和大块姜，把鸡煎香，浇上调好的豉油，再煮，皮香肉嫩，浓汁味重，好吃得没法停嘴。这豉油鸡，我也没学到，妈妈去世后，有回实在思念这鸡的香，试着弄，以失败告终，总觉缺了什么，比不上妈妈弄的好吃。（程文《思念的年味》）

可我呢，也许是太习以为常了，从来不觉得这虾片有多矜贵，直到去年十月父亲离世，母亲没有心情再做了，之后的好几个月我都没能吃上一片，脑海里不断想着父亲吃得滋味无穷的样子，我才感觉到那份怅然若失的酸楚，才让我重拾这么多的美好的回忆。原来，那一直陪伴着我成长的味道承载着那么淳厚真挚的情感！（林韵妮《母亲

的虾片》)

如果说乡愁是思念，是对味道的思念，对家乡青山绿水的思念，那么思念中分量最重的，莫过于对亲人彻骨的思念。时光不能倒流，远行的亲人不再归来。好在，我们还有文字：

这世上愿意和我分享飞机餐的人或许不存在，但却有这么一个人，不顾多少旁人的白眼，不怕任何麻烦，只要我说一声，连天上的星星也会打包回来给我。(袁绍珊《天上的美点》)

小小的我走在夜了的院子里，提着灯笼，小心翼翼地一步步往前走，不知道有一天，我会长大，姥姥会离开。眼里只有那灯笼和前面的路，很明，很亮。(谷雨《蜜麻托》)

人与人在漫长的生命洪流中擦身而过，在我们身上发生的，有分享的喜悦，也有错误导致的愧疚，如果有轮回，我与爷爷会不会再相遇？爷爷，我答应你，有机会再重遇的话，我一定会分享给你最好的美食。(太皮《内疚的菠萝蜜》)

女儿是母亲的心头肉，我母亲，也是外婆牵挂的女儿。外婆包进角仔的，岂止花生砂糖！

那次以后，再没买角仔，怕食不滋味，坏了角仔留给我的，是对外婆的温馨回忆。(水月《外婆角仔》)

参与本书写作的三十位写作人，有八十多岁的前辈，也有二十世纪八十年代出生的小字辈——都是"八〇后"。他们用文字串起了时光隧道，无论澳门还是内地，我们都能看到久远岁月里人们对食物的敬畏与渴望。食物充饥，对于我们上一辈人来说是这样的，来之不易的食物都自带光环。穆凡中的《窝窝头》、殷立民的《鸡年说鸡》、凌雁的《粗茶淡饭者言》里，记录了那个吃饱是生存头等大事的时代。沿着时光隧道，我们走到了今天，不但要吃饱，还要吃得精细、用心，是"食不厌精"的奉行者。姚风和王祯宝的文字从来别具一格，读者跟着他俩去领略不一样的食物风情之余（姚风《巴尔扎克的晚餐》、王祯宝《鸡包翅》），也跟着吴淑钿的饮食脚步，无论尝新、寻常或偶然，堪称一步一景（吴淑钿《我的三个饮食脚步》）。且借吴淑钿的文字来说明本书的立意：

古早本是闽南语，大约千禧之后才由台湾旅游界传过来，胜在本相流露；既古且早，中文没有时态，它就是过去式的表述了。一听古早，就知原汁原味，食安问题尚未出土。

原汁原味，是我们对食物的要求，借食物寻找文字里、生活中最本真的情感。

然而，就像不是所有食材到最后都能如愿地修炼成可供饕餮的美食。年轻的川井深一的《肉肉平安》，从冰箱里

两盒肉说起:"它们的时间暂留在,巴西冻肉出事的那个午后。"通篇读来冷峻悲凉:

在卫生局讯,读到八十岁离世而无人认领的遗体招领启事。"于启事公布后七天内仍无人前来办理,则视作无人认领之尸体处理。"每一个字,都冰冰冷冷。像冻肉,像鸡翼,像猪扒,那是社会秩序。唯一暖烘烘的,是长者的名字"莫若兰",那是一张出生时的被褥,父母亲人曾给过的紧紧拥抱。

一本饮食文字,体现了"和而不同"的文化,一如澳门这座城市,多元是她的底色。林中英写到了华人、葡人和土生葡人和睦相处的小城大爱:

澳门葡国餐厅中历史最久远的是水坑尾街的坤记,到今年刚好一百年,历经三代经营。我们叫的梳巴在坤记叫粉汤。汤底用牛骨煮,在大量熬制时用面粉袋来隔去骨头的肉糜,故此汤底味鲜而清爽。剩下来的牛骨则候人来取。当年有一位收买破旧器物的"叮叮佬"把牛骨挑回家后,削下仍附在骨上的筋肉做膳,养大了七八个孩子。(林中英《昨日的那一碗梳巴》)

"美食之都"怎么能没有故事?而什么样的地方才称得上是"美食之都"呢?这或许是众多答案中的一种:

一个地方,能给人温饱,懂得珍惜来之不易的幸福,

应该就是了。用我半生的经历来看,澳门,就是这么个美食之都了。(黄文辉《穷吃》)

我希望《生活的古早味——澳门作家的味蕾》的出版,能开启江苏与澳门的文学美食之旅,让更多的朋友加入我们的行列,讲述苏澳两地的美食故事。让这份爱的味道,在灵魂中永驻。

生命的展读

一地之文艺作品，经过岁月的洗礼和一定量的积累之后，形成一地之文艺风格。无论世界怎么变，艺术创作的规律是不变的：潜心积累，慢慢打磨。金钱可以扶植艺术，却催生不出艺术作品，罗马不是一天建成的道理谁都懂。

前不久，欣赏了印迹澳门舞蹈团演出的作品《时之间》，出自著名舞蹈编导应萼定和他的学生——青年编导、澳门演艺学院舞蹈学校教师杨敏健之手。"印迹澳门"去年成立，已连续推出两部作品，难能可贵。舞团是新的，作品是新的，但应萼定和杨敏健的名字却不是新的，多年来他们与澳门的舞蹈发展都息息相关。

应萼定曾任澳门演艺学院舞蹈学校艺术指导，是澳门第一部大型舞剧《澳门新娘》的编导。可以说，这个名字对澳门舞蹈事业的发展有不可磨灭的贡献。《澳门新娘》不仅是原创的澳门故事,和内地舞团合作演出,还连带培育了服装设计、后台制作等相关人才。在应萼定之后成立的全日制舞蹈学校里,他又开始培养本地的专业舞者和舞蹈编导人才。

二〇〇九年,应萼定先生携原创作品《奔月》(由应萼定和杨敏健创作、澳门演艺学院舞蹈学校应届毕业生表演)在北京国家大剧院演出。记得那是澳门回归十周年纪念日的前夕,北京已进入寒冷彻骨的冬季,我有幸在大剧院观看了这场演出。无论是编导的构思、作品的格局,还是舞者的技巧,都让首都观众耳目一新,更令我这个澳门观众觉得异常温暖。

《奔月》可以说是应老师开拓澳门舞蹈专业化道路的心血之作。舞蹈学校的全日制学生,舞出了技巧和希望,京城的专业人士对这些孩子刮目相看,须知道,这不过是一群舞蹈学校的中专生。我非舞蹈界中人,孤陋寡闻情有可原,对于应老师之前在上海、香港、新加坡的"威水史"[①],只是耳闻。《奔月》,是我继《澳门新娘》之后再一次观看应老师的作品。《奔月》不是照搬古老套路的故事,或者

---

① 粤语方言,指个人引以为傲的成功故事。

说，这才是应老师对舞蹈本体的追求，通过作品表达人类对月亮的崇拜向往，以及在奔月过程中所遭受的磨难和困惑，奔月的过程呈现的是人类生存及思考的一种状态。

从二〇〇九年到二〇一七年，又过了八年光阴，是时候盘点八年来澳门专业化舞蹈的发展成绩，舞蹈学校毕业生的出路，以及新的、有影响力的本土原创作品了。因此，我很期待应老师和杨敏健今年为"印迹澳门"编导的新作《时之间》。

"印迹澳门"的成员以舞蹈学校第一届毕业生为主，他们在外地进修后回到澳门，有的在普通学校担任舞蹈老师，有的改行做了别的，舞团的排练都是等团员下班后在晚上进行的。如果不是热爱，谁愿意牺牲晚上的宝贵时间，现在大多数人的晚上都是以"刷"手机的方式度过。但用了这么多年来发展专业化舞蹈的澳门，又似乎不应该仅停留在依靠热爱和个人奉献上，而应该有更切实的文化政策来支持它的进一步发展，尽管这一步会很艰难。

《时之间》的演出场刊上题有康德的"时间是心灵的认识形式"，开宗明义地体现了编导在舞蹈本体道路上孜孜不倦的探寻，我视之为《奔月》的延续。在这两部作品之间，应萼定老师还创作过《生命之歌》，可惜我无缘观赏。这部作品去年再度被搬上舞台，由中央芭蕾舞团演出，其后更跳出了国门。最近，中央芭蕾舞团走进澳门校园演出，"中芭"的人见我第一句话是："我们团跳的《生命之歌》是你们澳门的作品呢！"与有荣焉啊！应老师十多年来住在澳门，把心血投注在澳门舞蹈人才的培养上，但不知道他退休后住在香港，是否还会称自己是澳门人？对于艺术家来说，哪里能够给他安全、自由创作的环境，哪里就是家吧？这里所说的安全与自由，特指政策、资金、创作氛围等支持。

应老师曾经说，当舞蹈还停留在给观众讲故事的层面上时，充其量是中品；当年的《澳门新娘》，是为了积累澳门故事与作品，在培养人才的同时也要培育观众。句句大实话。不是所有的路都能一眼看到尽头。曾经的澳门，确实需要讲故事的舞剧作品。但就"讲故事"的功能而言，这确实不是舞蹈的强项，它甚至不及戏曲，玩不起曲折离奇的故事。舞蹈擅长的是展现人的精神层面，最终指向哲学思考。在《时之间》里，我们看到了从自然哲学到生命哲学的走向，而且是带有东方味道的生命哲学。编导从现实中提炼出生命的欢欣跳跃、停滞不前到最后终结，从时间到心灵，观众看到的是生命的自然展读，如一幅东方画卷，从左往右缓缓延展。

遗憾的是，这一次，我看到舞者有点力不从心，比之当年在国家大剧院跳《奔月》的状态不可同日而语。艺术的残酷在于没有半点虚假，舞台上呈现的最佳状态需要台下无数个日日夜夜的练习来支撑。这些舞者，有多少还能保持当年的训练强度？白天工作，晚上排练，择日公演，走不出业余的怪圈。我听说，这个小成本制作的作品，服装和道具都来自淘宝。作品在演出过一次之后，未来还会有更多的机会呈现吗？这不也正是大多数澳门的舞台作品的命运吗？

距离澳门回归祖国二十周年还有两年时间，不少文艺团体都在摩拳擦掌，准备届时拿出精彩作品。澳门不是没有原创，缺乏的是继续打磨作品的耐性以及延续作品生命力的执着。钱穆在论述中国文化精神时曾说："只向前，不顾后，一味求变新，求速求快，本源易竭，则下流易灭……"年底了，是时候盘点一下家底了，为的是明天好继续上路！

前世的情人

所有百感交集的相遇,都是前一次情未了、缘未尽的重逢。

二十多年前,我在里斯本的一间小酒馆内听"法多"(Fado)。小酒馆位于黑人聚居地区,一条窄窄的碎石路,两旁人员混杂。黄昏入夜时分,我低头走路不敢乱看,一头钻进逼仄的酒馆内。直到一个黑衣女歌手的声音飘过来了,"猛然间心似缱绻",虽然听不懂她唱什么,但她的歌声满是忧伤,双目凝视远方。此情、此景,与当时从秋入冬的季节、与我想家的情绪吻合。

法多是葡萄牙的传统民族音乐形式,为底层人民借以抒发苦闷、排解忧伤的歌,有葡萄牙国宝之美誉。法多源于拉丁文,直译为"法多"或"悲歌",意译为"命运",

又被称为"命运之歌";因为和忧伤有关,被喻为葡萄牙的"蓝调歌曲"。有记载的"法多"一词最早见于一八四〇年前后,也就是说,她至少有一百七十多年的历史,算得上非物质文化遗产。

葡萄牙的历史,是半部航海史。这个国家的命运和大海紧密相连。葡萄牙人的性格中具有海洋性冒险精神,从十六世纪初他们便开始利用地理优势向海洋扩张。大海赋予了他们驾驭汹涌波涛的勇气,同时也给他们带来黑夜般的忧伤。早期航海时,葡萄牙王国有严格规定,禁止妇女登船前往东方,这样既可减少船上闲散人员的数量,又可避免分散船员和战士的精力。只有极特殊的情况可以例外,如王室和贵族家眷可以随船。遥想当年,海上漂泊,动辄经年累月,九死一生。多少家庭不得团聚,多少妻子倚门望夫,多少父母盼子望眼欲穿。葡萄牙文学家费尔南多·佩索阿对大海的爱恨歌咏实为彼国一代又一代人的心声:

啊,葡萄牙的海,

你那又咸又涩的海水,

饱含了多少葡人的悲伤、苦恼。

为驾驭汹涌波涛,

多少慈母曾把泪抛,

多少儿女徒劳祈祷，

多少姑娘未成秦晋之好，

啊，大海，

一切都只为了征服你那骇浪惊涛！

言为心声，言之不足，故歌咏之。法多是下里巴人的思念之歌，也是航海人在海上一解乡愁的歌，内容多与爱情、大海、水手生活、贫穷有关，忧伤、抒情兼具。

数年前我曾踏足韩国济州岛，导游介绍当地有三多：风多、石头多、寡妇多。济州岛家家户户靠海吃海，每一次出海都是一场生死搏斗，这里寡妇多便不足为奇。我想到，当年航海的葡人，是否也因为大海令不少女子失去丈夫，所以才创造出了忧伤的"命运之歌"。

2016年6月，澳门中乐团在文化中心办了一场《情迷葡萄牙》音乐会，这是时隔二十多年我再次现场聆听法多，少了忧伤，多了甜美。又或许"忧伤"已不再是我生命中的敏感词，毕竟已到了一切淡如水的中年人生。

法多实际上是由歌曲和器乐两部分组成，后者有葡萄牙吉他、法多吉他和低音提琴。近代法多受流行音乐影响，在乐器编制上加入小提琴、大提琴、手风琴和钢琴，甚至弦乐四重奏的音色，有了更丰富的听觉效果。任时光流转，生与死、生死相恋都是人类命运中永恒的主题，所以，法多能够从中世纪一直传唱到今天。演唱者玛利亚·安娜·保邦妮（Maria Ana Bobone）是当今葡萄牙公认的最具才华的法多歌手之一，或许是她的音色、音域近乎完美，才让我从法多忧伤的印象中走出来。当晚多首歌曲带给我美餐之后再吃甜品的快乐，不过这快乐中仍带有一丝忧伤，这是美到极致的艺术的共通点。艺术要得以发展，必然随着时代的变迁而改变，法多亦然，其在情感诉求上的显著改变，从音乐会演唱曲目可见一斑。如果主办单位能够提供辅以歌词大意的字幕，我会再加送一个大大的赞！

有着鲜明葡萄牙文化印记的法多和澳门中乐团的合作，堪称一场天衣无缝的完美对接。有几首二胡先声夺人的曲子，堪称葡国版《良宵》或《二泉映月》，同具黑夜里甜美的忧伤特质。我甚至怀疑，二胡和法多本是前世失散的情人，今生此夜在澳门重逢！

回到那些温暖过我们的时光里

二〇一九年是澳门回归祖国二十周年。澳门特别行政区政府文化局和天津新蕾出版社合作出版《小城大梦——写给孩子的澳门故事》，这是一本用文字传递温暖、用非遗文化串联日常、用文化传承连接时空的书。

相对于专指文物、建筑群和遗址等的物质文化遗产来说，非物质文化遗产关乎人类的记忆和技艺，其魅力在于它的情感温度。它具有可以随着人们生活方式的改变而被创造的特点，世代相传，在与自然和历史的互动中，让各社区、群体内部产生相互依恋的美好情愫，继而为这些社区和群体提供持续的认同感，从而增强人们对文化多样性和人类创造力的尊重。因此，非物质文化遗产是在漫长的历史长河中经过一代又一代人不断创造和精心守护的宝贵成果。二〇〇三年十月十七日，联合国教科文组织第三十二届大会通过了《保护非物质文化遗产公约》，对"非物质文化遗产"有了正式的界定："非物质文化遗产指被各社区、群体，有时是个人，视为其文化遗产组成部分的各种社会实践、观念表述、表现形式、知识、技能以及相关的工具、实物、手工艺品和文化场所。"

在澳门，非物质文化遗产同样得到充分的保护和尊重，二〇一四年出台的《文化遗产保护法》制定了完善的"非遗"保护机制，要求明确有关保护的责任主体及传承人义务等。澳门的非物质文化遗产项目共有十五个：粤剧、南音说唱、道教科仪音乐、土生土语话剧、鱼行醉龙节、妈祖信俗、哪吒信俗、土地信俗、朱大仙信俗、苦难善耶稣圣像出游、花地玛圣母圣像出游、凉茶、木雕（神像雕刻）、土生葡人美食烹饪技艺、搭棚工艺。其中八个项目是国家级非物质文化遗产，妈祖信俗和粤剧更是入选了联合国教科文组织非物质文化遗产名录。在这一级别的"非遗"名录上，榜上有名的中国项目还有昆曲、京剧、古琴艺术等。

于我们而言，非物质文化遗产尤具特殊的亲近感，乃至于是构成我们日常生活的一部分。

你看，四月初八鱼行醉龙节，我们跟着舞醉龙的队伍一路"旺街市",家里的老人、小孩在这一天要吃龙船头饭保平安;每逢"土地诞",我们挨挤在雀仔园社区,在用竹棚工艺搭成的戏棚里看粤剧。竹的刚劲、坚韧和挺拔,为演出营造了浓郁的中国文化氛围。庙门前演戏,这神功戏本是先敬神娱神,其次才是人——我们是跟着借光看戏。时光流转,澳门仍然保留着演神功戏的传统。在钢筋水泥的现代化城市里,一年中总有几天会出现竹棚和戏台,在土地诞、妈祖诞、谭公诞等日子,人神共娱,充分显现出澳门这片土地的兼容并蓄、温馨和谐,在锣鼓喧天里祈求国泰民安,在岁月静好中祝福人寿年丰。这是一道独特的风景,更是我们的共同记忆。

你看,我们在世界文化遗产景点的郑(观应)家大屋听南音、听葡国的法多;到了圣诞节,我们在邻近妈阁庙的西餐厅里吃一锅热气腾腾的"土生菜"[1]Tacho[2];等到凤凰木开花的时节,我们去每年一度的澳门艺术节看土生土语话剧,听土生族群用其特有的表达方式讲述发生在澳门的关乎你我他的故事……讲故事,无疑是文化传承的一种最好方式,其生动、形象的文字再现,一方面让孩子在阅读、审美中产生了传承文化的使命感,另一方面又丰富了

---

[1] 土生菜,即用土生葡人美食烹饪技艺烹饪的菜式,融合了欧、亚、非的食材和烹饪方法。
[2] 一种中葡融合的菜品,又称葡式杂烩、葡式烩菜。

儿童文学的创作题材，为传统文化的发扬光大增添了一个新的平台和渠道。

展读《小城大梦——写给孩子的澳门故事》书稿，作家们通过故事铺陈多项非物质文化遗产，一点一滴地串联起我们熟悉的日常。谭健锹用小宁的蜡笔画串联起端午的龙舟和粽子；梁淑琪奇思妙想的怪梦故事串联起凉茶背后的大爱；水月用澳门的美食串联起族群共存、和谐幸福的生活景象；李宇樑用青少年学习粤剧的故事讲述传统文化的薪火相传，结尾有淡淡哀愁，余韵绕梁……

同样的情感，不一样的故事。读着这些故事，我仿佛又回到了那些温暖的时光里。

忘不了那些夏夜，爸爸领着我逛夜市，给我买上一包花生，我吃着，他讲着，讲的是他看过的京剧连台本戏《狸猫换太子》，那时候我以为这个故事永远讲不完……二〇一五年，爸爸最后一次到他喜欢的北京小住。也是一个夏夜，我们一起收看电视转播的京剧《狸猫换太子》。儿时听过的故事记忆犹新，爸爸讲述过的很多戏里的细节，一一呈现在舞台上；除了故事，我们评论的京剧演员唱念做打、一招一式的技艺，无一不是传承。此时，我身边多了一个小男孩。和我小时候一样，这个小男孩也被这个故事吸引，看得入神。故事里隐藏着忠孝节义、惩恶扬善的价值观，无形中影响着我的世界观；我相信，这也影响着小男孩看世界的方式。如今，爸爸远行，但他的讲述，却永远在我的心底生根。

因讲述而记忆，因记忆而传承。《小城大梦——写给孩子的澳门故事》，让我们的日常多了一本可以讲述和共读的故事书，真好！

一首歌，二十年

一九九九，澳门回家。

二〇一九，二十年。很多人和事留在记忆深处，我未曾忘怀。挥之不去的，还有陪伴我们走过二十年的一首歌。

一九九七年，澳门回归祖国的央视纪录片《澳门岁月》摄制组，来到我位于澳门的家拍摄访谈。二十多岁的我，面对镜头很是紧张，想好的词说了又说，但每一次都词不达意。在此要说明一下，我不是什么名人，摄制组发现我并决定采访我，是因为我当时还有一个身份——南京大学文学院戏曲戏剧学专业在读硕士生。那时，传统文化的传播和弘扬力度远不如今天这般，在很多人眼中，我就读的专业属于冷门，是在布满尘埃的故纸堆里自甘寂寞，说文以载道不合时宜，更遑论济世救国。一个年轻的澳门女孩为什么选择这么个冷门专业，纪录片团队想知道其中的答案。那时的我，青涩而害羞，懵懂又迷糊，对于自己的选择，除了"喜欢"二字，好像也没有更多想法。喜欢戏，喜欢南京这座城市，也连带着喜欢南京人。是啊，喜欢，又何须理由呢？年轻时的简单也真好。时间转到来年春天，我要回校上课。这一次，摄制组又到南京跟拍了我的校园生活，南大的校园怎么拍怎么美！

五集《澳门岁月》于一九九九年十二月播出时，澳门成了全国乃至世界的焦点。随之，《七子之歌》传唱开来，连带着演唱者容韵琳清纯的模样、稚嫩的嗓音和那并不标准的普通话，一起走进人们关于"澳门回归"的记忆。

《澳门岁月》总导演李凯是个本事很大、平和谦逊的人。从闻一多的诗到传唱至今的《七子之歌》，其间的转换，是李导之功。我至今仍记得他当年讲述这首歌的诞生过程。某一天，李导在家偶然翻到了闻一多的诗，看到七子之一的澳门，想起了筹备中的纪录片《澳门岁月》……就这样，有了李海鹰含泪创作的《七子之歌》。而在选什么人及用什么方式演唱《七子之歌》时，李凯导演以创新之举反其道而行——不要刻意的字正腔圆和经过训练的歌喉……就这样，容韵琳和她不太标准的普通话演唱，让这一首歌迅速进入人们的视野。或许，这就是澳门人的本色出演，这就是澳门的味道。

一九九九年，澳门回归祖国的大日子里，我有幸走进中央电视台做了一回嘉宾主持。这一次经历，改变了我此后的生活轨迹。说起来，不少人认为我和央视的缘分始于一九九九年。准确地说，我和央视的缘分，当始于一九九七年《澳门岁月》的摄制。一九九九年十二月的北京，在我印象中寒冷彻骨，我关于这一年的记忆，大部分是在中央电视台大楼里的演练。二十年前，电视直播并未像今天这般常态化；那时的直播要反复演练，台词是根据更早些时候筹备工作时所谈的预先写好的。至今我仍心存感念的是，央视大楼里的人知道我从澳门来，都对我友好至极。那几天，在并不光亮的楼道里，不时飘来走过路过的人哼唱《七子之歌》的歌声。在这幢大楼里，我不认识一个人，却没有孤单的感觉。二十年过后的今天，我和这里的很多人成了朋友，乃至还有我此生最亲近的人。

澳门，在内地民众心里，时远时近。而《七子之歌》，是澳门回归留给很多内地朋友最鲜明的印记。二〇一四年，我以澳门历史题材为元素执笔的京剧《镜海魂》问世，《七子之歌》的旋律在戏中的无缝衔接，被观众视为创新。《七子之歌》再次拉近了澳门和历史的距离。

二〇一九年，是我人生中最忙碌的一年。每一天，我都在被时间推着前行。

半年前,莲花卫视李自松台长找我,说要将《七子之歌》改编成京歌,能否让我来演唱。当时我心中存疑:一首传唱了二十年的歌曲,再改编,难;让大家接受,更难。但李台长的这一创意,又着实吸引了我。于是我试着去找志同道合者——著名京胡演奏家张顺翔,请他来改编此曲。我们是多年的朋友,彼此熟悉,对于这一想法,顺翔当即应允。他问我有什么要求,我说"好听、易唱、易学",这是一首作品能够让人接受的基本条件。认真想了两天后,我又对顺翔说,一九九九年,《七子之歌》唱的是澳门人盼回归的强烈情感;澳门回归二十年后的今天,新《七子之歌》应该是澳门人一份深情的诉说。一星期后,我听到了顺翔改编的京歌《七子之歌》——融入了京剧的元素,保留了原曲的结构与形式,音乐风格统一,传统而时尚,古典又流行。无须说更多,一切我想要的艺术表达,都呈现在作品里了。二十年中,总能遇见这些懂我的人,于我是莫大的幸运和幸福。

二〇一九年十月八日,在《同声歌祖国》晚会上,澳区政协委员和青少年同台表演,京歌《七子之歌》名列节目单中。当我领着我的小拍档龙紫岚在台口候场的时候,我忽然有了一种别样的全新体会——我和岚岚之间,就是传承。岚岚无疑是今年澳门最知名的人物之一,不亚于当年的容韵琳。当然,她就是二十年之后容韵琳的接棒者。而我,此刻是故事的讲述者,讲述一个关于澳门的故事:"你可知Macau不是我的真名姓……"我要娓娓道来,唱得味淡情浓,给我们的下一代。当天,站在舞台上的岚岚和我,有眼神交流,有一致动作,默契无限。一次演唱,一种传承。

一首歌,走过二十年。未来,让我们一起边走边唱!

第三辑

笔淡情浓

人间送小温

中国作家协会会员约一万一千人,每五年召开一次全国代表大会。二〇一六年,我有幸在京参加作协的第九次全国代表大会。出席大会的代表有九百多人,因此,偌大的会场,如果要彼此遇见,还真需要点缘分。

看着与会代表的名单,上面许多名字我不仅熟悉,更是一路伴随着我成长。我从没有想过自己有一天会以"作家"身份参加这个会议。当然,说到自己是作家,我仍会偷偷脸红一下。谈话中如果有时间,我还会对对方解释一下:"澳门是没有真正的'作家'的,都是业余写作,我们还有一份正职工作……"这无非就是想为自己写得不够好而辩解。没有鸿篇巨著,忝列作家队伍,还是底气不足。

大会开了数日。有一次,我旁边坐着叶兆言,后面坐着毕飞宇。我是他俩的读者，他俩来自我熟悉的南京，叶兆言和我算是南京大学的校友。然而，会议全程，我和叶兆言未交一言，只是彼此礼貌地微笑了一下——为短暂的邻座之谊。

又一天大会，按座位名单，坐在我后面的是安徽作家苏北。

对于苏北，我也是熟悉的——他研究汪曾祺。苏北和澳门也有点缘分：我爸的案头曾放着苏北《忆·读汪曾祺》的书稿，而我爸常说他自己做的家常菜是汪（曾祺）派。尽管如此，以我"处女座"的高冷个性（其实我内心是火热的），若非苏北先生在会场热情地和我们几个澳门代表打招呼，我不会贸然和他攀谈。

现在想来，我和苏北先生的对话很有趣，寥寥数语，也很有"汪曾祺"的风格。

苏北："我知道你！"

我："我和您有相同的爱好——汪曾祺！"

苏北："我等会儿签书送你！"

我窃喜。不一会儿，坐在我身后的苏北先生将《忆·读汪曾祺》递过来，紧接着，又递上一枚安徽文艺出版社的书签，告诉我："夹在书里，看书用！"

一年前，我曾在微信朋友圈转发过苏北一篇题为《踩雪，去找一本书》的散文。我说这是"安静、美好的文字"，开篇这样写的：

北京安静的窗外的雪。晨七点二十起床。来北京两天，一直是下着雪。今日雪停了。我背上包，要去涵芬楼和三联书店看看，去找一本书。

写文章我偏爱短句，因为干净。应该说，这源自汪曾祺的滋养。而苏北的文字，实在得汪门真传：他在青年时期花了大力气，把汪曾祺的小说、散文抄在四个厚厚的大笔记本上。后来又到汪曾祺故乡高邮进行实地考察，回来就将自己的笔名起为"苏北"。有评论家说："苏北的散文承接的应该是中国传统散文，汪曾祺是个'通道'，是苏北承接到沈从文等'五四'散文的一脉。"而我，一读苏北的文字便喜欢，实在是因为汪曾祺这个"通道"而心有所感。汪曾祺自称是"一个中国式的抒情的人道主义者"，人称"中国最后一位士大夫"。汪曾祺曾引用托尔斯泰称赞过的语言："菌子已经没有了，但是菌子的气味还留在空气里。"他自己的文字也颇得此意。张兆和说汪"下笔如有神"，黄永玉形容他"浑身的巧思"，曹禺赞其"语感真好""继承了中国文学一种断了许久、却又永不可断的传统"。

苏北在《忆·读汪曾祺》中写道："国内有红学，没有汪学。要是有汪学，我可以当秘书长。"如果有汪学，我也想当个秘书（注意，是不带"长"的），或者会员也好。虽然我对汪曾祺谈不上研究，但一往情深，与齐白石愿为徐青藤门下走狗之情感如出一辙。

我已然忘却第一次读汪曾祺的文字是什么时候，只记得自己模仿过汪老的文字，当时被《澳门日报》副刊主任、前辈作家林中英记录在案："九二年，我从《澳门日报·镜海》版上看到一篇写在北京茶馆听京韵大鼓的文章，京式文化生活被赋陈得情趣盎然，还有文字中的'京味儿'，有似汪曾祺老先生无烟火气作品这一路。但此文的作者是穆欣欣，肯定是个女的，再了解，得知她在暨南大学念新闻系。原来她还这么年轻哩。"

从过去到现在，我一直钟爱汪曾祺的文字；就连京剧唱段，也是年岁越长，越是钟爱《沙家浜》阿庆嫂那段"垒起七星灶，铜壶煮三江。摆开八仙桌，招待十六方……"古典诗词的养分和人情世故的通达都在里面了，尤其"人一走茶就凉"一句，唱者过瘾，听者会心。现在很多科班出身的编剧写不出这样透着人间烟火、神采兼备的唱词了。这段唱词许多人熟悉，但唱词出自汪曾祺的手笔，许多人怕是真不知道。

很长一段时间，我不和人聊汪曾祺，因为身边对他感兴趣的人似乎并不太多。甚至，大学中文系教授给学生讲汪曾祺，但这批快毕业的孩子里，无一人知道汪曾祺是谁。面对此情此景，教授几乎要哭了！朋友给我讲这段时，对我说："你要认识一下这个教授。你一定是他的安慰！"

如何介绍汪曾祺？文学家、戏剧家、书画家、美食家，说到底，他是杂家，更是名士。何谓士？"士要有传承、有才学、有情调、有操守，还要有那么一股潇洒、淡然的劲儿——当然，再加上名气，方可成为名士。"

汪曾祺的文字又岂是当年我这黄毛丫头能模仿的？且看他如何拿捏文章的语言节奏："别无他法，多读而已。我曾把晚明小品熟读于心，读到最后，内容可能都忘记了，节奏倒留在潜意识里了。写文章写到某处，多一字必删，少一字必补，不然永远觉得系错了扣子，一天过不舒坦……"

我们读汪曾祺的文字，也只能是多读。读到最后，方得见"通道"。如练武功，打通了脉门，便进入另一境界。汪门众生，就算彼此不相识、未谋面，也会通过文字闻出留在空气中的"菌子的气味"，相互以文字取暖。

《忆·读汪曾祺》中，苏北写去汪先生家聊天、吃饭、借书、要字、要画，但对于创作，他从来没有说过。这让我想起溥心畬教人画画，教了半天，教了什么呢？他会问人家："写诗了没有？"答："有呀……教我画画为什么问我写了诗没有呢？"他回："写吧写吧，写得多自然会画。"

这便是传统文化的滋养，小火慢炖、滴水穿石，没有速成捷径。

因为见我痴迷，一友人曾买回汪曾祺作品来读，没读两页就跟我急了："这也叫好啊？我看没你的好！"罪过罪过，我如何敢与汪老比肩。"温情脉脉、平淡无奇"确实是汪老文字的特色。一个"淡"字，实则情浓。"一个作家应该通过作品让人感觉生活是美好的，是有希望的，有许多东西弥足珍贵。"汪曾祺不说什么"文以载道"，他在画上题诗："写作颇勤快，人间送小温。"

汪曾祺的文字是温暖的，苏北的文字也是温暖的。这是一个作家对读者或另一个作家的影响。这份影响不止于文字，而是为人处世和生活趣味的全方位影响。

"一个真正能欣赏齐白石和柴可夫斯基的青年，不大会成为一个打砸抢分子。"这是汪曾祺说过的话。

"一个喜欢汪曾祺文字的人，不大可能是虚与委蛇的人。"这是我的判断。

大会选举投票时间，与会代表轮流到投票箱投下庄严一票。轮到我们澳门代表时，我把手机直接递给后面的苏北先生："请帮我们拍照！"回来，苏北先生交还我手机时说了句："好紧张！"这句话把我们都逗乐了："紧张什么呀？"

过后一想，苏北先生是个做事认真的人，哪怕是随手拍照这一桩小事，他都生怕有负于人。而我，对于苏北先生拍下我的照片，更应该郑重地说声："谢谢！"

原打算写《忆·读汪曾祺》的书评，回头一看却写成了拉杂谈。书内的《忆汪十记》和《读汪十记》实在写得干净、精彩，我便不在此赘述了。要不我就学学我家娃写阅读报告的文风："要想知道这本书到底讲什么，你们就自己去买回来看吧！"就此打住。

为什么「去年属马」?

我的床头长期放有汪曾祺的书。睡前一读汪曾祺的文字,白天的俗务尽去,身心释然。这样的文字干净、从容,富有音韵感、节奏感,更有丰富的颜色和风景,可入诗入画,养心又养眼。

人看远处如烟。

自在烟里,看帆篷远去。

来了一船瓜,一船颜色和欲望。

一船是石头,比赛着棱角。也许——

一船鸟,一船百合花。

深巷卖杏花。骆驼。

骆驼的铃声在柳烟中摇荡。鸭子叫,一只通红的蜻蜓。

惨绿色的雨前的磷火。

一城灯。(小说《复仇》)

汪曾祺作品的篇幅都不长,关于"短",他曾经说过:"以己少少许,胜人多多许。短,是对读者的尊重,也是对自己的尊重。"

那么,汪曾祺的作品会否更多地赢得现在读者的喜爱呢?因为,我不时听到这样的论调:"现在长文章没人看了。"说这些话的人,平日都是不读书的,话说得理所当然是情有可原的。很多人对于某种现象的判断都有着斩钉截铁的自信,我不知道这份自信源自哪里,起码我做不到让自己拥有这样的自信。

短,也许确实是汪曾祺可以进入更多读者视野的原因;兼之汪曾祺的作品值得反复读,甚至大声朗读。在人生不同的阶段读汪曾祺的作品,有不同的领悟。

《去年属马》是汪曾祺一九九六年创作的一篇小说,实在很短,不到一千字,主角叫夏构丕。夏构丕是"夏狗屁"的谐音。这个人是流浪孤儿,又因为是山西人,在阎锡山的队伍里当过兵。新兵造花名册时,问他:"姓什?"——"夏!""叫什么?"他说:"知不道。"——"一个人连自己的名字都不知道,真是狗屁!你就叫夏狗屁吧!"他叫了几年夏狗屁。后来太原被八路军打下,他成了"解放战士",照例要填登记表,管人事的干部把"夏狗屁"改成

"夏构丕"。问他:"多大岁数?"——"知不道。"又问:"那你属什么?"——"去年属马。"

夏构丕属特殊时期的特殊人物。

小说一开头,夏构丕随造反派去"我"家抄家,拿了一个剧本仔仔细细地看,"我"有点紧张,怕他鸡蛋里挑骨头,找出什么反革命问题来。第二天,牛棚的几位战友告诉"我",夏构丕不识字。然后就是上文那段关于夏构丕过往经历和名字由来的叙述,点睛处是"去年属马"这一句。至此,夏构丕的形象已经非常鲜明,而这不过是作品的一半篇幅。一连串"知不道""夏狗屁"之后还出现了小高潮:"去年属马!"记得第一次读到这里,我乐出声来。过后,每每读之,总能会心一笑。

接下来的情节呢?肯定是每一个读者都想知道的。汪曾祺用余下的篇幅,讲了夏构丕两个故事——

有一天上班他忽然异常兴奋,大声喊叫:"同志们,同志们,以后咱们吃炸油饼可以不交油票了!"(那时买油饼需交油票)

"为什么?"

"大庆油田出油了!"

"大庆的油可不能炸油饼!"

"咋啦?"

又有一次，他又异常兴奋地走进战斗组，大声说："刘少奇真坏！"

"他怎么又真坏了？"

"他又改了名字了！"

"改成了什么？"

"他又改名叫'刘邓陶'啦！"

我通篇都在强调《去年属马》的短，其实，文章的精彩很多时候取决于结构的力量。汪曾祺的文风受晚明小品影响，自言有张岱的影子。小品的特点是体制短小，在创作风格上趋向于生活化及个人化，是真性情的流露。短文难为，难在惜字如金。

在《去年属马》中，汪曾祺每每三言两语，就制造出一浪接一浪的精彩。我第一次读时，真的担心过，已经这么精彩了，怎么收尾啊？"豹尾"是稍微懂得写作的人都知道的，但写出一个有力的结尾却不是容易的事。且看睿智的汪曾祺怎么结束这篇作品：

夏㭊丕成了红人，各战斗组都想吸收他。为什么呢？因为他去年属马。

戛然而止，止得果断有力，却余味无穷。

读者如你，请不要问"为什么去年属马"这样的问题。

汪曾祺的作品一直是出版界的抢手货。小说集、文集、自选集一出再出，但我发现，《去年属马》这一篇在各类汪氏作品集中鲜有出现。我手上的这本，是北京燕山出版社一九九七年出版的，书名就叫《去年属马》。

二十年过去了，"去年属马"的人好像越来越多了。

吃出六朝烟水气

今年在南京过了半个端午节。之所以是"半个",是因为上午人在南京,下午便乘飞机飞回澳门,一个诗意的节日瞬间没了诗意。

南京的朋友还是为我安排了上飞机前的午餐。餐馆先送上一盘迷你粽子和带壳切开的冒着油的咸鸭蛋。送餐的小姑娘属于"迷糊"一族,错把"端午"说成"中秋",众人在哈哈一笑中剥开粽子。

南京人过端午节,除了吃粽子,还要吃"五红",即五种带红色的食物。端午节正值仲夏,天气高温湿热,滋长了蛇虫鼠蚁,病毒横生。门楣处插艾草、菖蒲本就有驱毒辟邪之意,端午这一天吃"五红"也是驱邪讨彩。当天餐桌上的"五红"有烤鸭(皮红)、咸鸭蛋(高邮咸蛋心红)、虾（身红）、苋菜（汁红）、杨花萝卜（小萝卜外红里白，去根去缨，用刀背轻拍，使之裂开如开花状），不知是否传统的"五红"食物。汪曾祺在《端午的鸭蛋》中写家乡高邮在端午这天有吃"十二红"的习俗，他说已经记不全十二种食物，只记得油爆虾、咸鸭蛋、苋菜是有的。今天，小龙虾也有加入南京人端午"五红"系列的资格，当时得令、有底气。在这个人人以"吃货"自居的年代，传统不再重要。

对一城一地的情感，很多时候体现在"吃"上。对一个地方的食物有多想念，就表示你对这个地方有多喜欢。看过一部电影《罗曼蒂克消亡史》，没太看明白，却记住了一句台词："喜欢哪儿，就喜欢吃哪儿的饭。"经验证明，味蕾记忆要比大脑靠谱。所谓"乡愁"，一半是来自对食物味道的思念。

我从一九九六年第一次以硕士研究生身份到南京大学报到开始，至今二十年，和南京这座城市的联系千丝万缕，越织越密。最没想到的是，我在南京竟然有了很多亲戚。我先生的妈妈，也就是我婆婆，生长在南京六合，在北京念大学，毕业后留在北京，娘家人却全在南京。我自结婚后，每次到南京，就多了一个节目：亲友会面。婆婆的娘家是大家族，亲友聚会要以家庭为单位派代表参加，一般囿于场地，年轻的一辈没有出席的资格。从此，南京美食于我，多了一份亲情。

岁月流逝，我对在南大上课学习的记忆越来越淡，却不忘校门前早点摊的小馄饨。馄饨小巧，汤色清亮，上面撒的葱花和虾皮似在跳舞。后来，"阿要辣油啊"这句"名言"让南京小馄饨在全国名声大振。我还忘不了新纪元酒店鲜美的小河虾烧萝卜，浓汁中的一红一白各领风骚。课余时间，我常在新纪元酒店吃饭，服务员见我一个人，告诉我可以点半份菜，价钱也是对半。吃，岂止是口腹之欲，一份体贴入微的服务也是要计算在好吃的总分之内的。

在我心目中，南京是把世俗和精致结合得最好的城市。对于南京城、南京人，最准确到位的描述是吴敬梓说的"六朝烟水气"。《儒林外史》中两个挑粪桶的小人物是在世俗中精致着的代表：劳作之后，一日将尽，他们是要吃茶、看日落的——"真乃菜佣酒保都有六朝烟水气！"南京是北方中的南方，南方中的北方。正因为此，南京被指没特点、没个性。京剧旦角流派中，梅派也曾经被指最没有特点，但梅派的综合指数最高。作为六朝古都和民国首都的南京，大气是这座城市的气质，四平八稳、不徐不疾是古都风范；且南京人身上自带没落贵族气，不大惊小怪，挂在嘴边的"多大事啊"，显示出见过世面。

南京人好吃毛鸡蛋这一口，便是在世俗中精致着的典型。

毛鸡蛋，也叫旺鸡蛋、鸡仔蛋、毛蛋，是因鸡胚停止发育而死在蛋壳内尚未成熟的小鸡，这是由于鸡蛋在孵化过程中受到不当的温度、湿度或某些细菌的影响所致；但平时食用的毛鸡蛋是人为令鸡蛋停止孵化而制作出来的。

关于吃毛鸡蛋，我认为一定要听南京姑娘讲述。南京姑娘兼有北方人的豪爽和江南的灵秀，容貌清丽，语带幽默，不乏慧黠。

南京姑娘说，吃旺鸡蛋，椒盐、小凳是标准搭配。想象一下，清秀的南京姑娘，整齐划一地端坐街头小凳上，蘸着椒盐，喝着蛋壳里的汤汁，享受全鸡或半鸡半蛋的美味，是怎样的一道风景。南京姑娘叙述时的神态，足令我心甘情愿地相信旺鸡蛋就是天下第一美食。但想到死在壳内已然成形的小鸡，我又顿感毛骨悚然。在我看来，任何动物的死相都很难看。羊头、鸭头一类的食物我都拒吃。小时候，家里来了亲戚，外出用餐时点了一道"狮子头"，我闻菜名而色变，当即号啕大哭，此时我的脑海中呈现出面目狰狞的真的狮子头被端上餐桌的情形。所以，"狮子头"这道菜的洋名必须得是stewed-pork-ball，而不能简单粗暴地直接翻译成lion-head，否则吓煞老外！南京街头卖旺鸡蛋的老板也有神通，只消拿起鸡蛋摇一摇，就能准确无误地分辨出是全鸡、半鸡半蛋还是全蛋，满足不同食客的要求。听说，南京姑娘可以一口气吃二十个旺鸡蛋，有气吞山河之势。如果亲眼得见，一定要故作镇静；一旦大惊小怪了，人家姑娘接过老板装满水的塑料瓶洗手去腥之后，很可能抛下一句："多大事啊！"

从旺鸡蛋、鸭血粉丝汤、皮肚面、鸡鸣寺汤包，到近年的小龙虾，都是南京人偏爱的美食。但如果说南京人的至爱，无可替代的是鸭子。焖炉烤鸭出自明代宫廷，又称南炉鸭，成祖北迁，将其从南京带到北方，传至民间，故北京烤鸭之始祖在南京。今日南京，除了盐水鸭，也有烤鸭，南北兼得。曹雪芹困居北京西郊写《红楼梦》，曾说："若有人欲快睹我书，不难，惟日以南酒烧鸭享我，我即为之作书。"南酒即花雕酒，烧鸭即南炉鸭。对于困顿潦倒的曹雪芹，乡愁即美食。《红楼梦》中写行酒令，游戏规则是要有桌上一样食物，曹翁让书中人物说出"这鸭头不是那丫头，头上那讨桂花油"。可见，鸭头是曹家的菜肴，也是南京人家的菜肴。

记得有一次端午节，我路经居民区菜市场，看见大太阳底下，人们在一家卖鸭子的门市店前排起长龙，为的是买只鸭子过节。南京人过节要吃鸭，天气热不想下厨做饭，也买鸭子吃。无论是家宴还是在外请客，宴客的餐桌上，鸭子必然是一道菜。南京人爱鸭子爱到了极致，且尤爱麻鸭。汪曾祺笔下，高邮大麻鸭是著名的鸭种，鸭肉多，鸭蛋也多。鸭头、鸭脖、鸭胗、鸭肝、鸭舌、鸭腿、鸭翅、鸭掌……鸭子之于南京人，浑身上下还有哪一处不可吃的？更想象不出，如果没有鸭子，南京人的饭桌将如何成席？南京人会把真空包装的盐水鸭当手信带给外地朋友。同样是盐水鸭，一旦在当地吃过新鲜的盐水鸭之后，再吃真空包装的，便是曾经沧海的感觉。见过、吃过，是一个"吃货"必修的基本功。

阅读是一场人生的修行

联合国教科文组织自一九九五年起将每年四月二十三日定为"世界读书日",以此推动全民阅读。

阅读是一场人生的修行,在阅读中寻找更好的自己,让自己变成理想中的样子。

世界很大,充满喧嚣,实则每个人都是孤岛。

通过阅读,我们感知世界、了解世界;通过阅读,我们积累知识、启发智能;通过阅读,我们聆听自己内心的声音。

阅读,是寻找也是遇见。

"嘤其鸣矣,求其友声。"

素不相识的作者,写出自己内心无法言说的感受,那份懂我如你的知己感,令天地为之明亮。作者和读者因为遇见的缘分而相互成就。

"世界读书日"让不相识的你、我、他紧紧联系在一起，体验共读之乐。

这场名为"阅读"的漫漫修行，最终将拓宽我们的视野，改变我们的格局。因此，读什么样的书，是决定阅读高度的关键。无疑，好作品能够为人带来温暖，让人感觉生活是美好的、有希望的。

今天，我要推荐的正是一部这样的作品——香港青年作家葛亮的自传小说《七声》，全书由七个独立成章的故事组成，记录了作者的成长轨迹。小说以第一人称"我"——主人公毛果叙述他人生中遇见的故事，以小见大地呈现了大千世界的众生相。此间有城市边缘人成洪才一家、在朝天宫摆摊做泥人的尹师傅、餐厅的打工妹阿霞、大学时期相识的特立独行的安……毛果是串联这些故事的主线人物，读者随着毛果一双少年的眼睛看世界，童心与人间烟火天然成趣，不失温存底色。这双眼睛看见人性的善良，也看见了人生的不得已。这是文学作品的上乘之相。

毛果的眼睛，让我想起葛亮在另一部作品《戏年》中描写的《城南旧事》电影海报上的那双眼睛：同样的纯净而深邃。《城南旧事》这部作品，曾经让童年时的我第一次思考何谓好人和坏人。比如作品里的那个"小偷"为何没有让我觉得他是坏人？而那个"疯子"，我只记得她那副思念的神情。好作品能够让人记忆犹新。

同样，毛果的目光所及，看似日常，实则令读者心动。七个故事，对于在城市中生活的我们来说，俱带有"传奇"味道。因为好看，所以精彩。

比如《泥人尹》中，当毛果爸爸以"艺术"评论尹师傅的泥人作品时，尹师傅的反应是这样的：

> 尹师傅沉默了一下，手也停住了，说，先生您抬举。这江湖上的人，沾不上这两个字，就是混口饭吃。
>
> 都听出他的声音有些冷。

大音希声，真有本事的高手不刻意卖弄，更不会喋喋不休。而这简单的勾勒，却让读者有追读下去的欲望。尹师傅的过去是传奇，按说眼前的尹师傅到了人生尘埃落定之时，讲述其过往已足够精彩，作者的续笔仍出人意表。

转述故事实在是吃力不讨好之事。作家文字之好与我口才之拙对比鲜明，然而我今天的任务是共读与推介——共读一段文字、推介一本好书，于我来说又是义不容辞。所以，我这里只说七个故事中让我最喜欢和最感动的。（非要在七个好看的故事中选出"之最"来，我也很为难。）

《洪才》是我喜欢的一个故事，写毛果和洪才这两个家庭背景完全不同的孩子的友谊。这是一篇写友情写得很纯粹的小说，连带着写了洪才的阿婆、父母、哥哥、姐姐，勾勒出热热闹闹的人间烟火中一个平民家庭的样貌，背后是生活的不易和艰辛。

毛果的这双眼睛又犹如电影镜头，带着读者进入洪才的家：先是一只叫高头的鹅张着翅膀扑棱过来——这对于城市孩子是多么刺激的一件事；然后是面色苍老的洪才妈妈出场——毛果误叫了"奶奶"的人。

堂屋里弥漫着奇异的腐旧气息，像是浓重的葱蒜味混了中药的味道；毛果喝着成家用很大的搪瓷茶缸盛的酸梅汤，吃着成妈妈做的通体碧绿的青团；成家后院有一个满是葡萄藤又搭着丝瓜、苦瓜的杂果架，还有种了花生、毛豆、麦子的一小块田地……这里于小毛果而言无异于"世外桃源"了。

作者对于细节的描述，五感俱全，让读者如身临其境。

毛果这双眼睛更是干净的、认真的：

他们并不懂得我。我很珍视成洪才给我的这些蚕，像是看守了一些希望。

讲到高兴的时候，她抬起头来，眉目温柔地对你一笑。我想，我要是有个这样的姐姐多么好。

很多人写得出人心的曲径通幽，却写不出人性的本真，写不出内里的纯朴和善良。

洪才的姐姐洪芸恋爱了，被洪才和毛果看见，姐姐不忘嘱咐两个孩子不许讲，两个孩子一口答应。但随即毛果却天真地问:"我们不要讲什么呢?"孩子的天真,就在葛亮的笔下这样活灵活现。

随着时间的流逝,城市在变迁,《洪才》的故事最后以阿婆的死以及洪才一家的搬离告终。读到小毛果追着卡车不舍地喊出"你还要回来的,对吧?",有些让人心疼。

离别是文学作品中常常描写到的场景,也是一个可以专门成章的题目。《七声》中这七个遇见的故事,最终呈现的都是离别,忧伤地映照出残酷的现实人生。葛亮笔下的故事如山涧清泉,汨汨而出,顺势奔流。他以淡笔写深情,文字洗练干净,情感点到即止,不滥情,不过度,有古典味的余韵,这既是语言风格,也是叙述方式。

因为好奇,我曾问过葛亮,为什么喜欢用两个字来做书名或文章标题?比如他的《朱雀》《北鸢》《戏年》《问米》《绘色》……记得当时他说:"汉语的优势,最精粹的地方就是简洁而意涵丰富。古人的作品,今人难以望其项背。这是我想做的一点努力吧。"

尊重古人,敬畏传统,眼中有善良,将心比心。通过阅读作品而感知作家的内心,阅读潜移默化的力量也在不知不觉间生成。

四月二十三日,让我们一起阅读,让阅读真正成为一种习惯!

文化是一种影响力

二〇一七年暑期书展,太皮、贺绫声和我,配合新书发布,做了一场联合讲座。书展主办方给我们的讲座题目是"文学跨界三人谈"。太皮的作品常成为本地影视改编的目标;贺绫声写诗、爱摄影,也把文学作品拿来玩影像。他俩比我会玩,跨界经验也比我多。但既然书展主办方定了"跨界"的主题,那就讲一点我的理解。

现代社会专业化的精细分工,让人们在讲求专业和强调专业的同时,也在所属领域里故步自封。"跨界"是跳出当行本色,去做另一类看似不太沾边的事,出其不意。现在说"跨界",我们看到的更多是生活的多彩和人作为个体的个性。

斜杠(slash)人才中的斜杠(/)符号表示跨界者的多

重身份或者职业。比如有人本身是律师，下班后脱去西装，就变成了厨师；有人以小本营生养家糊口，日暮时分，收档拉闸，变身为乐团的乐手。林怀民本科读的是新闻专业，却投身舞蹈界，最终创造出文化品牌"云门舞集"。白先勇是作家，其作品《游园惊梦》于二十世纪八十年代被改编成话剧，舞台上时见白先勇谢幕的身影；再后来，白先勇以昆曲青春版《牡丹亭》制作人的身份，扛起推广传统文化的大旗。这些，都可视之为跨界。

文化是思想、文字、语言的表达。古代的文化体现于"六艺"：礼、乐、射、御、书、数。之后便是衍生出来的书法、音乐、绘画等艺术门类。因此，古代有不少文人是跨界高手。

苏东坡的词，成了千古绝唱。"人有悲欢离合，月有阴晴圆缺"，词意浅显，后人却无出其右。再看这首词面世的缘由：某年中秋，苏东坡通宵畅饮，醉后成此篇，顺带想念一下弟弟子由（丙辰中秋，欢饮达旦，大醉，作此篇，兼怀子由）。这与王羲之当年兰亭雅集醉后书就的《兰亭序》有异曲同工之妙。王羲之酒醒之后，又把原文重写了多遍，却终究无法达至兰亭集会时的水平。一阕《水调歌头》，如果让苏东坡重作，亦十有八九无法超越醉时写就的水平。可见，创作的最高境界是轻轻松松地玩，却能得到出人意料的结果。

你可以说，他们是文人，作诗、填词、写字是分内事，写不好才怪！

但是你看，当苏东坡遇上猪肉，便烹饪出肥而不腻的红烧肉，被人们冠以他遭贬时期在黄州开荒种地时"东坡居士"的名号，"东坡肉"由此叫响，变成一道传世美食。今人所谓的文创与美食，套路不外如是。而苏东坡的创意，竟然是九百多年前的事！

乌台诗案后，苏东坡被贬黄州，在人生的低谷处，写下《黄州寒食帖》，盛放的春天成了他落寞萧瑟的秋天，让人一读一痛：

年年欲惜春，春去不容惜。今年又苦雨，两月秋萧瑟……空庖煮寒菜，破灶烧湿苇……

《寒食帖》，纸本，一十七行，共一百二十九字，成了苏轼行书的代表作，在书法史上影响很大，被称为继王羲之《兰亭集序》、颜真卿《祭侄文稿》之后的"天下第三行书"。

苏东坡横跨文坛、美食、书坛等领域，恣意驰骋。

明代三才子之一的徐渭，是文学家、书画家、戏曲家、军事家，是中国"泼墨大写意画派"创始人、"青藤画派"之鼻祖，也称徐青藤。齐白石自称愿为青藤门下走狗，毫不掩饰对偶像的崇拜。他是荒诞派戏剧鼻祖，开启戏剧形式多样化的先河。他自称书第一、诗二、文三、画四。这样一个跨界高手，却多次参加科举考试而名落孙山，放在今天看来也是读不上大学的。循规蹈矩，平步青云，是一种世俗定义下的成功。显然徐渭不是。因为时运不济，因为精神有问题，徐渭曾经自杀过。不走寻常路的奇才，特别有故事。

再讲一个有人跟溥心畬学画的故事。溥心畬是谁？他是皇族后裔，姓爱新觉罗，是清恭亲王奕䜣之孙，诗文、书画、收藏，皆有成就。他与张大千齐名，有"南张北溥"之誉。溥心畬对来学画的那个人讲，去读诗。来人不解，说我是来学画，不是学诗。溥心畬说，诗读得多，自然会画。

这说明，文化素养和知识结构，决定一个人能够走多远。

有人说，作家经营好文字就行了，玩那么多做什么？其实，跨界，并非不务正业，而出于对生活的热爱。跨界是以个人在一个领域的突出成就，来形成更广泛的影响。如白先勇以其文学成就带动了年轻一代热爱昆曲。

近年来，澳门呼吁"走出去"之声不绝于耳：文学走出去，文创走出去，文化走出去！走出去的意义，在于我们如何通过这一途径来影响别的文化。说到底，文化是一种影响力。没有影响力的"走出去"，注定要在滚滚红尘中被湮没。

我的老师汪曾祺

在键盘上敲下这个题目时,我觉得自己是高攀了,而且这份高攀很不靠谱,比"我的朋友胡适之"之类的更不靠谱。因为我只读汪曾祺其文,并不识其人,这样又怎能以此为题作文呢?

然而,作为一个澳门作者,我承认,自己当年第一篇正式投稿《澳门日报》的文章,确实是在模仿汪曾祺体。这篇文章被时任《澳门日报》副刊主任,同时也是作家的林中英发现,促成了我后来开始写专栏的机缘,一写就是二十多年。

这样一来,说汪曾祺是我的文学启蒙老师,似乎并不为过。

书法、绘画、学戏、拍电影等,哪一样不是从依样画葫芦的模仿起步？虽然我已经记不起第一次读汪曾祺是何时何地、什么作品，但这又有什么关系呢？

在一块豆腐块大的容纳七八百字的地盘内，要说清楚一件事，首要是驾驭短文的能力。汪曾祺是我效仿的对象。汪曾祺作品的篇幅都不长，关于"短"，他曾经说过："我牺牲了一些字，赢得的是文体的峻洁。"汪氏文字的风格，或者说"气味"，一直在影响着我。

而我相信，在人生的不同阶段读汪曾祺的作品，会有不同的领悟。

年轻时，我被汪老文字的"气味"吸引。但如果只一味地强调汪曾祺的文字，终归还是片面的。

汪曾祺的文章与中国传统散文一脉相承，他自己说是承袭了"明清散文和五四散文的传统。有些篇可以看出张岱和龚定庵的痕迹"。所谓的文脉，便是如此，内里包含的是中国传统文化的精华，尤其是为人处世的态度。

人到中年读汪曾祺，既学其文，也学其对待生活的态度。

芸芸众生，并没有真正的谁比谁过得好，人与人的不同在于对待生活的态度而已。平凡如我，总是小挫折连着小失败，这些串成了我的人生经验。在我经历人生低谷时，汪曾祺的文字是最具疗效的"药"，就是这些读来给人希望的作品，一次又一次地成为拉我一把的救命稻草。"写作颇勤快，人间送小温"，这是汪曾祺追求的人生和谐，也是我追求的人生目标——小温足矣。

汪曾祺的人生经历，大致分为四个阶段：十九岁以前在家乡高邮，在昆明求学七年，在上海短暂待了一年多，此后一直在北京——中途到张家口沙岭子劳动四年。可以说，北京是汪曾祺居住时间最长的地方，也是他最后的家园，尽管他的写作离不开家乡高邮。

汪曾祺的祖父是清末拔贡，写得一手好文章。父亲汪菊生多才多艺，是更接近名士的人——会画、通篆刻、摆弄各种乐器、养蟋蟀、伺候花草，擅长体育、练过中国武术。汪曾祺自幼跟着祖父学古文、习书法，看父亲画画。他报考西南联大，是冲着这所大学中文系有闻一多、朱自清、沈从文先生去的。他记得闻一多讲《楚辞》，开场白如是："痛饮酒，熟读《离骚》，乃可以为名士。"深受家庭环境和师长风度的影响，汪曾祺的作品体现了儒家思想中的"仁"和"恕"。我相信，这也是他的生活态度："我当了一回右派，真是三生有幸。要不然我这一生就更加平淡了。"因为是右派，汪曾祺被下放到张家口农场劳动，小说《七里茶坊》《羊舍一夕》中有这段经历的影子。他写的《果园杂记》《葡萄月令》等散文作品，如童话般美好。他是把日子过成诗的人。这便是汪曾祺的高度。

这也让我想起，放下文学后的沈从文，专心致志地研究起文物，成了文物专家。王世襄常挂嘴边的一个词是"不冤不乐"，回忆起落难时的张伯驹，用"不怨天，不尤人，坦然自若，依然故我"来形容他。

这是老一辈文人和知识分子，包括汪曾祺在内的群像。传统文化的精髓天然地融在他们的血液里。

汪曾祺笔下的人物，都很有传奇色彩，他却惯用淡笔来描摹人生之奇。

《皮凤三楦房子》这篇作品，写了一个有传奇色彩的鞋匠高大头："小时在家学铜匠。后到外地学开汽车，当了多年司机。解放前夕，因亲戚介绍，在一家营造厂'跑外'——当采购员。'三五反'后，营造厂停办，他又到专区一个师范学校当了几年总务。以后，即回乡从事补鞋。他走的地方多，认识的人多，在走出五里坝就要修家书的本地人看来，的确很不简单。"

高大头之于小地方来说是这样的："小地方的人有一种传奇癖，爱听异闻。对一个生活经历稍为复杂一点的人，他们往往对他的历史添油加醋，任意夸张，说得神乎其神。"

高大头就是在小地方遇到了人生的大麻烦：挂牌、游街、批斗。

不过即便如此，他还养菊花。"没有地方放，他就养了四盆悬崖菊，把它们全部在房檐口挂起来。这四个盆子很大。来修鞋的人走到门口都要迟疑一下，向上看看。高大头总是解释："不碍事，挂得很结实，砸不了脑袋！"这四盆悬崖菊披披纷纷地倒挂下来，好看得很。高大头就在菊花影中运锉补鞋，自得其乐。

汪老的用词，简洁到不能再简洁。描写四盆挂着的悬崖菊"披披纷纷"，静态的花瞬间有了动感。在定格的场景中，高大头在菊花影中运锉补鞋、自得其乐这一幕，我读出了感动。无论什么人，无论命运如何，都有追求快乐的权利，哪怕他的快乐是微不足道的。"一箪食，一瓢饮，在陋巷，人不堪其忧，回也不改其乐。"颜回和高大头，实则是"仁者不忧"之古今写照。

一九七九年汪曾祺得到了平反，面对不少人问他这些年是怎么过来的，他只有四个字——"随遇而安"。

所以，汪曾祺不仅仅是我文字上的老师，还让我学会如何在不快乐的日子里保持心灵丰沛。生活中的低谷并不妨碍一个人内心的高贵。

"四人帮"倒台后，高大头本来应该可以有个公道的说法了，但汪曾祺没有在这里纠缠，而是写了另一件事："高大头和朱雪桥迭次向房产管理处和财政局写报告，请求解决他们的住房困难。这个县的房管处是财政局的下属单位，是一码事。也就是说,向高宗汉和谭凌霄写报告(至于谭、高二人怎么由造反派变成局长和主任,又怎样安然度过清查运动,一直掌权,以与本文无关,不表)。"之后又是一番曲折。小说的结尾告诉读者,谭凌霄、高宗汉忽然在同一天被撤了职。这是一个惩恶扬善的光明的结尾,但汪曾祺却在后面一段写了一句:"在听到他们俩撤职的消息后,城里人有没有放鞭炮呢?没有。他们是很讲恕道的。"

如果高大头这个故事让当代的小说家来写,光是"恕道"这一点,就可以长篇大论一番。而智者从来惜字如金,《论语》是典范——

子贡问老师孔子:"有一言而可以终身行之者乎?"

"其恕乎!"

我觉得汪曾祺是孔子的化身,在情感和文字上,点到即止。这两个人隔着两千多年的时空,却同样地用一个"恕"字解读了人生。

孔子是万世师表。而我叫汪曾祺一声老师,又有何不可呢?

那些偏爱蓝色的艺术家们

"不是不修书,不是无才思,绕清江买不得天样纸。"这是我学生时期那会儿读的元散曲,愚笨如我,百思不解,"天样纸"是什么纸?后来我在北京一住经年,直住到雾霾深重,却由此独创了对"天样纸"的理解,那就是有变幻的白云作点缀的湛蓝天空。

我一直深爱蓝色,爱一切的蓝。而蓝色系的丰富也着实可观,从我们常说的天空蓝到矢车菊蓝、皇室蓝、哥伦比亚蓝、爱丽丝兰、国际奇连蓝(克莱因蓝)等,种种都有想象之外的美。如果宋代的工匠们对蓝色系有深入的了解,就不会被艺术家皇帝宋徽宗的"雨过天晴云破处"的颜色要求难倒。据说这源于宋徽宗的一个梦,梦到雨过天晴,远处天空呈天青色,醒后他要求造瓷工匠造出"雨过天晴云破处"这样令其着迷的瓷器；最后由技高一筹的汝州工匠造出，从此世上多了一种传世瓷器——汝窑瓷器，天青色釉便是这种瓷器的典型特征。我想，宋徽宗是偏爱蓝色的。他的《瑞鹤图》是为国运永祚祈福，堪称珍品，是其艺术成熟时期的代表作。群鹤在用淡石青烘染的天色背景中上下翻飞，姿态不一，翱翔灵动，无有同者。作此画时，他的内心应是快乐的，北宋都城汴梁，也曾祥云朵朵，引鹤来翔。创作此图后的第十五个年头，即公元一一二七年，徽宗被俘，北宋灭亡；后人再观此图，却透过这天空的青色读出了这位最有才情的皇帝内心的孤独，也仿佛能听到群鹤哀鸣的繁华易逝之声。

蓝色属于冷色系，她在炫目的五色中保持遗世独立之姿，属于高冷型。喜欢蓝色的人，在喧嚣的世界里，有着内心深处无法言说的孤独。凡·高的《星夜》，便是用蓝色将孤独推向了极致，每每凝视之，便会生出一种无可奈何的情感来。

宋徽宗和凡·高，一中一西，更遑论中间相隔七百多年，却同样用蓝色表达出深刻的内心世界。而就在凡·高画出第一幅《向日葵》的一八八八年的前一年，马克·夏加尔出生了。这位出生在白俄罗斯的犹太人曾长期生活在法国南部，他和同时期的艺术大师毕加索、马蒂斯齐名。

这个夏天，我们不必向往地中海的蔚蓝海岸与明媚风光，到澳门艺术博物馆即可观看正在举行的《命运的色彩——夏加尔南法时期作品展》，满眼的蔚蓝色能同时让眼睛和心灵充电，那份如梦如幻的蔚蓝，是画家生命的寄托。

夏加尔笔下的蔚蓝是令人见之难忘、足以带我们入梦的色彩。初观夏加尔半个月后，我又在澳门文化中心欣赏陈宝珠、梅雪诗演出的唐涤生经典粤剧《蝶影红梨记》。这一次，我竟在舞台上撞见了夏加尔的蔚蓝色。

《蝶影红梨记》是一个传奇故事，看惯大戏的观众都不会纠缠于梨花到底是红是白、有无蓝色蝴蝶一类的"杠精"问题。王维的《雪中芭蕉》在中国绘画史上争论极多，热带植物芭蕉如何出现在北方寒地，又如何能在大雪中不死？这给蝴蝶们留下了千古争论不休的话题。然而，超越现实世界的艺术既是抒情更是寄意。"庄生晓梦迷蝴蝶"，已是人蝶难辨，而剧中翩翩蝶影引书生赵汝州到红梨苑，眼前人神交已久却认不得。作者有意让剧情延宕，观众意绪无穷。蝶影是蓝色的，红梨苑开满红梨，舞台确实美轮美奂。

过后读了小思老师的文章《翩翩蝴蝶影》，里面讲了一段有意思却极有启发意义的往事："那蝴蝶，一身之美该是什么颜色？泥印本和历来舞台演出，都是红色。一九五九年的电影版本却是蓝色。今回上演版本，全出多泥印本，独独《窥醉》《亭会》中，蝴蝶与素秋所穿之色，均改用了蓝色。"关于何以泥印本是红色，偏偏电影版是蓝色这一点，小思老师的分析是，唐涤生曾就读于上海美术专科学校，懂得西方美术技法。小思老师从西洋色谱里寻索蓝色的意义——代表宽容，代表真爱，蕴含温柔与遐想。在某些画家笔下是没有恋爱结果的记忆，一种梦境般的转瞬即逝的颜色。

宋徽宗、凡·高、夏加尔、唐涤生，这几位风马牛不相及的艺术家，不约而同地在作品中大片大片地运用了蓝色。也许，正因为内心有着无法言说的孤独，偏爱蓝色的艺术家们才找到了对这个世界最深情的表达方式。

各自的青春回忆，两厢安好

莫言说，作家不必写自传，因为他所写的每本小说，都是自传的一部分。

《芳华》中第一人称叙述者"我"——萧穗子——作为电影里的旁白，风格淡然，带有一点出尘的味道，很有严歌苓本人说话的范儿，如果你见过严歌苓本尊的话一定能理解。毫无疑问，萧穗子就是严歌苓。而《芳华》诉说的，又岂止是一个特殊年代、一个特殊群体的青春记忆。去掉时代背景，所有的情感故事都具有普遍性，放诸四海而皆准。时代、地域，不过是创作者借来的壳，让自己的诉说有所依托，以此来表达创作者的人生态度。

小说《芳华》，是作者严歌苓自传的一部分。电影《芳华》，也是导演冯小刚青春回忆的倒影，投射了他的情感世界。

这部作品，是编剧和导演花开两朵、各表一枝的芳华。

冯小刚表述的是：在无能为力的人生中，我们唯一能自主选择的就是善良。

刘峰的善良无处不在，他为吃不惯饺子的战友煮面条、为准备结婚的战友做沙发、猪跑了他也要帮忙去抓回来……何小萍刚到文工团被要求当场展示一下技巧的时候，接她来的刘峰说话了：坐了两天两夜的火车，这会儿走技巧容易受伤。有人在看过电影后说，像刘峰这种不出众的人，只能靠使劲对人善良来刷自己的存在感。我不敢苟同。善良是一种自然流露的本能；善良一旦被刻意为之或标榜，只算是伪善，常被恶人放大以掩饰其恶。但在鲜活的青春人群中，善良却是最容易被忽略掉的。一个群体中，善良人的存在像空气，我们的眼睛往往更容易被其他特质所吸引，比如帅气、才气，甚至身材、身高。年轻时我们似乎从不把善良放在第一位，甚至误将善良和平庸画上等号。感受善良，需要一种能力，就像爱也是一种能力那样，我们的人生需要经历一些什么之后才能有所领悟。所以，当刘峰拥抱了林丁丁，林丁丁的哭，带有"这怎么可能"的疑问与愤慨，因为人们不相信善良的人会做出这么出格的事。

何小萍这一人物，在原著中叫何小曼。原著对她的成长细节有大量的描写。她的身份是拖油瓶，随妈妈改嫁到继父家，自弟弟出生后，更成了没有被正眼看过的多余的人。唯一被妈妈拥抱过的一夜，是她故意让自己冻病；一件红毛衣成了她成长中的伤痛；皮肤黑、身上有味、顶着一头毛糙的乱发是何小曼的形象……她何以成为日后被人讨厌、被人欺负的对象，是有大量细节铺垫的，作者写出了可怜之人必有可恨之处的人性幽暗。影片中的何小萍，除了比别人爱出汗、容易有体味之外，几乎就是一个人善被人欺的苦主，她的美掩盖了那些人性中的幽暗。原著中的何小曼和电影中的何小萍是两个人，是我们这些看过小说再看电影的庸人两相对比后自惹烦恼。但电影对人物没有细节铺垫，何小萍偷穿了林丁丁的军装去拍照就多少显得不合逻辑了。正常情况下，我认为，开口借一下军装去拍照不难，反而偷偷摸摸更难。原著中何小曼的成长经历，让她像一只街角的老鼠，习惯了躲在暗处。从战场上归来，她被捧成楷模，到处曝光宣讲，与此前惯在暗处的她形成鲜明反差，最后导致精神失常。这个环节，在电影中的处理缺少了过渡。

而那个过度努力的何小萍，有一股生胚子劲儿，想通过拼命讨好别人融入一个团体。实际上，严歌苓笔下的女主人公大都有着生胚子的共性：生得一副好皮囊却不自知，得不到别人的怜悯也就罢了，自己也不怜悯自己，一副勇闯死磕的劲头让读者心疼。然而，人就是那么不一样。同样的东西，有些人得来是轻而易举的；但对于另一些人，却是怎么都够不到。说上天是公平的，不过是用来安慰别人再骗骗自己的一句话。后来，何小萍的那股生胚子劲儿消失了，因为她知道无论自己多么努力，上舞台跳舞还是有难度；无论怎么讨好每一个人，她仍然是群体中最不受待见的一个。对于刘峰一次又一次善良的暖意，何小萍都珍藏心底。刘峰的下场，让她对这个集体、对世道人心彻底绝望。她让萧穗子带话给举报刘峰的林丁丁："我永远也不会原谅她！"但她始终没有行动，这是她的善良。尽管对世道人心绝望，在前线医院看护全身烧焦、濒死的十六岁伤兵时，炮弹来袭，何小萍仍会奋不顾身地扑在伤兵身上，给这个不知道什么是果丹皮的孩子最后的保护。这更是出自本能的善良。

善良的人，并没有因此得到善报。因为，这个世界没有我们想象得那么好。而最终还会选择善良的人，才是真的善良。这是导演冯小刚要表达的。

严歌苓身上也有种无惧天地的生胚子劲头。她十二岁开始学舞蹈，曾经也是集体中练功练得最苦的一个，即使这样，她也很难成为站在舞台中央的最优秀的主角。后来，她从死背英文单词到成为可以用英文写作的知名作家，也是拜她与生俱来的这种与外界死磕的蛮劲所赐。成大事者都有临悬崖而不回头的大无畏精神，包括导演冯小刚。但严歌苓的不同处还在于，她出身于知识分子家庭。她在小说《陆犯焉识》中塑造的陆焉识，具有一代中国知识分子的特点，他们以内心的不妥协对抗这个世界的种种不堪，包括背叛与出卖。

萧穗子对陈灿一往情深，拿出自己的金项链给车祸后的陈灿做最好的牙托，因为萧穗子眼中的陈灿是最好的号手，他不能就此放弃自己的艺术生命。若干年后，萧穗子见到嫁给陈灿的郝淑雯，听郝淑雯轻描淡写地说当年陈灿倒是做了最好的牙托，可是不吹号了，成了到处飞的生意人。在萧穗子听来，这无异于背叛。陈灿和郝淑雯的门当户对，得到了世俗层面的认可，而命运也证明了，陈灿属于世俗层面——成了生意人。这和萧穗子眼中艺术家的陈灿是不一样的。已经成为作家的萧穗子，和昔日芳华岁月的战友拉开了距离，她毫无疑问地承继了知识分子家庭带给她"表面有多温和，内心就有多少不妥协的高贵"的特点。知识分子，或者作家，会时刻和这个热闹喧嚣的世界保持一点距离。我想，这是严歌苓的《芳华》选择了全知全能的俯瞰视角，来呈现特殊年代中特殊群体的一种生存状态的原因。她想要表达的东西比导演更多，关于家庭出身，关于爱和背叛，关于对待往昔的态度……

看过电影的人会有种遗憾：刘峰那么好，林丁丁怎么不喜欢他？何小萍那么美，刘峰怎么不爱她？而回到原著小说里，刘峰只有一米六二的个头，原是山东某个县剧团翻跟斗的……在林丁丁的众多追求者中，一个是摄影干事、一个是医生，无论如何她和刘峰都不在同一层面上。一个特殊年代结束之后，各人回到了属于自己的生活轨道上。这如同大学毕业后的我们，步入社会，进入自己的社会圈子，难免和昔日的同窗渐行渐远。现在流行各类同学聚会，从小学到大学群体的聚会，我都甚少参加。我本来就是个社交懒人，加上人到中年愈加忙碌，实在没有太多的时间和空间来填塞回忆。也许要等到我再老一些，用回忆来打发时光的时候，才能够和故人坐下来一起回首往昔。不过我觉得这样的可能性不大。我相信人以群分。念书的时候，彼此了解又谈得来的同学总共不过三五个。即便成年后成熟了，我也不会一下子变得爱热闹到谁都想见、见了谁都掏心掏肺的地步。每个人交往的圈子很小，那个小圈子才是真正属于自己的集体。

《芳华》的结尾，刘峰和何小萍用他们人生中仅余的善良来相互取暖。因为，这个世界仍然没有我们想象得那么好。我想，在这一点上，导演和编剧应该是一致的。

两地的乡愁

我这人最大的特点是"敢想"。

我成长于澳门,但做梦都想一件事:这辈子能住北京就好了!

后来,梦想成真,我在北京度过了人生中最好的年华。好朋友千黛说,"缘荷方得藕,有杏不须梅"这两句古诗,仿佛是为我的人生度身定做的。

几年前一个统计数字显示,住在北京的澳门人大约有五百人。这个数字放在两千三百万人口的大北京,实在不值一提。实际上,我也不认识几个长住北京的澳门人。十多年来,我一直热闹而孤独地在北京生活。

说热闹,是因为我在北京有一个家,我的交际圈子都是当地人,我和其他北京媳妇没什么两样,甚至比北京人更北京人:喝豆汁儿就焦圈、吃炸酱面必得菜码齐全——搭配色彩赏心悦目的青豆、心里美萝卜丝、豆芽菜等。经年累月,我养成一个半南半北的胃,既爱米饭也爱炸酱面。一段时间不吃这些"老北京",就心心念念。澳门有句古老谚语:"喝过亚婆井的水,就忘不掉澳门。"我将之改写成:"喝得下老北京豆汁儿,一定忘不了北京。"

每年数次往返京澳两地,不知从什么时候起,我习惯用一个"回"字来表述两地间的奔走——"回"北京或"回"澳门。

两地都是家。离开一地,必对另一地魂牵梦萦。

儿子三岁时曾说:"妈妈,要是我们能把澳门搬来北京,或者把北京搬到澳门去该多好!"他的"敢想"比我有过之而无不及,可见我俩在北京和澳门两地均种下了乡愁。

说孤独,是因为我生性不喜热闹。我认为,和文字打交道的人,不应该过度地和世界一起热闹。对人、对事应保持一份审视的距离,不至于只见树木而看不见整片森林。

而这份距离,不远不近,恰恰给了我写成文字的空间。

无疑,北京曾是我着墨最多的地方。我写北京,是站在澳门的角度看这座中心城市。如同画家的画笔、摄影师的镜头,我用文字记录足迹所到。除北京外,从近距离的北戴河、西安、成都、杭州,远到迪拜、伊朗,走马观花的距离感不妨碍我动则写下成千上万字的游记。反倒是我成长的澳门，我却一直很少写。因为熟悉，所以难写。

二〇一三年，澳门最帅气、最有才气的诗人姚风教授问我可愿意为《深圳特区报》的城市专栏写澳门？专栏名《城心城意》，每周五天出刊，由五个城市的作家轮写。出于北京乃至全国对澳门的认知仅限于一个"赌"字的遗憾，出于外人对澳门有太多误读的遗憾，我应下了《城心城意》的写作任务。澳门豆捞店在全国遍地开花的现象，就是外人把豆捞当作澳门经典食品的一个美丽错误。但当北京的豆汁儿遇上豆捞，也会有生发出无限可能的机缘，不是吗？

在北京写澳门，确实是另类乡愁的体验。

这个专栏从二〇一三年秋天一直写到二〇一五年夏天，堪称一段愉悦的写作旅程。张樯是我的编辑，起初我按规定每篇写一千字，可写着写着就超了字数，最多时写到了一千八百字。尽管这样，张樯几乎没有删过我的文字。其间，专栏更换过其他城市，好像天津取代了上海，厦门又被什么地方取代。我问张樯，澳门写到什么时候被取代？张樯毫不犹豫地回答："写到你不想写的时候！"当时，我暗暗定下写一百篇的目标。去年我因工作关系回到澳门居住，不得不中断专栏写作，这成为我心底一个不大不小的遗憾。《当豆捞遇上豆汁儿》一书收入的七十篇文字是我在《城心城意》专栏全部文章的结集，感谢《深圳特区报》编辑张樯、何鸣的友好合作。

感谢姚风教授的牵线和鼓动，包括当初义不容辞的"兜底"承诺：当时我曾问，我写不下去怎么办？姚风说由他续写！

感谢澳门基金会行政委员会吴志良主席，没有他高瞻远瞩、出谋划策，便没有今天"澳门文学丛书"系列作品的不断面世。对于我来说，吴志良先生亦师亦兄，我敬其学者身份，其次才视其为官员。事实上，这位学者官员常常义务为我在历史知识方面答疑解惑，无论是我创作的舞台剧，还是关于澳门的专栏文章。在此一并谢过！

感谢《当豆捞遇上豆汁儿》的责任编辑，也是"澳门文学丛书"的统筹之一——冯京丽女士，其专业素养和敬业精神是丛书如期顺利出版的保障。

还要感谢我的先生李风，多年来在他的"纵容"下，我的"敢想"屡屡"得逞"——编书、写书、写戏、策划演出、上电视做节目等，一一尝试且都能应付下来，不是我有多么过人的能力，而是每每想到有他在后面托起天地，做起事来我便有了十足的底气！

更要感谢读我文字的朋友。因为他们，这些文字才有了价值和生气。

折腾记

北京—澳门，澳门—北京。

十多年间，我没有停止过在这段路程上奔波往返。

回澳门或是回北京，此时，彼时，我都习惯性地用一个"回"字。因为，无论此地，彼地，都有我的家。

在路上，我总是至少带一个或两个超大号的箱子，箱子里满满当当地塞着吃穿用度各类物品。把澳门的东西运回北京，再把北京的东西运回澳门。我的人生充满了这样的"折腾"，乃至梦中常出现来不及收拾行装就要上路的仓皇。

八年前，我身边多了一个每年都高出一大截的小男孩，在这段路上和我做伴。我视他为上天恩赐给我最独一无二的"作品"。我的人生，因为他而不同，而充实满载。

收入散文集《寸心千里》的第一篇文章《十年》，写于二〇〇九年澳门回归祖国十周年之际,这是小人物面对大历史转折的点滴小心愿。转瞬间,仿佛只是京澳路程的几个往返,二〇一四澳门回归十五周年的纪念日就来到了眼前。《寸心千里》收入文章多为二〇〇九年至二〇一四年所写。回看这些文字,"读(闲)书、看戏(剧)、教子",依然是我这几年的生活方式和生活重心。不同的是,此中多了几篇游历各地的文字。

我家"男二号"是"读万卷书,不如行万里路"的奉行者,他最热衷的事是"出走",和我的"天然宅"完全对立。这些年,因为有他悉心安排,我得以走过一般旅游者不会走的地方,看过一般旅游者看不到的风景。现将这些化作文字,以感谢他的相伴、相知与相守。

我生于东北,长于澳门,身上流淌着父亲山东人仁风侠情的血液,也埋藏着母亲湖北"九头鸟"敢为天下先的精神种子。居京十余载,澳门或北京,于我来说,是具象的"家"。东北、山东、湖北,之于我,有着寻根意义上的"家"。而山温水软的江南之地,从来就是我似曾相识的梦中的"家"。

一九五二年,张大千特别为夫人徐雯波创作的《忆远图》,被公认为张大千工笔仕女中的极品。画中题识"云山万重,寸心千里"。此八字出于佚名宋词《鱼游春水》。第一次读,心头为之一撞,呆愣良久。想此十余年间,无论是囿于办公室的方寸之间,还是从办公室退回蜗居相夫教子,自己从未停止过书写。不为别的,只为寸心。以"寸心千里"作书名——自有云山万重无阻寸心千里驰骋之意,兼有"文章千古事,得失寸心知"——敝帚自珍之意。

第四辑

我言秋日胜春朝

花开了，你却不在

二〇一六年五月十二日，由江苏省京剧院演出的澳门故事《镜海魂》再一次登上南京紫金大剧院的舞台。在这个舞台上，《镜海魂》经历了首演，参加第二届江苏省文化艺术节并荣获优秀剧目奖。这一次，是江苏省舞台艺术精品工程的验收演出。

这一天，我意外收获了一盆兰花，心花怒放。我承认自己有点迷信，其实这盆花和演出没有关系，送花人出于爱花、惜花，希望美美共享。

还有人告诉我，这一天，是星乐四十七岁的生日。我说，正好以《镜海魂》的演出和这盆清婉的兰花为星乐庆生。

当时，我不知道星乐的病情。

我和星乐，本不属同一群体的人。因为《镜海魂》，我们有了一次短短的交往、一次深深的一面之缘。

二〇一五年六月,《镜海魂》在北京国家大剧院演出,一群热爱文化艺术的中国人民大学校友结伴而来。看过演出,意犹未尽,他们还想听我这个编剧谈谈创作过程。我应约而去,地点在北京某个文创园区内,小楼有一个好听的名字叫"美瓷会",琳琅的瓷器是这里的主角。热情招呼我的,是短发、一袭蓝衣裙的星乐,明眸带笑,说话做事透着爽朗和干练。相形之下,我是缓慢风格。这么一个小众的聚会,我悠悠地说,围坐的十来个人大校友静静地听。三年创作期的兴奋、困顿和煎熬,此刻都化成了铭心记忆。我忘却生活中还有无限琐事烦扰,我忘却自己马上要告别居住了十多年的北京,重新回到澳门面对新生活挑战的喜忧与忐忑……活动从下午持续到大家共进晚餐,这一切都是星乐操办。晚饭半途,星乐的脸色越来越苍白,我看到她胳膊上有瘀青。她说,自己要早退了。

我只道她是累了,并不知道她的病情。

一周后,我回到澳门生活、工作。时间如流水,日出日落,我依旧为琐事烦扰,经历着生活中的喜与忧。更多的时候,北京之于我,像一个美好的梦,时时召唤着我,却又忽远忽近。

星乐送我一套西式茶具,有我喜欢的蝴蝶图案,还有一大捧鲜花。我把茶具带回了澳门。

二〇一六年九月十九、二十日，《镜海魂》在西安参加第三届丝绸之路国际艺术节的演出，台前幕后近一百人的演职员队伍为这部作品首次登上国际艺术节舞台而雀跃，同时也倍感压力。首场演出顺利圆满，据说西安观众被这台澳门大戏所震撼，口口相传，第二天的演出连剧场二楼的票也放出去了。

二十日白天，我正准备前往西安电视台录制《镜海魂》的访谈节目，却收到了一个消息："星乐因病不治，走了！"我来不及反应，接我的车子已到了门口，然后就是化妆、和主持人寒暄、对稿等；之后又赶到剧场，顾不上吃晚饭。剧场里年轻观众很多，还有西安几所高校的学生，带动了场内热烈的观演气氛。最后一场戏，是主人公沈志亮和恋人若莲的生离死别，有着无限辛酸、无奈和绝望。这是触动泪点的一场戏，写的时候我流泪，每一次看还是忍不住流泪。而当晚，静坐剧场看戏，星乐的消息浮上心头。她的音容笑貌宛在眼前、亦幻亦真。

台上人肝肠寸断；台下，我一次又一次泪湿衣襟。

其实，我并不了解星乐，短短一次见面，我们甚至没有私聊的机会。

她的明亮、热情，及身上的凝聚力，见者难忘。她喜欢精美瓷器，所以有"美瓷会"。她喜欢下午茶，所以也用下午茶招待我。她喜欢唱歌，是合唱团的骨干，所以喜欢上《镜海魂》。她在一次校友聚会的大型活动上担任主持，明丽照人。据说那时没几个人知道她因为生病已经开始大把服药。这样一个爱一切美好事物的女子，顽强地与病魔做斗争。只要见人，她就精心化妆，神采奕奕。而她的生活，并非一帆风顺。

每每想到星乐，我眼前仿佛都有一种光亮。我开始相信，她是一盏灯，用她的明亮照亮天堂，还会一路照亮人间的我们。

星乐送的，是我用过的最好的茶具。记得没过多久，我就把它们收了起来。似乎我已经知晓，与星乐的缘分，仅系于这套易碎的美瓷。

又一年的春天如约而至。再过不到一个月（也是五月），《镜海魂》要参加澳门艺术节的演出了。

星乐，我看见去年的兰花又开花了，而你却不在……

一个可爱的老头儿

澳门戏剧界对戏剧史家田本相这个名字并不陌生。算起来,自一九九六年第一届华文戏剧节在北京召开起,田本相和澳门的渊源也有十多年了。至今,华文戏剧节已轮流在内地、香港、台湾举行过,澳门亦曾作为东道主办过两届。

田先生奠定了中国话剧史研究的基础,之后又有了中国现代比较戏剧史的突破性研究成果。同时,田先生提出北京人艺演剧学派说,更将港澳台戏剧纳入中国话剧史研究范畴。

一九九七年,时任中国艺术研究院话剧研究所所长的田本相,带领我等几个澳门人,开始动手编写《澳门戏剧史稿》。书成于一九九九年,作为澳门回归祖国的献礼出版。

今天以著史的标准来看这本书，确实有所欠缺。当年，我等胼手胝足，从有限的话剧资料中爬梳整理，自感力有不逮——非不为也，实不能也。田本相先生后来宽容地评价此书此事："很高兴看到澳门戏剧史料成书早于香港，尽管香港方面的准备工作在澳门之前。这证明澳门朋友做事认真、勤恳、负责。"田本相和澳门戏剧界的友谊由此奠定。

田本相先生从中国现代文学研究起家，最终成为曹禺研究专家和中国现代戏剧史研究专家，开辟了一条戏剧研究的文化学道路。研究曹禺激发了他研究中国话剧史的兴趣，但他真正决定投身于中国话剧史的研究，是在发现内地戏剧教育和戏剧现状的不足之后。一九八五年，田本相调入中央戏剧学院，发现没有开设中国话剧史的课程；其次，一些戏剧评论家、理论家对中国话剧史缺乏足够的知识，这一状况使他大为惊讶。老一辈戏剧家忠诚守护着中国话剧的战斗传统，被一些人看作落后的保守者；而年轻学者竟然羞于提起中国话剧的现实主义。更让他感到奇怪的是，一些戏剧界人士把现代主义作为最新、最时髦的戏剧思潮，却不知"五四"时期中国的现代主义戏剧已经崭露头角。从其研究过程看，研究历史不可全凭猜想。如果没有当时他的敏锐发现，如果不是他对中国话剧史有足够的认知，那么中国话剧史作为一门专项研究出现，也许至少得推迟数年乃至数十年。

从第一届华文戏剧节到《澳门戏剧史稿》，到来澳门为艺术节剧目《原野》办讲座，我有幸经常接触田先生，见识到这位满腹经纶的学者，既有着铮铮铁骨的正直，又有着平和幽默的一面。自我移居北京之后，田先生的家，每年我至少去两三趟，去了便是吃饭、喝茶、聊天。

田本相先生二〇一二年过了八十寿辰。无论思维的敏捷，还是身子骨的硬朗程度，他都不像八旬之人。当兵出身的他走起路来像风，曾经有过的腿疾现在已经痊愈。每次和他从居住的小区步行到附近餐馆吃饭，见他步履稳健、从容，我由衷地高兴。有时我也逗他："田老师，您斜挎的这个包不错，很时尚！"老头儿用手一拍包："早上遛弯儿，正巧碰见大甩卖，二百五十元！"我忍不住笑出了声："嘻嘻，您该讲讲价，怎么会是'二百五'？"

回望前尘岁月，不少师长对我关爱有加，时有扶持。我从青年走到中年，逐渐咂摸出人生五味。能和这些师长相识，我十分感恩，对他们，常心有记挂。

记得我人生中最是煎熬的博士论文，写时忐忑，完稿后更忐忑，战战兢兢请田先生过目。田先生连夜批读，翌日打来电话，声音里透着欣喜："欣欣，不错！"经田先生火眼金睛，一锤定音之后，我才敢把论文上交给自己的导师。

时移世易，驰骋于中国话剧研究界的田本相先生有感于很多人和事都变了，他也有无奈和寂寞。田先生每年都要出席高等艺术院校学位论文答辩，戏剧以及舞台范畴的论文几乎都要经他审阅。有一年，在答辩前夕，一位论文作者手提礼物，登田先生家门求见。作者满脸愧意地说："田老师，不好意思。我的论文'参考'了您的大作，这点礼物不成敬意。"所谓"参考"，实为抄袭，抄袭者，还是个不大不小的官员。他没想到，阴差阳错，自己正撞在田老师枪口之上。田老头儿在学术界是出了名的认真之人，没有人情关一说，对收礼受贿这等龌龊事更是不屑一顾。

田老师，在学术界一言九鼎。一出戏，一部专著，能得到老头儿的评论文章，是值得炫耀之事。奈何目前作假之风已蔓延至学术界，有高校教授出版专著后写了一篇自吹自擂的文章，却冠以"田本相"之名，投稿报社。事后，作者轻描淡写地告知先生："我借用您的名字写了篇评论文章。"此事搞得老头儿颇无奈！

有一次，一个研讨会活动在午后举行。轮到田先生发言，语调铿锵，掷地有声。我纳闷，老头儿哪儿来的火气？谁招惹他了？等他下来后，我低声问："干吗声音那么大？火气那么大？"哪知老头儿说："我要不使劲大声说话，我困！"

哈哈，好可爱的老头儿！

我与迷糊协会

"五一"劳动节假期前我从北京回澳门。车到了首都机场，坐在副驾驶座上的我，直接下车，接过小男孩他爹从车尾箱搬下来的大箱子，进入候机室。小男孩他爹完成送机使命，开车离去。这是多年来我们生活中一个常见的场景。

我轻车熟路地在澳门航空柜台办理完登机手续，然后过境、安检。到达登机口，开始登机的广播正好响起，我暗自得意时间拿捏得正好。但就在这一瞬间，我忽然发现少了一个手提电脑包。脑海中一路闪回播放：刚才过安检时我手里并没有电脑包，那就是下车时忘记拿放在后座的电脑包了。回澳门一星期的时间，要做的事都在里面，没有电脑，如何是好？排队登机的人龙缓慢移动，我的大脑却在飞速转动。猛然想起，今天也要去澳门参加澳门文学奖颁奖礼的丁启阵教授，乘坐的是几小时后的下一航班。这一刻，丁教授应该还未启程赶往机场。如果让小男孩他爹把电脑送到丁教授手上，由丁教授给我带来澳门，倒是可行。如此这般，登机的同时我费了几次周折，打了几个电话，在安坐机舱关掉手机的一刻，事情安排妥当了。

当天晚上，丁教授带着我的手提电脑安抵澳门，再交由接待单位的工作人员转交到我手上，完成了千里传电脑的一天。我当晚得以打开电脑，在澳门的家中继续开工。丁教授对我没有电脑在身边好有一喻——"土匪下山打家劫舍时，忘了带上趁手的炮盒子"。

去年秋，我曾和澳门笔会的几位朋友，在丁教授北京郊外的山樱小筑打搅过他。那几天大家把我惯常的迷糊事迹随便抖搂一二，已足以给丁教授留下我乃迷糊之人的印象。这次托丁教授带我落下的电脑，丁教授大概也是见怪不怪了。

为此，抵达澳门后的丁教授倡议，成立一个迷糊协会，由于我此前在王府井逛街入神以至忘掉孩子的迷糊事迹暂无人超越，由我坐上迷糊协会的第一把交椅，这伙曾在山樱小筑"同居"过的朋友不会有异议。其他人可自表各自迷糊事迹，竞争迷糊协会理事岗位。

翌日，我一到澳门文学奖颁奖礼现场，首先寻找丁教授，要当面一谢千里传电脑之恩。水月指着离我不远处说，丁教授不就在那里嘛！我趋前和丁教授握手问好，不忘补充了一句，穿了西装的丁教授我不认识了！

去年在山樱小筑带我们爬山、上树、打栗子的丁教授明明是休闲打扮嘛！换了衣服我认不出人，能怪我吗？

澳门文学奖的颁奖活动，谷雨迟到了，因为走错了门。她身体力行，看来是一心奔着迷糊协会理事职位而来。另一个好朋友水月，由于早已有看过的书不记得是否看过的先例，在协会谋个什么"长"是顺理成章的。我为投桃报李，许以丁启阵教授协会顾问一职，谁料遭到教授反对。理由是不要顾问虚职，并举出自己的迷糊事例以竞争理事实职："我曾经脚穿两双皮鞋中的各一只，傲然于京城通衢骑自行车十余公里，到国家图书馆查阅资料。半天后，在馆内走廊漫步时，感觉两腿长短不齐，这才发现问题。只好跑到国图对面的商城买了一双新鞋换上。"

铁证如山，不封丁教授协会实职是说不过去的了！

丁教授向同在颁奖礼现场的我爸抖搂我的迷糊事迹及迷糊协会的笑谈。到底是我爸，早对我的迷糊习以为常，反对丁教授讲述起迷糊于文艺、于戏剧、于人生大有好处的道理来。我爸将当今之所以没能出现伟大戏剧作品的原因，归为剧作家脑子都太清楚、太明白，不懂迷糊之妙处，不懂含蓄之真谛，便不懂虚实相生的艺术规律，等等。

我想起当今戏曲舞台上的《牡丹亭》，杜丽娘们个个青春靓丽，清醒有余，迷糊不足。那是做梦的少女啊，闷在自家的大房子里慵懒春困，看见柳枝摇曳、百花盛开，迷迷糊糊起来，然后迷糊一梦，便是如花美眷，似水流年。

创作者太清醒，笔下难以写出迷糊之境。

相遇是恍惚的，爱情是迷糊的。

现代人太清醒，现代人的相遇是打量对方的穿戴中有无价值连城的名牌；现代人的爱情是在有车有楼的盘算当中，怎能迷糊？

我认为把相遇和爱情写得最好的一处，是京剧《佘赛花》中杨继业和佘赛花（后来老了人称佘太君）两情相悦的一刻：我的影像已经印刻在你的心中，自此恍恍惚惚；恍恍惚惚上马，恍恍惚惚离去。把恍惚之态演得淋漓尽致的是小生名家叶盛兰。

还是杨家将的故事，京剧《状元媒》柴郡主遇杨六郎之后便"行不安，坐不宁，情态缠绵"。"情态缠绵"四字，尽刻恍惚之态。这唱段好听难唱，高低有致中藏着张（君秋）派声腔的甜美，是我最爱的唱段之一。现在的演员唱来太过清醒了。

最后，以读过的一篇《致糊涂》的小文做结尾："孔子发现了糊涂,取名中庸;老子发现了糊涂,取名无为;庄子发现了糊涂,取名逍遥;墨子发现了糊涂,取名非攻;如来发现了糊涂,取名忘我。世间万事唯糊涂最难。"

「妈妈等我回家吃饭」

二〇一五年立冬的前一天,北京下雪了。一夜之间,秋天里最丰富的景色:挺直的青松、扇形的银杏黄叶、浓醉的枫叶,均外裹素衣,这幅初冬的景致令人感动!

而常常在我脑海中定格的,却是最近一次到北京所见的秋景——史家胡同某四合院院落一角的一树黄叶。彼时,深秋未至,落叶未尽,不够澄澈的空气中还夹杂着雾霾的暧昧。我对北京的四合院无来由地喜爱,置身其中,常有故地重游之感,又有被拥抱着的温暖。记忆中,从繁杂纷扰的外界进入四合院的天地,我曾两度有落泪的经历。

尽管在北京居住了十四年,尽管东城区史家胡同离我曾经的办公室很近,但真正来到这里,我还是第一次。

史家胡同是一条始建于元代的胡同,长七百米,笔直而幽深，两旁有树。不远处是游人进京必然一游的王府井，终日人声鼎沸、熙来攘往，越发对比出这里的闹中带静。再隔几条胡同，是慈禧太后的弟弟桂祥的宅院，人称"桂公府"，由于慈禧和侄女先后住过这里，故又名"凤凰窝"。这一带是过去的内城，曾居此处的达官贵人不计其数。史家胡同因居住过史姓人家而得名，也有说史可法曾居此。几百年的胡同，何曾缺过故事？但最打动我的，当数二十四号院落主人凌叔华的故事。

凌叔华，一九〇〇年生人，曾与冰心、林徽因并称文坛三大才女。她是清朝直隶布政使凌福彭之女，凌福彭曾与康有为同榜进士，并点翰林，授一品顶戴，工于词章书画。凌母亦通文墨，爱读诗书。外祖父本系粤中画坛高手，家藏书画极丰。凌叔华曾拜慈禧太后宠爱的画师缪素筠为师，挥笔处"偶一点染，每有物外之趣"。她还曾在辜鸿铭门下学习，打下了古典诗词和英文的基础。她是民国五大散文家之一陈西滢的妻子，是中国作家中著作畅销欧洲第一人，苏雪林评价其文字"幽深、娴静、温婉、细致，富有女性温柔的气质"。

凌叔华二十二岁考入燕京大学预科，翌年升入本科外文系，主修英文、法文和日文。一九二四年，印度大诗人泰戈尔访问中国，时任燕京大学教授兼英文系主任的陈西滢负责接待，凌叔华是燕京大学外文系即将毕业的学生，也参与了接待。这是凌叔华和陈西滢第一次相见，徐志摩、林徽因也在此列。不过，徐志摩心系林徽因，凌叔华却看上了一说话就脸红的陈西滢。凌叔华曾在家以中式茶点招待泰戈尔，足见仍是学生的她，身份、地位超然。之后，凌叔华在陈西滢主编的《现代评论》上发表了她的成名作《酒后》，二人于一九二六年结合。史家胡同二十四号院是父亲赠予凌叔华的嫁妆——一座带花园的四合院。如今的史家胡同二十四号院，已列入名人故居。从一张凌叔华手绘的北京故居图看，房舍院落间有一个骑毛驴的小女孩，那是陈西滢和凌叔华之女陈小滢，如今也成了耄耋老人。

此刻，近百年的光阴就在秋日午后并不强烈的阳光下，透过大树枝叶，斑驳地、一点一滴穿越而来。人立树下，依稀听到，这里曾经的鸡犬之声、黄昏时分呼儿归家之声，近在耳畔却又远隔天涯，热闹而悲凉。

凌叔华曾是徐志摩的绯闻女友，传说徐志摩给她写过七八十封信。新婚后，凌叔华随陈西滢回无锡老家，按当地规矩新媳妇要向公婆斟茶行礼，受过高等教育的凌叔华却躺在床上装病。彼时正好也在无锡的徐志摩曾登门看望这对夫妇。后来徐志摩在写给胡适的信中提到，感觉不到这对夫妇的燕尔新婚之情，不知道他们到底快不快活。果真如传闻所言，凌叔华也心系徐志摩，面对前来探望的徐志摩，她也许真的快乐不起来。凌叔华和林徽因有一点是一致的，即她们都选择了没有婚史的人做丈夫。这两位才女在爱情、婚姻的智商上，要比张爱玲高出一筹。

女儿陈小滢并不回避父母婚姻不睦的事实。他曾问父亲，既然和母亲婚姻不睦，为何仍要继续。陈西滢只说了一句"她是才女，有她的才华"，便默然走开。这一句话，意味深长，也许只有娶了才女回家方解其中深意。

一九二八年，陈西滢赴国立武汉大学任教，在武汉期间，凌叔华邂逅英国诗人朱立安，与之相恋。这段恋情虽被陈西滢约二人面谈而制止，但也纠缠了一段时日，凌叔华更在朱立安回国时，借回广东老家之名，跑到香港私会情人。另外为人津津乐道的，是凌叔华保存徐志摩八宝箱的一段往事。徐志摩曾将日记、文稿，包括陆小曼的日记交凌叔华保管，并认为内里有陆小曼说林徽因的不好，不能让林徽因看到。徐志摩飞机失事去世后，胡适曾要凌叔华交出徐志摩的八宝箱，凌叔华交出后胡适却将之转给林徽因，这令凌叔华颇为不爽。陈小滢回忆，母亲凌叔华的书房是她和父亲的禁地，没有人知道书房里的秘密。凌叔华去世后，这间书房早就被清理得干干净净，不留一张纸片，成了永远的秘密。

数十年过去了，这个秋日的午后，我徘徊于凌叔华故居院落，听风吹秋叶，想着林徽因"太太的客厅"、凌叔华保存的八宝箱，想当年一时无两的才女们的故事，早已风吹雨打去。据说，凌叔华后来一直逃避和陈西滢共同生活，陈西滢常驻巴黎，凌叔华就带着女儿陈小滢住伦敦，其后长期在新加坡任教。但在生命最后的日子，凌叔华选择回到她出生成长的地方——北京。

一九九〇年，九十岁的凌叔华在弥留之际，被亲人用担架抬到史家胡同故居，她最初的、曾经的家已改建成史家胡同幼儿园。和凌叔华在武汉期间结成闺密的苏雪林说过："叔华的眼睛很清澈，但她同人说话时，眼光常带着一点'迷离'，一点儿'恍惚'，总在深思着什么，心不在焉似的，我顶爱她这个神气，常戏说她是一个生活于梦幻的诗人。"我想，躺在担架上的凌叔华，也许用同样的眼神凝望着故园的天空，低声说出此生最后的一句话："妈妈等我回家吃饭。"看到这句话，我落泪了。

上一次在北京四合院，是几年前到灯市口丰富胡同老舍故居的丹柿小院。看到老舍的照片，想象着他在投湖前离家的那个早上，对四岁的孙女说："跟爷爷说再见！"混迹众人中的我，眼睛湿了。

以身观物，以眼观心

先说两件事。

其一是年初央视播出了一部名叫《我在故宫修文物》的纪录片，主角为故宫文物保护科技部的修复专家，日复一日、年复一年地守着文物精雕细琢，遵循着古老技艺的节奏，耐得住寂寞便是守住了繁华。主角之一的木器室科长屈峰的爱好是刻佛头："你看有的人刻的佛，要么奸笑，要么淫笑，还有刻得很愁眉苦脸的。中国古代人讲究格物，就是以自身来观物，又以物来观自己。人在制物的过程中，总要把自己想办法融到里头去。"

屈峰所说的制物过程中创作者把自己融入作品，实际上是文艺理论中的"风格论"，我们常说"文如其人"，作品和作者，是一体的。从作品中我们可看到创作者的人和他的世界。

其二，正在美国旅游的大姐发出感慨说，所谓美国开放式自由，表现在动物的自由以及与人的和谐相处上。她看到，海豹或熟睡或伸着懒腰在沙滩上做日光浴，毫不理会游人的拍摄围观，海鸥友善地摆着姿势尽情地展现美，海鸟成群结队霸气地站在岩石上令望者退避三舍……这让我想起年前我们在德黑兰的所见：猫随意漫步而不避人，皇宫猫有龙行虎步的霸气，酒店门前的猫有"阿庆嫂"招待八方来客的热情……动物和人有着各自的世界，和而不同，是我们的理想境界。但很遗憾，在地球上的很多地方，人和人都不能和谐相处，况和动物乎？

所以，我看"好世界——澳门艺术家唐重作品展"，感触尤深。我很喜欢唐重这组在工业大厦内展出的系列作品：二十六幅以旷野为背景的画，主角清一色是动物。作品乍一看有儿童画的稚趣，反映了画家内心的本真状态。而色彩鲜明、线条活泼、生动可爱的动物都是相同的表情——笑眯眯，似乎很快乐；相同的动作——奔跑，向远方奔跑！有意思的作品会有让人多看几眼的魅力。多看几眼之后，你会发现，旷野的画面实际很荒凉，沙漠、云朵、雨滴，远处的地平线挤压着天空。画家唐重说在人类社会发展的过程中，人与大自然发生了矛盾，人类肆意破坏大自然的资源，他表达的是在人类强势扩张下的一场动物大逃亡。展览名"好世界"，源自每个讲粤语的孩子都会念的顺口溜："走得快，好世界；走得磨（慢），无鼻哥（鼻子）！"恶作剧般的快感以及笑眯眯的背后是宏大且永恒的悲剧主题，这令作品具有当代性和思辨性。

我问唐重，动物们的目的地是哪儿？唐重回答，没有目的地。接着又补充说，你看他们是离地的，我所表达的另一重意思是他们到了另一空间。

果然，画面里奔跑着的动物仿佛离地飘浮，不知奔向哪里，也停不下来。

格物致知，这既是画家以身观物，也是我们看画人的以眼观心。看这一系列画作，看着看着仿佛看到了我们自己。逃离，是人的一种动物性本能。一旦我们过多地表现出逃离的愿望，便会被贴上"逃避现实"的标签，被视为懦弱，甚至被视为无法与现实社会和谐相处的病态。其实，社会越是高速发展，我们逃离的心情就越迫切。否则，"世界那么大，我想去看看"就不会成为流行语，它恰恰击中了我们的软肋。我们真实的想法是："世界那么大，我想逃到一处可以安身立命的地方！"然而对不起，人类也不知这场逃离的目的地是何处，我们也许要像唐重笔下的动物那样不停地向前奔跑。于艺术家而言，作品便是其安身立命之所。我们通过艺术家的作品反观世界，是艺术存在的理由。无论是艺术家，还是我们，其实都在思考一个共同的言之不尽的主题：如何和这个世界好好相处。世界包括了自然界、动物界、人和社会……

别太把自己当回事儿

首次踏上湖湘大地,第一站便是雨中游的长沙岳麓书院。

对于这座名声成就于宋代、中国最早的文化摇篮,我除了对门首这副"惟楚有材,于斯为盛"的楹联有所耳闻,其余所知甚少。但当我撑着雨伞,跟随众人游走于书院的回廊、池塘、流水、修竹、庭院之间时,却恨不能立即穿越时空,做一回古人,留在书院的如斯美景中读一天书。令人羡慕不已的、号称中国文人最雅的聚会——兰亭曲水流觞,也只是和春天才有的约会;此约会的成果,是书圣王羲之喝酒后"玩"出了惊世之作《兰亭集序》。王羲之酒醒之后,又把原文重写了好多遍,却终究无法达致兰亭集会时的水平。比起兰亭的这些人,岳麓书院学生就幸运得多,他们经年得享四时美景,与大自然天天有约,在年年岁岁变化的美景和琅琅书声之中陶冶性情。看看沐浴过岳麓书院熏风的都有哪些人：陶澍、魏源、曾国藩、左宗棠、郭嵩焘、谭嗣同、唐才常、黄兴、蔡锷，合起来是一股强大的文化湘军，单独看，哪一个都是历史上叱咤风云的人物！

眼前，雨中的岳麓书院就有一种无声的润美，得山水画之神韵。

林语堂在《生活的艺术》中写过一段话："大自然本身永远是一个疗养院。它即使不能治愈别的病，但至少能治愈人类的自大狂症。人类应该被安置于适当的尺寸中，并须永远被安置在大自然做背景的地位上，这就是中国山水画中人物总被画得极渺小的理由。"岳麓书院就是这样一处安放在大自然中的地方。人在此间，不至错位。我们这个时代越来越多人患自大狂症，皆因坐困书斋而不知窗外风景，故自大狂症日益严重，治愈无望。这才是现代读书人最大的悲哀！

书院是培养人才之所，我们有必要认识一下罗典（一七一八——一八〇八）——连任五次院长，主持岳麓书院达二十七年之久；一个公开宣称不把学生束缚于科举之业，而以育才造士为本的教育家，学生中的名人有陶澍、欧阳厚均等；一个让学生到大自然中去接受美的陶冶的老师，著名的"岳麓八景"乃其精心策划营造的结果。罗典活到了九十岁,在人生七十古来稀的从前,算是一件新鲜事。我想,这是他多年育才造士修来的正果。罗典科举出身,进入仕途后两主河南乡试,督四川学政。他辞官是因母亲年迈而还乡侍母。在我看来,这又是一件与中国官场文化不太搭调的新鲜事。"先天下之忧而忧,后天下之乐而乐"是中国为官者的信条。忘掉个体,心怀天下的官员是我们宣扬教化的楷模。因私事而辞官者,怎么说都是官场上的另类。《世说新语·识鉴》中的张季鹰大概是另类中的头牌,只因见秋风起而思吴中菰菜、莼羹、鲈鱼脍,干脆辞官归去,其理由为:"人生贵得适意尔,何能羁宦数千里以要名爵!"好一个"贵得适意",用今天的话说,张季鹰是个"吃货","吃货"加上"任性",就有此辞官的动作。这个故事我们之所以讲到今天,是因为无法复制,更无人有复制的勇气,才显得弥足珍贵。汤显祖辞官回到故乡江西写《牡丹亭》,在当时人看来也多少显得有些不务正业。因母年迈而辞官侍母的罗典,至纯至孝,自此没有再踏足官场。这一点,又有多少为官者做得到?

罗典常徜徉于岳麓山中,他爱清风峡四时不同的景色,尤爱这里的秋枫红叶。清乾隆五十七年(一七九二年),罗典请人在此建了一座精巧的重檐攒尖八柱方亭,取名"红叶亭";而更广为人知的是此亭后来的名字——

爱晚亭，因为杜牧的诗句"停车坐爱枫林晚，霜叶红于二月花"。此次湖南行，没能去爱晚亭看看，终是遗憾。说到底，我想看看沿寒山石径而上的白云生处是否人家依旧。回程车上，倒是湖南人给我讲了一个关于爱晚亭、关于罗典和袁枚的故事，算是弥补了我深深的遗憾。罗典是清代一时无两的文化名人，常有访客慕名而来，不一定有明确的目的，想见偶像一面的心情在今天很容易被理解，才子袁枚就是罗典众多"粉丝"中的一个。但一个受众人景仰的偶像，如果把做学问视为生命里重中之重的事，迎来送往的应酬则必为他最烦恼的一件事。真本事从来就不在杯影喧闹中练就，罗典想必是一个远离热闹的人。就这样，袁枚求见罗典，罗典不予接见，而是派弟子陪同袁枚游览。袁枚来到红叶亭，随口说出"停车坐枫林，霜叶红于二月花"。当时陪同弟子将诗句抄录呈送罗典，罗典读出袁枚有意去掉诗句中"爱晚"两字，是直指其不爱惜晚辈之意，遂将亭子改名"爱晚"。

显然，这是一个杜撰的故事。袁枚访问岳麓山是在乾隆四十九年（一七八四年），那个时候还没有爱晚亭，更不存在改名一说。风景成为名胜，总是要借故事传播声名。只是，这个故事有点拉低袁枚的形象，真不像那个曾经被人求墨宝并在墨宝处钤上"钱塘苏小是乡亲"印章的袁才子。看了印章上的七个字,当时求墨宝之人极其不悦,认为将自己和一个妓女相提并论有失身份,袁枚轻轻一句话,四两拨了千斤。他说:"多少年后,知道苏小小的人比知道你的人要多得多!"

我们如何在无力改变世界时又要让自己的人生"贵得适意"?最好的做法是:别太把自己当回事儿!

处女座薛湘灵

我在学生时期曾经迷恋过星座。现在说起哪一月份出生的人合该是什么星座，我仍然熟悉。以星座论性格，就是玩闹而已，有合理对应，也有无稽之谈，主要看态度。

但不知从什么时候起，处女座成了"人民公敌"：和处女座的人相处是当今"十大酷刑"之一。这一来弄得生而为处女座的人都不敢表明身份了，好像对不起全世界似的。不好意思，在下就是处女座。

处女座为什么这么招人烦？洁癖、挑剔、敏感、高冷……这样的人能做朋友吗？我家先生够宽容，他安慰我说："好在你是O型血，给处女座特征来个平衡。"可处女座也有很多优点啊，细心、认真、专注、在审美上有天生的禀赋……怎么人们就看不见呢？

京剧大青衣史依弘的工作室最近推出"星星点灯"的系列演出。史依弘说,作为传统艺术的京剧要吸引年轻人,得找他们感兴趣的切入点,于是她想到给传统戏的主人公排排星座,让观众看到戏曲人物的立体性格。比如,她说薛平贵隐忍多年成功逆袭,符合天蝎座的性格特色;风风火火敢作敢当的穆桂英凸显射手座的勇气。

看到这里,我脑海里蹦出了薛湘灵这个人物,我认定薛小姐是彻头彻尾的处女座。

很有必要先向非戏迷读者介绍一下谁是薛湘灵,她是京剧程派剧目《锁麟囊》里的女主人公。《锁麟囊》是京剧四大名旦之一程砚秋的代表作,首演于二十世纪四十年代。当时惯演悲剧的程砚秋想演一出喜剧,于是请翁偶虹来编剧。翁出手不凡,根据清人焦循《剧说》中的一个故事编成一出喜剧,用对比手法写来,悲欢离合,人生况味尽得。

故事讲贫富两家在同一日送女出阁,途中遇雨,又同在春秋亭避雨。贫女触景伤情,哀哀啼哭。富家小姐薛湘灵天性善良,怜其不幸,以锁麟囊相赠。这锁麟囊原是薛母给女儿的嫁妆,寄托宜男之梦,内里装满珍宝首饰。此后,薛湘灵遭遇人生变故,沦为大户人家的帮佣,而主人正是当日自己以囊相赠的贫女赵守贞。《锁麟囊》不同于程砚秋以往剧目，这是一出欢快的戏，虽中有波折，最终以团圆收尾。程砚秋曾对翁偶虹说："您编的这出喜剧没有一句'馊哏'。""馊"是饮食失鲜的腐坏味道；"哏"是指逗乐取笑。"馊哏"二字被戏班连用，是指戏中那些不新鲜、不堪入耳的笑料。程砚秋实际上是在赞赏《锁麟囊》是一出上乘的喜剧。

再说回薛湘灵，她实在有别于传统戏中的大家闺秀。她有棱有角，骄娇二气并存，这在其先声夺人的出场中观众就感受到了。翁偶虹编剧的这一笔，令人想到曹雪芹写王熙凤，也是未见其人，先闻其声，凭声音想象人；越是急切切想见其人，就越吊胃口。

戏开场，阖府上下为薛湘灵出阁忙碌。嫁妆选来选去，都不合薛小姐的意，所有人赔着小心。此时，薛小姐正为绣鞋的花样不好而生气，编剧运用老戏中"搭架子"的手法——薛小姐在后台发话，仆人们在前台动作，一个千金小姐的形象呼之欲出。且看她描述的绣鞋花样：

要鸳鸯戏水的……鸳鸯一个要飞的，一个要游的，不要忒小，也不要忒大。

鸳鸯要五色，彩羽透清波。莫绣鞋尖处，提防走路磨……莲心用金线，莲瓣用朱砂。

这岂止是千金小姐，完全是细节大师。绣鞋的花样便是一幅画，主题、构图、色彩、用料，还关照到了实用层面。这就是见过与懂得，对美和细节有所要求。生在今天，薛小姐可以从事画家、设计师等职业。处女座关注细节，任何一个不完美的细节都足以让处女座抓狂。比如我这个处女座对人的声音很敏感，我另一个处女座的大龄朋友，好不容易谈一场恋爱，却因为女方声音不好听，表示无法继续交往。当时其他朋友都骂他过于挑剔，只有我理解他。

面对薛小姐如此繁复的要求，丫头梅香说记不住。薛小姐呵斥了一句"蠢丫头"后，百般娇宠地正式出场了。我想，薛小姐这样不厌其烦地描述绣鞋花样，不仅仅因为她是个完美主义者；临近出嫁，婚前恐惧症是否也有一并发作的可能？处女座还有别号"紧张大师"。紧张，是出于对任何一处不完美细节的不可控的担忧。面临终身大事，薛小姐还能气定神闲吗？但之于一个大家闺秀，歇斯底里是不可能的。丫头梅香已经向观众交代："她也不哭她也不闹，把小嘴儿这么一噘……"出阁在即，要什么有什么的她正当最好的年华，可是她放不下心中的不安：

怕流水年华春去渺，一样心情别样娇。不是我苦苦寻烦恼，如意的珠儿手未操，啊，手未操。

我由衷地佩服编剧翁偶虹，把一个处女座的心思拿捏得分毫不差，又使观众对其无一丝厌恶感。四平八稳的四

平调,似有无限春光。忽然,她看到梅香举着一个红口袋(锁麟囊),上面的图案再次令她"抓狂":

仔细观瞧,仔细选挑。锁麟囊上彩云飘。似良骥不该多麟角,好似蛟龙四蹄高。是何人将囊来买到……速唤薛良再去选挑。

更多时候处女座的善良会战胜挑剔,这也是处女座不会总那么令人生厌的原因吧。当得知这个锁麟囊是上了年纪的仆人薛良东奔西走才寻来的,薛小姐心软了——看薛良这么大年纪,她放下了不完美的细节,接受了锁麟囊。

接下来围绕锁麟囊发生的一系列事件,让薛小姐一帆风顺的人生出现了风浪。第一场百般折腾挑选嫁妆的戏,是为了此后向观众展示这个被富养的薛小姐的金钱观和人生观。

出嫁路上遇另一乘花轿中的贫女啼哭,实在为她上了一堂人生课,原来这个世界上有人富足,也有人为了贫穷而啼哭。她看得明白、想得简单:"我正富足她正少,她为饥寒我为娇。分我一支珊瑚宝,安她半世凤凰巢。"她也真这么做了,复杂事情简单办:把装满奇珍异宝的锁麟囊送给了哭哭啼啼的贫女,豪爽得不留名姓,足见薛小姐的心大。

就算薛小姐后来遭遇水灾,与家人失散,她一人流落异乡,沦为大户人家的帮佣,在沉寂的一刻,她没有怨天尤人，而是自觉要"收余恨，免娇嗔，且自新，改性情，休恋逝水，苦海回身，早悟兰因"。没有彻夜痛哭的经历，不足以语人生。当她是纠结于一双绣鞋花样的薛小姐时，绝不会有这般觉醒。我相信，人生丰厚的阅历和经历，是处女座自救的治愈良药。因此，我极反感程派后人将上面这段唱词改为"振作精神"之类，搞得薛小姐仿佛要去参加革命。

不过，唱词这么改也是有原因的。《锁麟囊》于一九四〇年在上海首演，连演十场，观众盈门。十场过后，程砚秋换了一天戏目，但是观众纷纷要求续演《锁麟囊》，再连演十场后欲罢不能，又加演五场。评论文章中尤以"秋云阅后，韵绝尘寰"最具深刻性。但在二十世纪五十年代之后，该剧一度被认为是宣扬"阶级调和""因果报应"，在舆论的压力下，程砚秋没有再演过《锁麟囊》，这成为大师艺术生涯中永远的遗憾。二十世纪七十年代末恢复传统戏后，《锁麟囊》成了流行剧目，我最早看的程派戏就是《锁麟囊》。从我家那台九寸的黑白电视机里，感受着这个悲欢离合的故事，是我们这一代人最早的戏剧启蒙。

写给自己名字的情书

最近,儿子在做一项学校作业,要图文并茂地介绍自己是谁,还要介绍自己的家庭。为此,他设计了几个问题回家问我们:爸爸妈妈当年是在哪里、怎么认识的?爸爸为什么喜欢妈妈?他为什么出生在澳门而不是别处?爸爸妈妈做什么工作?……这样的作业真好!想想我自己,是成年以后的许多年,才有意识地慢慢了解父母乃至父母家族的故事。我在母亲碎片化的回忆中打捞细节,写过一万多字的散文《母亲的家族故事》。母亲年龄大了,越来越喜欢沉浮在往事回忆中,我希望有一天,能把她的这些回忆素材移到我的笔下。

无论是儿子的作业,还是我记录母亲的家族故事,内藏一个终极命题:我是谁?我为什么是我?我身上流淌着什么样的血液？

因为了解，所以爱，才能去爱。

比如，认识自己，从自己的名字开始。

名字，是父母送给我们人生的第一份礼物，寄托着爱和希望。

我的名字和两个姐姐不一样，如果随她们，我应该叫"欣明"而非"欣欣"。事实上，我的名字确实是从"欣明"改成"欣欣"的。几年没见面的姨妈，前几天和我见了一次面，八十四岁的老人坐在轮椅上喊出的是我最初的名字——"欣明"。

为什么我的名字后来改成了"欣欣"？大概是我爸喜欢读点书，为我起名后又改的这个名字——典出陶渊明的《归去来兮辞》："木欣欣以向荣，泉涓涓而始流。善万物之得时，感吾生之行休。"父母很为我的这个名字自豪——典出文学名篇，文化气息浓。他们希望我的人生丰茂如草木，不骄不奢，不卑不亢，常欣欣而盛，如万物得时。

虽说《归去来兮辞》在文学长河中是占有一席之地的作品，却并未进入很多人的视野，或者说，它不那么容易被人记住。中学时我用"木欣欣"作笔名在报纸上发表文章，语文老师直接问："是不是写错了？"发生类似这样的情况，受到打击的那个人往往是我妈：女儿这么有典故的一个名字,怎么能够不被人知晓其典出,甚至被如此误读?她常说,名字叫"欣欣"者很多,但我的名字是和陶渊明穿越时空的无缝对接。多年之后,我终于明白,其实我父母是陶渊明的"粉丝"。当然,比起最大的"陶粉"苏东坡,他们是小巫见大巫。苏东坡尝云:"每体中不佳,辄取读,不过一篇,惟恐读尽,后无以自遣耳。"陶渊明的作品是苏东坡的治愈良药——身体不舒服时便拿出陶渊明作品来读一篇;他喜欢陶渊明甚至到舍不得读的程度,怕一时读尽,以后就没得读了。如此深情,怕是未必人人能够理解。

陶渊明一生几次做官、几次归隐,任彭泽县令时"不为五斗米折腰"之壮举,要比《归去来兮辞》来得更惊世张扬。

话说督邮刘云凶狠贪婪,每向辖县索要贿赂必果,而且都是满载而归;有使其不称心如意的,他便栽赃陷害。督邮又来视察,手下对陶渊明说:"您得穿戴整齐了,去跪迎上差。"这时候,陶渊明心中多年郁积的愤懑终于爆发了:"吾不能为五斗米折腰,拳拳事乡里小人邪!"于是,辞官而去。未几,《归去来兮辞》诞生:"云无心以出岫,鸟倦飞而知还。景翳翳以将入,抚孤松而盘桓。"言为心声,这是一篇天人合一、自然平和的心境写照之作。这一年,陶渊明四十一岁,踏入不惑人生。

四十岁，是生命的一次转折。之前想不明白的事，也许在踏入四十岁之后的某一天就忽然想明白了。

陶渊明如是，明朝的汤显祖亦如是。

当然，没有人将《牡丹亭》和陶渊明《归去来兮辞》相提并论，然而，我从两部作品中，都读到了文人们放归自由之后无拘无束的创作心态。"心无挂碍，无挂碍故，无有恐怖，远离颠倒梦想，究竟涅槃。"这是《心经》中我最喜欢的一句话，亦当为最惬意的人生状态。

粤语民谚有云："不怕生坏命，就怕改坏名。"广东人把起名字称为改名，认为名字直接关系到一个人的命运。名字蕴含着父母对自己的期许，言行暗藏着自己读过的书、走过的路。从以上种种，我似乎找到了自己常怀"归隐"心态的缘由，因而无比释然。

那么慢,那么美

有一年腊月二十九,年关迫在眉睫。从卖花担上,我买了一束红色康乃馨,以及一枝三朵的粉色百合。我爱康乃馨盛开时明艳不过分,爱一枝百合插瓶独秀、少即为多。天气乍暖,捧百合在手,回到家里,那朵原先半开的竟抢先带着喜气盛放了。边将花插瓶边盘算,以这样的节奏,三朵百合年初一盛开是铁定的了。

年踩着锣鼓点登场了。初一、初二,独秀的百合,一朵、两朵,花开当时,照亮岁月。唯枝上的第三朵,花苞紧裹,迟迟不开,无视我一日三顾之切盼。

这三朵花好像我姐妹三人!从小,大姐和二姐就是那种什么都好的孩子。家里家外一把手、贤妻良母型的大姐,偶尔露几手,笔底文字很是漂亮。二姐是学霸,文科好,理科更佳，做了医生，仁心仁术。这盛放的两朵百合便是她俩，向好发展，没有偏差。看着第三朵花，我仿佛看到了从前的自己。

儿时的我在七岁之前的那份懵懂，外人无从想象，我似乎也无法和外界交流。我既看不懂电影也听不懂相声，听相声时看周围的人笑得前仰后合，我一脸茫然地问姐姐："你们笑什么？"姐姐听我一问，笑得更厉害，我就更茫然。七岁那年，一次偶然的机会，我进剧场看了京剧《白蛇传》，忽然发现这个故事我看得懂！一下子我便进入了古典戏曲的奇妙世界。当时《白蛇传》在我家附近的剧场连演七场，我就看了七场。看戏时，我和这个世界不再格格不入，也不再有惧怕。然而，曲终人散后，我又是那个不聪明、不会讨人欢心、毫无特点的羞涩孩子。和两个姐姐比起来，我的一切都进展得那么缓慢。

对这第三朵百合花，我着实从心底多了一份怜惜！

直至年初四，含苞的百合才露欢颜，初五便欣然盛放。原来，她自有属于她的美丽。我庆幸，这几天有一个静待花开的过程，重拾慢即是美的心情。她提醒我花和花不一样，何况人乎？

可悲的是，现代社会何曾为我们提供以慢为美的土壤和空间？养儿，我们希望孩子快速长成知天文地理、通古今中外、懂琴棋书画的全才。连看场电影，都要快、快、快！不少电影院为了多排场次，电影每到尾声，等不及片尾曲播放和银幕打出演职人员表，就急急亮灯赶客。而观众，似乎也习以为常，只等故事一看完即起身离场，似乎人人日理万机。我们已然忘却，在电影里多沉浸一会儿、多回味一下的快乐，也就更别说有和孩子一起慢慢成长的耐心了。

《猫为什么不穿鞋》是一本写给大人和孩子的书。每一个孩子都曾经是诗人和哲学家，每一个孩子都是独一无二的个体，他们和世界相处的过程就是成长的过程。按照目前世俗的关于"成功"的定义，书里写的孩子既没有过人的才艺，也不是学校里成绩优异的学霸；他经常犯点小错误、小迷糊，贪玩过人，但他内心单纯敏感、身体健康、热爱体育运动、向往大自然、喜欢看世界。他学音乐、画画、打球、游泳……似乎有无穷待开发的潜能。作为母亲，我是他成长过程的记录者；感谢上苍，让我在这个记录、思考、再学习的过程中，不断提醒自己——不要急！

癖乃深情也

小时,最怕听到的一句话是:"这孩子怎么和别人不一样?"——无异于最严厉的批评。我内心曾经渴望和别的孩子一样。父母送我去学校,也是希望我成为和其他孩子一样的人。但是到了学校,一下子同时看见那么多不认识的人,我便感到害怕了,想逃。除了家,我不知道还有什么地方可逃,多次装病逃学,终于被妈妈发现了我这一贯的伎俩,二话不说,用扫帚打我让我去上了学。

现在,听到自己的儿子说不爱上学,我虽从内心深深理解,但做做样子给他正面引导也是必要的。所幸这是一个好时代,鼓励创新,包容个性,接受特立独行。"我"和"你"各有存在的价值,我们不必一致,我终于敢说出和别人的不一样来。

每个人个性不一，个人喜恶也是个性的组成部分，但个性过头会成"癖"。

"癖"直解为"毛病"，比如洁癖。我曾经有过不轻的"洁癖"，天生的。小时到餐馆用餐的机会不多，偶尔被带出去吃一次饭，我却无法像两个姐姐那样全情投入到美食之中。看着对面搭桌的那个老头，吃一口抿一下筷子的动作，我想到的是我自己要用的餐具上一手是什么人用过，便一口都吃不下去了。这件事让我家里人记忆犹新，他们无论如何想不通，在物资匮乏的年代，一个孩子能抵御得住下馆子而不沾美食的诱惑？回家后，父母将我的怪行为转述给邻居，我又一次听到"这孩子怎么和别人不一样"的评论。对于当时我心里头转悠的古怪念头，家人更无法理解，一个孩子怎么可能会想这么多？那时的我才三四岁，反正不超过五岁吧。

长大成人之后，洁癖没有恶化，诸如外出回家需要换身衣服，大学住宿舍自己的床不许人随便坐，住酒店先给电视遥控器和开关消毒、自带毛巾水杯乃至床单枕套等行为，也无碍社会发展。再后来，我发现洁癖是可以治愈的。当我有了孩子之后，陪伴孩子成长的过程中，除了料理他的吃喝拉撒睡之外，还得忍受他把树枝、树叶、石头甚至西瓜虫等他视为宝贝的东西不断往我的背包里塞。当我背着这些"宝贝"时，心里知道我的洁癖已痊愈了八九成，剩下的那一两成姑且是给自己留个纪念，别忘记自己也曾经是个有个性的人。

张岱尝言："人无癖不可与交，以其无深情也。"大抵无癖之人亦无情，我对张岱这句话的进一步解释是"癖，乃深情也"。我们也许不能成为别人之"癖"，但在这个世界上，我们不能没有喜欢的人或物。当癖不再被看成是"病"，而是深爱一样东西到极致的程度时，便是对生活、对世界的一往情深。

我自认是个毛病不少的人，洁癖之外，难与人相交也是一癖。至今，我看见人多热闹依然本能地想逃开，这是小时落下的"病根"，估计难以根治。难与人相交非无情，情到深处情转淡。"我爱你"，于友情、于爱情，都是分量最轻的表白。我的至情表现在对越是打从心底喜欢的人，越是无法靠近；越是心底汹涌澎湃，越是表面波澜不惊。如此一来，我与打从心底喜欢的人都成了君子之交，不常互通有无，内心却时有牵挂。我喜欢的人是什么样的呢？他们是身上带有孤独感的人。这份孤独感绝非孤傲，相反，其教养足以掩盖其孤独感。与众生有别，遗世独立，内心有所坚持，始终和世俗保持着礼貌的距离。我相信，自己总是能一眼就在人群中辨认出他们来。

然而，若果真人人如我一般，这世界未免过于冷清了；没有对比，便显现不出人间烟火气的喧闹。我自知这是"病"，也不是不羡慕闺密谷雨待人接物那份热情——见到喜欢的人，会毫不掩饰地表达。我和谷雨一起参加过澳门写作界和外地写作界的交流活动，从我俩的行为、态度折射出的对待世界的投入感大不相同，哪怕是心灵相契的闺密。遇到久仰其名的作家，她会热情地拉着偶像合照，几句话说下来便可与人熟络。我呢，仍然是内心喜欢而表面波澜不惊；即使与偶像面对面，我也会淡然远观而不去凑近。喜欢不必让你知道，更不想去打扰你。在这一点上，我和另一个也是作家的闺密水月相似。癖是一份自己知而外人难以理解的深情——也是，当人人都懂了，便不足以称为癖。尽管表面淡然，但我会以实际行动表达我对偶像的爱之深，比如买喜欢的作家的作品，便是最高的敬意、最深的喜爱。当捧读喜欢的作家的书，看到作家写出了自己的感受，内心因那份"懂我如你"的知遇之情而狂喜，天地都因此而明亮。

怕热闹、难与人相交的毛病，直接将我推进了文字世界。这是我最初和最终的安身立命之所，这个所在让我感到安全又温暖。文字世界同样具有移情功能。我在生活中的洁癖转移到了文字上，我称之为"文字洁癖"，它也是爱文字至深的结果。错别字、用词不当、文句不通的文字，摆在眼前，对我无异于精神凌迟，我似乎都能听见刀子割肉的声音。所以，要折磨我很容易，读上一篇坏文字，我的世界便到了末日。

从生活洁癖到文字洁癖，见不得藏污纳垢，这份内心对一个洁净澄明世界的极度渴望，也算是一种深情。

写给北京的最后一封情书

北京一场跨年的"九天霾"结束后,朋友圈再次被各种蓝天照"刷屏"。

雾霾,蓝天,再度雾霾——生活在北京的人,近几年就这样不断被天气左右着情绪。

"原本北京是我在这个世界上最想终老的城市。"这是网上一篇题为《写给雾霾北京的最后一封情书》的文章中,摘录的一句话。这篇文章提到的人里面,有的已经离开北京,有的正在离开,有的已经决定离开,离开的共同原因是"雾霾"。他们都经历过相同的情感煎熬:在北京住过的人,心还离得开北京吗?

对于很多人来说,做决定是件痛苦的事。

好在,我是一个听从感觉召唤的人。生活和做事很大程度上靠感觉，理性分析处于候补位置。我在人生中几件大事上做决定时，有着惊人的相似，都是在瞬间凭感觉而定的。

"北京是我在这个世界上最想终老的城市。"我修改了上面的这句话，去掉了"原本"二字。

于我，这句话不存在过去式。

我是先于《写给雾霾北京的最后一封情书》中的这批人离开北京的，时间早了近两年。但我坚信，总有一天，我还会回到北京住。

那一天，也许是雾霾得到了有效的治理，也许是孩子长大成人了，也许是我不再工作……

我没有像许多人那样，把离开北京看作生存的选择，只是简单地认为，我是澳门人，儿子也是澳门人，他该回澳门了解一下这里的文化。有京澳两地长期生活的经历，将来，他才会有更自由的选择。而雾霾，不是我们离开北京的最主要原因。

做决定，不难；做了决定不后悔，才是最难的。

离开北京的前一天晚上，儿子失眠了。他从自己的房间跑到我们的房间，问了我们一个问题："为什么我在这里刚刚开始有自己的朋友，你们就要带我回澳门？"他爹马上把目光移向我，仿佛在说我没做好儿子的思想工作。可是，我明明提早一学期就和儿子讲，下学期我们要搬回澳门住了,他的反应是兴高采烈的呀。其实,他是有准备的,在学期末他给好朋友都一一送了礼物作留念。但当这一天到来的时候,他不可避免地要经受离别的焦虑。

而所有的决定,迟做不如早做。

在很多朋友眼中,我是一个不安分的人。从澳门到北京,绕了一大圈,又回到澳门,回到了起点。我最不想触碰的一个话题是:这样做,到底值不值得?

怎么过,都是生活。生活经不起以"值不值得"来掂量一件件事情。

离开北京后,儿子非常挂念北京的学校和同学。有一天夜里睡觉,他在黑暗中哭了,说自己再也见不到某某同学。他在北京就读的是一所国际学校,我形容这学校的学生都是国际流动人口。北京之于他们,只是人生的一个驿站。他说再也见不到某某同学,很大程度上是事实,残酷到我无言辩驳。

离开北京后,一听到雾霾相关的消息,我会本能地觉得嗓子难受。我是在为北京心疼,为留在北京的人心疼。看到朋友圈里晒的北京蓝天照片,北京就又变回了我心目中那个无法被取代的最好的地方。

确实,北京有着海纳百川的包容,集精英文化、平民文化于一地,还有各种演出、展览、讲座、书店,以及一切远超乎个人想象的精彩事……

在北京，我遇见过那么多有才又有趣的人。

一个做建筑师的朋友，其资产足以让他舒服地躺着过下半生。可是他要给儿子做个榜样，找了一份朝九晚五的工作，让儿子看见爸爸每天去工作"谋生"。

好朋友千黛四十岁出头便退休，除了帮助画家爸爸打点事务之外，生活就是读书写诗。近朱者赤，从未习过画的她，拿起了画笔，一幅又一幅充满情趣的文人画由此诞生，让朋友们爱不释手。去年秋天，她画柿子，我说要六个，于是她一口气画出《金秋六如意》来。我鼓励她开微店，出售这些小品画，做"千黛"品牌。不过，她没我市侩，她只要画得高兴就好。

有一对夫妇，膝下无子女，卖掉了手上的房子。卖房子的钱一部分存进银行理财，一部分用来租房子住。他们算好了，每月用一万元人民币以上的租金，可以租到比较好的地段和房子，直到他们终老。

我先生的一群校友，事业有成之余，闲时写书法、品美食、走世界。他们说，从今往后，只做有意义的事。

不知是否是频繁出现的雾霾天气，让留在北京的人活得更明白了。

我提及的这些人，在谋生的路上，他们都曾经非常努力。

北京，也是个家底丰厚、踢一下脚下的地砖都能踢出故事的地方。

十多年前，当后海还未变成今天喧闹的酒吧街时，我和先生常喜欢围着这片水面散步。一次，我们在一座无人住的房子前徘徊，不远处晒太阳的老大爷指着房子告诉我们，萧军曾经在这里住过。

又一次，我们围着北京城最核心的位置——从前的内城闲逛，展开了想象。

"在古代，这一带住着什么人呢？"

"估计是太监吧！这里离宫里最近，方便他们上下班。"

没走一会儿，看到钉在胡同口墙壁上的说明牌，原来我们所处的位置是长方形的胡同群地带，名为"吉安所"，以东以西分别名为"吉安所左巷"和"吉安所右巷"。明代这里是司礼监衙门，下设提督、掌印、秉笔、随堂等太监管理事务。我们为猜中了这里曾经和太监有关而欣喜。再走下去，发现吉安所左巷八号曾为毛泽东旧居。这里距离北大旧址沙滩北街不远，那么，估计此处是毛泽东在北大做图书管理员时期的故居。

北京无可替代的是，有历史可发现、有书店可流连、有好戏可观赏、有好友可对谈……这里是北京。

我言秋日胜春朝

一不小心,中年危机成了网络热词,随之而来的是一连串和中年相对应的缺乏美感的形容词:油腻、肥胖、庸俗、乏味……这简直就是不给中年人活路的节奏。对于早已跨入"资深中年"行列的我来说,看到上述形容词,沉重的岂止心情,连带着身体都一起下坠了。

记得我的中年是在毫无准备的情况下,始于一夜之间。

那天是元宵节,北京的雪夜,我在喝过三十年茅台佳酿后,站在雪地里,看成箱的一百响烟花如何在黑蓝的天空中粉身碎骨;耳边是孩子欢欣的不肯回家的叫嚷,我们骗他说明年再这样玩,他竟然照单收货。我却想,怎么可能?明年元宵节即使再来上一整箱的烟花,也不可能又撞上下雪。此时,我被一丝感伤和凄凉包围,几句诗浮上心头:

繁灯夺霁华，戏鼓侵明发。物色旧时同，情味中年别。

雪夜和茅台，成了我步入中年的分界线。后来的日子里，我又喝过无数茅台，却再也喝不出那个雪夜的味道来。不知是三十年茅台佳酿的缘故，还是中年心事奏效，反正自此我对世事就是一副"曾经沧海"的态度了。再后来，是发现周围喊自己"姐"的人忽然多了起来，明明昨天我还是那个管别人叫"姐"的小字辈嘛！而真正接受中年来袭这一事实，是在几年后默默地淘汰掉衣柜里已不合适的衣服。我想说，这才是重点。无论面孔如何天使，身材如何魔鬼，中年妇女都不宜再穿过于贴身或过于暴露的衣服，何况我等只是拥有一张大众脸的普通人。

关于从女儿到女人再到大妈的论述，语出独特的莫过于贾宝玉：女儿从水做的骨肉，极尊贵、极清静；到出了嫁，就变出许多不好的毛病来，虽是颗珠子，却没有光彩宝色，是颗死珠了；再到老了，混账起来，比男人更可杀，竟是鱼眼睛了。

少时读《红楼梦》，读到这等描述，会与宝玉站在同一阵线，那时没想过自己会老。如今再读，对此又多了层理解，被锦衣玉食包围的宝玉，哪里知道从清爽的女儿变成鱼眼睛的女人，这背后有多少咬着牙的不易？在颜值和体力双双消逝的同时，中年女人沦陷在更残酷的重重困境之中：要面对青春期不听话的孩子、对话越来越少的老公、日渐老去的父母、无法突围的事业……每一重困境都是冰冷的铜墙铁壁。上帝关上了门，却忘了为你打开窗户。中年妇女，连上帝都不待见，是颗珠子又如何？被困在黑暗的现实中借不到光亮，可不就是死珠了嘛！至于"鱼眼睛"，看不见诗和远方是再正常不过了。

丧气吧？这就是无可躲避的中年！因为困境，因为记忆力衰退，一再重复自己说过的话，成了"祥林嫂"，带有无法驱散的怨气。眼见得一些年轻时容貌姣好的人，步入中年就变得面目狰狞，想必是现实太残酷，挣扎的结果都反映在脸上。想起一位著名雕塑家，我们的交往始于多年前他还未名声大噪之时，在南京金陵饭店的高层餐厅里，说起某某，我说那是一个年轻有为又漂亮的人。但这位雕塑家只回了我一句：她很挣扎！这是我第一次听到用"挣扎"来形容一个人的容貌，艺术家的视角果然不同凡响啊！一个人在步入中年后容貌如何，很大程度上取决于自己，和心境有关。中年人得平和相，便是大美。当然，不是微信上几篇心灵鸡汤文章就能让中年变得平和无怨。速炖速成的心灵鸡汤只能满足一时的口腹之欲，谈不上营养，而中年的疲惫又岂是一两碗心灵鸡汤能消除的？不少中年人，热衷于从心灵鸡汤到佛教信仰的精神武装，轻则频繁转发鸡汤文章，重则于室内布阵置剑，暴露出内心的挣扎和无助。

中年是个热退凉来的年龄段，以季节对应的话，中年是秋天。

幼童蒙学的《千字文》有"寒来暑往，秋收冬藏"，讲的是世间万物、顺应四时，自然也包括了人。到了中年，是收敛的时候，克制、精简，克制欲望、克制脾气，精简语言，交友、应酬和饭局都应减量。不要滔滔不绝，语言的得体和精练都很重要，这世界已经很喧闹了。更不要以为自己是已婚的中年妇女，就毫无顾忌地大讲荤段子。讲荤段子的中年妇女很可怕，歇斯底里的中年妇女更可怕。宝玉所指"鱼眼睛"，更多是不懂克制、动辄撒泼的中年妇女吧？要么就是如宝玉乳母李嬷嬷般倚老卖老的。一个人年纪渐长，说话做事更该有分寸。

从曹雪芹的"世事洞明皆学问，人情练达即文章"，到孔子所说的中庸之道，我认为都是适合给中年人的寄语。不指望血气方刚的青年人中庸，他们需要活出极致的色彩，方称得上"青春无悔"。痴长了几岁年纪的人也别动不动就说自己吃的盐比别人吃的米多。人生都是山一程、水一程地跋涉过来的，什么年龄就合该看什么样的风景，见多了，自然懂得分辨什么样的风景最美。中年，正是人生行至一半，尝过世间的不易和艰辛。宽容是中年人的一个新起点。抓一把沙子在手中，拳头握得越紧，沙子漏掉的速度就越快，放放手，沙子和拳头都不累。对事，看大局，勿过度执着于细节，不钻牛角尖；对人，多一份"彼亦人子"的理解，怜老惜弱，推己及人。心宽，境界开阔了，天地亦宽，自是进可攻退可守。而中年的经历和学养，也最是厚积薄发之时。过去"不求甚解"之事，中年里的某一天总能忽有"会意"。

每一个中年人都在负重前行，在谋生与事业、在堂上父母和绕膝儿女之间奔走。说到底，人生就是修行。不说要经历九九八十一难吧，可时不时地，一个难题就摆在面前，等待我们用经验和智慧去化解。中年是修平和相、怀宽容心之期。热退凉来的秋天，可以不必萧瑟；暑天的余热，正好用来温暖这个世界，希望世界可以变得更好。我喜欢的唐代诗人刘禹锡说："自古逢秋悲寂寥，我言秋日胜春朝。"从今天起，把中年的日子过成温暖的诗，鹤飞冲霄，诗情旷远。

每个人心里都住着仓央嘉措

我曾经以为，仓央嘉措属于瑰丽的布达拉宫。那里，离天空最近，风吹幡动，是最美的舞姿、最圣洁的祝福。

我曾经以为，仓央嘉措属于拉萨八廓街上的玛吉阿米小酒馆。一颗浪子的心被达娃卓玛收留。后来，八廓街上的不少建筑都学着玛吉阿米的风格，装饰上了明黄色，不少少女爱上了善饮擅诗的浪子。

其实，都错了，他最终属于那片深情又深邃、湛蓝的青海湖。

"世间事除却生死，哪一件不是等闲"　据说，西藏历代圆寂的达赖喇嘛都可以找到其转世灵童。许多活佛在圆寂前会告知弟子，他将在哪里转世投身。被认定为五世达赖转世灵童的仓央嘉措，出生在喜马拉雅山南坡一个叫门隅的地方。转世灵童因为延续了活佛的灵魂，生而不凡，一生的命运被设定在生息不灭的轮回中，受众生顶礼膜拜。

我们可能永远都无法得知转世活佛的秘密，但总被那一股能够感知前世今生的神秘力量牵引着。

我和仓央嘉措，相距三百年时空，一直无法走近他。

我只能在心无杂念时合十仰望。他是命定的活佛，而我，不过是个见风吹幡动，心也跟着动的大俗人。

这一次在青海，遇上仓央嘉措，三百年的时空隔阂就这样被抹去。

白天去茶卡盐湖，没有看到天空之镜的奇观，一行人还都被雨打湿，当地人说这样的大雨太少见了。傍晚赶到刚察县，我听说，仓央嘉措就是在此地失踪，这里有仓央嘉措文化广场，石墙上刻有他的诗句。这消息，多少弥补了我们一路风雨兼程的狼狈。我对这个名叫刚察的陌生之地，生出亲近感。

两天前，我们从青海省会西宁出发，奔青海湖而去，途经日月山——这里是青海省内农业区和牧业区的分界线，是黄土高原和青藏高原的分水岭，是历史上中原王朝的门户，素有"西海屏风"之称；这里也是当年唐朝和吐蕃王朝的分水岭，文成公主由此入藏，成就了一段和平岁月。

当年那段路，文成公主是如何山一程、水一程地走过来？入藏之前，她可曾一步一回首地遥望故土？当知这一别，就是生生世世。还有更多的像文成公主这样的女子，无法主宰自己的命运，无声无息地被历史湮没。

有人说，青海湖是文成公主回望故土时落下的一滴泪。

文成公主是幸运的，因为遇上了松赞干布，那个为她建造布达拉宫的男人。

入藏时她十六岁，松赞干布二十四岁。

这一次，我们先绕青海湖，途经刚察县，再进入祁连山脉腹地——祁连县，登卓尔峰，最后再回到西宁。看不到预期的美景，总还有别的吧。比如，跟随着文成公主的足迹，遇上仓央嘉措。

"转山转水转佛塔，不为修来世，只为途中与你相见。" 一处陌生地的旅行，我们又何尝不是为了寻找和遇见呢？

如这一次，我们转山（祁连山脉）、转水（青海湖），更转过佛塔（顺时针绕着塔转），途中遇见的风景和人，就是生生不息的轮回因果。

一六四五年，达赖五世重建布达拉宫，确立了他在西藏的统治地位。

一六五二年（顺治九年）初，达赖五世在清朝官员陪同下前往北京，路上走了将近一年的时间，终于在一六五三年一月十四日到达北京南苑，与正在那里"狩猎"的顺治帝会面。顺治帝在接见时对达赖五世以殊礼相待，"赐坐，赐宴"。在京期间，达赖五世一直居住在清政府为他建造的东黄寺里。两个多月之后，达赖五世以"此地水土不宜，身既病，从人亦病"为由"请告归"。顺治帝同意了他返归西藏的请求。从此，清朝中央政府正式确认了达赖喇嘛在蒙藏地区的宗教领袖地位。晚年的达赖五世将政事交付第巴桑结嘉措主理，一六八二年六十六岁病逝于布达拉宫。桑结嘉措为了稳定局势，决定秘不发丧，而是利用达赖五世的名义继续掌控政权。这一秘密，竟瞒了十五年。达赖五世的转世灵童仓央嘉措，从童年到少年的人生，没有按照既定的轨道，所以他得以在出生地门隅度过了无忧无虑的少年时光，放牧看云，追星逐日。而他成长的门隅地区，为宁玛教派（莲花生创建）管控，这个教派的喇嘛可以恋爱也可以结婚。

可以选择的话，我相信仓央嘉措情愿只属于门隅草滩溪涧，与邻家姑娘相恋，终老一生。

真相告于天下的一天，就是仓央嘉措告别故乡前往布达拉宫的时候。离天空最近的布达拉宫，也是一座纷争的殿宇。很快，仓央嘉措发现这座殿宇不是他永久的归宿。

每一夜，他去八廓街上的玛吉阿米小酒馆买醉，吟唱，写最美的情诗给心爱的姑娘达娃卓玛。布达拉宫的侧门是他出入红尘的甬道，守门的黄狗为他守住了秘密，直到下雪的那天，雪地上的足印暴露出他的行踪，证实了尘嚣直上的传言：小酒馆中的浪子宕桑波旺即六世达赖仓央嘉措。

"世间安得双全法，不负如来不负卿。" 有人的地方，就有纷争。

桑结嘉措的政敌拉藏汗以仓央嘉措的浪荡行径为由向康熙皇帝告发，并指仓央嘉措是假达赖。在这场政治争斗中，拉藏汗除掉了桑结嘉措，对于仓央嘉措，他完全有掌控的信心。此前，康熙读过仓央的诗句，也派人到西藏一探究竟。使臣对仓央嘉措不凡的举止赞誉不已，倾倒于他出众的才情；康熙更不相信，能写出如此深情诗句的人会是假达赖。我们以为皇帝会因为仓央嘉措的才情而对他青睐有加，但不要忘记，政治永远无情，当权者的任何决定，都需要收起感情的天平，一切以权力的安危为最优先考虑。最终，康熙皇帝下令将仓央嘉措"执献京城"。有人说，这是康熙对仓央嘉措的保护，免他被拉藏汗所害。或许是吧。

同样的路，当年达赖五世是在清朝官员陪同下进京，如今达赖六世仓央嘉措是戴罪之身进京。很多民众前来为他送行，生离与死别，本就是人生必修的一堂生死课，之于仓央嘉措又如何？出雪域，越高山，过河流，路难行，红色的僧袍是天路上的一抹亮色。年轻的仓央嘉措经历了那么多，草滩溪涧的自由自在、布达拉宫的佛前修行、玛吉阿米的浪子时光、刻骨铭心的爱恋、无奈地成为政治博弈的一颗棋子。他放得下生死，却放不下佛与众生。那匍匐佛前的忏悔，那心念众生的悲悯，其实并不矛盾。短短的二十五年生命，是寻找和遇见的过程，也是迷茫和失去。就在这条路上，他消失在青海湖，结局成谜。也许，这是他最好的结局。超凡之人，最好不要直面人世间那么多无法言说的不堪。高鹗续写《红楼梦》，让贾宝玉身披大红猩猩毡，光头赤脚，消失在白茫茫天地间，也是最好的结局。仓央嘉措红色的僧袍，在湛蓝的青海湖、在绿色的草原尽头隐没，焉知不是对书写红楼结局的启发？

如果，仓央嘉措只是按照历代活佛的路径一路走来，世上就少了一位情僧，我们今天更无缘读到那些扣人心弦的诗句。我们记住仓央嘉措，只为他也曾在万丈红尘打滚。引众生渡迷茫，却无法渡自己的迷茫。这份人生的无力感是最强烈的共鸣。每个人心里都住着仓央嘉措，别无选择，我们只能在红尘中继续艰难前行。

> 在不好的世界里
> 做一个温暖的人

我的二〇一九年，大悲无泪。

家门口的鞋架上还放着爸爸平日穿的拖鞋，我们谁都舍不得扔掉它。有这双拖鞋在，就仿佛爸爸还会再回来。

这一年，我被时间推着前行。尤其临近年底的那些日子，是记忆中的无数个在马拉松会议现场直接睡过去的深夜。白天，我尚能以无形的盔甲遮盖着内心的荒凉和慌乱；回家看到爸爸穿的那双拖鞋，在寂静的深夜里，我能听见自己心碎的声音。

这篇文章写于去年爸爸"七七"之日，数度提笔，又数度搁笔。转眼，爸爸已离开我们一年了，文章该收尾了。

——二〇二〇年五月二十三日

哭皇天　　度过了黑夜比白天漫长的四十九天后，我终于确信，爸爸已经远去！

放一曲《哭皇天》，沏一杯吴裕泰的茉莉花茶，希望他仍听得见、喝得着。

回想起四十九天前那个地惨天愁的清晨，我依然痛彻心扉。雨在下，时间在前行。我在医院擦干眼泪，回家看了妈妈后，换身素服，到办公室如常开会。

现在想来，我不知道那天自己如何撑过近两小时的会议。那次会议，我不只是听会，而是主持。我坐在众人面前，爸爸的身影却在我的脑海中闪现，和眼下会议的画面不断交织。几小时前，他靠在家中沙发上安然离去，茶几上还放着没吃完的点心，没留下一句话。那时，他在想什么？同一时间，我要掌控着会议内容和节奏。还好，没有在人前失态。会议结束后回到自己的办公室，同事发来的这条信息却让我瞬间泪崩："你的坚强，让我们心疼！"

是的，爸爸离开的当天，和往后的几天，我一直在上班。或许，我已然被看成是一个不近人情、不折不扣的"工作狂"。二○一九年，赶上了澳门回归祖国二十周年的大庆之年，工作排山倒海而来，我被时间推着，不由自主、无奈前行。

爸爸一生最怕给别人添麻烦，能做的事他都自己做。

近两年数度发病，都是在清晨入院。他每每在半夜苦撑到清晨才告知我们不适，送院治疗。过后，我们也"训斥"他，说他的病可大可小，发病了就是和时间赛跑，还怕添麻烦？他总是一脸歉疚地说："我寻思大半夜的把你们都'攉弄'起来，怪麻烦的！"在身体极度虚弱的情况下，他仍然坚持生活自理。年初姐姐给他添置了轮椅，他是百般不情愿。从前爸爸健步如飞，和他一起，我跟不上他走路的节奏，就霸道地命令他"你走我后面"。后来我把这段插曲写成一篇小文《慢慢走》。说起来也是二十多年前的事了。爸爸最后的岁月就是在家和医院间出入。他住院，我去探望的时间其实很少。每次去了，他都对我说："你太忙，不用过来。抓紧时间休息，你严重缺觉。"

说回那一次工作会议，是和北京来的宾客早就约好了的。如果取消，不但影响接下来的进度，更会为双方平添不少工作。当天照常上班的，还有当医生的二姐。她收起悲伤，套上医生白袍，去面对等待她的门诊病人。爸爸的后事和家里一切，都交给了我们家的"总管"——大姐。这就是姐妹，心灵相通。与其说我们无法放下工作，不如说我们不想给人添麻烦。职场上，别人没有义务来为你分担忧伤。我们只能选择坚强。爸爸的女儿，身上有他传下来的不愿给人添麻烦的"家风"。

广交朋友广结善缘　　爸爸是连对自己家人都怕添麻烦的人,更怕自己因为医生女儿的原因而受到特别照顾,常嘱咐二姐不要为他搞特殊化。得知爸爸离去的消息,医院的护士们流泪了。后来,一群医护人员以《好病人穆老先生》为题,在《澳门日报》发表了一篇文章——

以医护人员的角度来说,好病人会令我们如沐春风,心情愉快地上班。老先生,正是我们心目中的好病人,一言一行满满的正能量,会换位思考站在医护人员角度看问题,他的离世,令我们怀念。

……(为他抽血时)一针没有见血,我犹豫着望向导师,老先生轻松微笑说老人皮硬痛觉不敏感,你就大胆下针吧,你老师的一针见血,也是这样练出来的……

冬天,穆老先生送护理人员每人一支润手霜,原来他接触到一位护士皮肤干燥破裂的手……

病人写出感恩、称赞医生的文字不奇怪,由医护人员写文字悼念心目中的好病人,却是意料之外。

前两天,一位病人在看完姐姐门诊离开前说:"你们姐妹三人都优秀,我好佩服你爸爸!"其实,姐姐并不太记得这位病人是否认识爸爸。

在爸爸的灵堂上,前来的吊唁者也并不都是我们认识的人。

他常对我们说"广交朋友，广结善缘"，也常说"仗义每多屠狗辈"。他的朋友中，有官员学者，也有引车卖浆者之流。在他离开前一两天，妈妈还给我们姐妹发微信报告他的行踪："佣人推他坐着轮椅去红街市'哈罗①、哈罗'去了……"

爸爸曾经给人很多温暖，尤其关爱年轻的小字辈。来和他告别的人中，年轻人不少。对我的闺密，爸爸一律唤她们为"闺女"。他人生的最后一程，"闺女"们不仅来相送，且各自分工，帮忙打点灵堂。

闺密在微信朋友圈发了一张照片——她书架上一排摆放得齐齐整整的爸爸的作品，并配文："滂沱大雨的早上，知悉穆世伯去世，满脑是每次见面时他唤的那句：闺女。"

话剧演员袁惠清在灵堂上泣不成声，说爸爸称她为澳门真正的第一代女演员，可是她辜负了他，没有一直演戏，她不得不从事别的工作来养家。我们反过来安慰哭泣的她。

人生有诸多不得已和不顺遂。像爸爸这样，一生只择一事，就是爱戏。在生命的最后二十年岁月里，一心一意做他喜欢的事，是人生实难的一点回甘。

北京的朋友传来一位我并不相识、从事戏曲研究的年

---

① 即hello，指打招呼。

轻人孙红侠的一段话：

> 穆凡中先生驾鹤。和蔼可亲的人会让人想起好来。……之后的几届京剧学研讨会都有遇到，给我讲戏的事儿——在魏公村开会的一次，人特别多，我谁也不认识，自己低头看书，余光中似乎感觉有个老头从前面绕过来，结果是穆先生，他是看到我过来和我说话的。之后再也没有见过，那年似乎是一四年（二〇一四）。我不至于像大乐那样泣不成声，但一个人走了，就想起他和蔼可亲的一面。我们，都对遇到的人好一些吧，至少不要恶行恶状，以至于有一天什么好也想不起来。

这让我想起一句话：余生，和让你笑的人在一起。

上个月出差到杭州，好友放心不下我的状态，前来看望。两人对坐着，感慨万千，一时竟不知从何说起。我看着外面一片郁郁葱葱的绿植，说了一句：这个世界不好，所以爸爸走了。

真的，在这个不好的世界里，能带给人温暖和欢乐的人，都是天上的星星，点亮黑暗的夜空。

爸爸也是这样的人。人们回忆起他来，有温暖，还有欢笑，张一帆说：

> 大爷就这么既迅速又安详地走了，想哭，竟然哭不出来，一翻记忆球（跟儿子学的，不知他从哪部动画片里看

来的），能想起来的都是大爷让我特别欢乐的事，居然会想笑。刚才想到的是某次研讨会小组发言，大爷与我对坐，大爷身边一位先生发言，大爷听一段儿，根据内容对我做表情，绝对是一组动态表情包……这大概就是"撒向人间都是欢笑"吧，我想大爷可能更希望我们笑着而不是哭着送他吧。不行，我现在想哭了！

儿子得知外公离世，恸哭之后说了一句："公公（外公）真坏，说走就走！"这一句，如同《杨门女将》的一句唱词："痴儿语似乱箭刺我胸膛。"心被刺痛，无言以对。在灵堂，儿子说："我要单独跟公公说句话。"后来我问他："能告诉我你跟公公说什么吗？"他说："我告诉公公，我还会继续在iPad上为他找相声听。"

亦女亦儿 我家三个女儿，我是幺女。不了解的人会猜测，我父母是想要儿子而不得。其实，我是"意外"来到这个世界的孩子。我小时候胆子小、人不机灵，身体也弱，大概父母对我有亏欠的心理，也就不太管束我。又因为我天生爱戏，爸爸对我比起对两个姐姐来，简直可以说是纵容了。两个姐姐不被允许做的事，在我这里却是一路开绿灯，比如我公然逃学看戏，一年级第一次考试就拿着数学不及格的成绩表回家，却安然无事。而大姐呢，偶然考试得了个七十分就会被说；从来都是学霸的二姐没有在读书上让父母操心过。爸爸让我们练字，两个姐姐用字帖临摹；为了哄我，爸爸手书戏词让我抄写，而我，还没写完一行字，就对着戏词唱起来了。姐姐们的字漂亮，我一直写不好字。

儿时在东北生活的短暂岁月中，我记得散戏后父女俩走在雪地里，深一脚浅一脚，聊的是《金玉奴》和《打渔杀家》。我记得夏夜里，爸爸领着我去夜市，买上一小包花生米，我边吃边听他讲连台本戏《狸猫换太子》。讲到包拯有意试试面前这个瞎眼老太太是否真是从前的李妃时，躬身一拜，爸爸改用韵白念了一句李妃的台词："平身！"夜市上鼎沸的人声刹那间静音了，我眼前仿佛有一方舞台，重现这个戏剧场景。这是专属于我的艺术教育。

所以，我一直得意地说："我爸对我，学戏管，学习不管。"我上大学离开家，爸爸给我写信，叮嘱我的话更是让人瞠目结舌。他在信中写道："儿啊，有课上课，有戏看戏。课天天有得上，戏不是天天有得看！"

我是在如此家教中成长起来的。爸爸把我唤作"儿"，像京戏里那样。但不知爸爸是否曾经想过要儿子，他从未说，我们竟也从未问过。想来，某种程度上爸爸其实是把我们姐妹当男孩看待，希望我们从容大气。我身上确实是缺少了女生的精细，却多了一重迷糊。

曲犹在，泪痕新，往事如昨，斯人逝矣　二十世纪八十年代，移居澳门的父母，最想念的除了故地旧友之外，就是戏。那时的澳门是真正的文化沙漠，是香港人眼中的乡下地方。爸爸托朋友从香港买了三盒京剧录像带，每盒三百多港元，对于工薪阶层来说是天价。为了这几盒精神食粮，家里又花天价（三千多港元）买了一台录像机。这三盒京剧录像带，我和父母在家里反反复复看了无数次，其中就有梅葆玖的《凤还巢》。后来我常说自己是看梅派戏长大、学梅派戏开蒙的。

我完成学业回澳门工作那年，爸爸从星光书店买回一本余秋雨的散文集送我。他在扉页上写道：

吾儿：

送你一本好书

戏剧家的余秋雨也是一位文学家

老爸

九四年八月十八日

这段话，成了我经年努力的目标。多年来，爸爸反复说的一句话是"还是得多读书"。书读到了，笔底流露出来的便是功力，欺骗不了自己，更欺骗不了读者。他不但这样要求我，也这样要求我的闺密——他的"闺女"们。谁的文字好，谁的文字不好，他都说真话，得罪了不少人，但也赢得了不少人的尊重。

近两年我一心忙工作,荒废了文字,这一直是爸爸深深的遗憾。就在他走的前几天,我们聊起文章之事。我说想写一篇《湖北的声音》:有"小叫天"谭鑫培谭派的声音、有子期伯牙的知己琴音、有武汉大码头的市井声。可惜文章写了一半放下,近半年竟没空再拾起。当时爸爸说,还是要写啊,这才是你自己的、别人无法取代的东西。除了文章,他更关心的是我的工作好不好做、有没有足够时间休息。我总是有意回避和他谈工作。工作上的困难,我不愿意向人诉说,尤其是已经很虚弱的老父亲。文化界的人和事,以及这个世界的不好,爸爸其实心里非常清楚明白。看见我经常一脸疲累,他说的最多的是:做事不要着急,一件件事来,慢慢做。

爸爸去世前体重下降到了六十五公斤,且极度嗜睡。曾经魁梧的山东汉子,睡在床上显得那么弱小。老去的岁月中,他已经没什么太多的要求。或者,他的要求,变得像孩子一样简单。每次出差,我都习惯买些当地的特产带给父母。二老像两个孩子,每每当场拆开包装就开吃。爸爸最后一次吃我买回来的是威尼斯海盐巧克力。我问他,咸的巧克力你没吃过吧?他立马剥开糖纸,放一块在嘴里,吃得很快,然后又吃一块。前几天,我从冰箱里拿出这包没吃完的巧克力,咬了一口,是咸的。然而,我发现,这咸味,竟是自己的眼泪……